狼兄弟

海岛寻踪

（英）米雪儿·佩弗 著
张君玫 译

中国和平出版社

图书在版编目（CIP）数据

海岛寻踪 /（英）佩弗著；张君玫译. -- 北京 :中国和平出版社, 2012.6
（狼兄弟系列）
ISBN 978-7-5137-0328-4

Ⅰ.①海… Ⅱ.①佩… ②张… Ⅲ.①儿童文学—长篇小说—英国—现代 Ⅳ.①I561.84

中国版本图书馆CIP数据核字（2012）第095673号

CHRONICLES OF ANCIENT DARKNESS BOOK 2:SPIRIT WALKER
AUTHOR:MICHELLE PAVER

中国版权登记号：图字：01-2012-0503

海岛寻踪

（英）米雪儿•佩弗 著　张君玫 译

出 版 人：肖　斌
责任编辑：杨　隽　杨　光　张春杰
美术编辑：杨　隽
责任印务：宋小仓　曲利华

出版发行：中国和平出版社
社　　址：北京市海淀区花园路甲13号院7号楼10层（100088）
发 行 部：（010）82093738 82093737（传真）
网　　址：www.hpbook.com
投稿邮箱：hpbook@hpbook.com
经　　销：新华书店
印　　刷：北京中印联印务有限公司
开　　本：690毫米×960毫米 1/16
印　　张：17.5
字　　数：128千字
版　　次：2012年7月第1版　2012年7月北京第1次印刷

ISBN 978-7-5137-0328-4　　定价：29.80元

狼兄弟

致中国读者

亲爱的中国读者们：

首先，我想热切欢迎你们进入到我的世界！

从十岁开始，我就非常向往石器时代的生活：拿着弓箭去打猎，披着鹿的毛皮取暖，用树枝搭建营帐。而我最想拥有的，是一只狼。

《狼兄弟》实现了我的所有愿望。这个故事是有关石器时代的野狼和无边森林，以及深懂狩猎之道的勇敢人民。在此，我身上披着鹿皮，嘴里咬着鹿肉，夜里听见野猪和野狼的嚎叫，并和一只熊进行胆战心惊的对峙。

我深信当你阅读这本书的时候，你将宛如身临其境，与托瑞克和小狼同在那远古的年代。所以，我亲爱的读者，尽情享受这一趟冒险之旅吧！

第一节

野牛突然从溪流对岸的树林冒出来。

托瑞克正端详着柳树在阳光映照下的斑驳树影，眼前赫然出现一头大野牛。它立起来的高度比任何人都还要高，那对弯曲的巨角恐怕连大熊都可以叉起，倘若它展开攻击，那将是托瑞克的噩梦。

糟糕的是，风向对托瑞克不利，他站在上风处，只见野牛抬起黑色钝状口鼻搜寻他的气味，托瑞克赶紧憋住呼吸，大气也不敢喘。母牛的鼻子喷着气，愤然地举起巨蹄践踏地面。

接着他看到一头小牛在蕨丛里探头探脑，躺在泥浆里露出小肚皮。野牛平常是很温和的动物，一旦有了小牛，就不是那么好惹的了。

托瑞克静悄悄地躲回树丛。只要不去惊扰它，应该不至于遭受攻击。

只见母牛再度哼哼喷着气，用巨角拨弄羊齿叶。终于，它好像放心了，觉得此人并非前来狩猎，于是走到泥浆里和小牛一起打滚。

托瑞克松了一口气。

小牛摇摇晃晃走向母牛，却滑倒了，哞哞叫着翻滚下去。母牛抬起头来，用鼻子顶着，帮小牛站起身来，然后继续享受泥浆浴。

靠在杜松树干上的托瑞克一时不知该如何是好。氏族的领袖芬·肯丁派他出来采集一捆浸泡过溪水的柳树皮，他不想空手而回，更不想被野牛踩死。

他决定静观其变，等野牛离开再说。

天气很热，从今天开始进入“白夜”（指高纬度地区在有些时候，即使是晚上，天空依然明亮的现象）时期。整座森林在烈日下显得昏沉。树林呼应着鸟鸣，一阵温暖的东南风送来莱姆树的香甜气味。过了好一会儿，托瑞克的心跳逐渐恢复平稳，他听到一只绿金翅鸟在榛树丛里觅食，他看到一条毒蛇在岩石上享受日光，他努力分散自己的注意力，但一如往常，所有的一切都让他想到狼。

狼现在应该已经成年了，但在托瑞克心目中，他永远都是那只活泼好动的小狼，用前掌缠着托瑞克要越橘……

不要再想狼，托瑞克用力告诫自己，他走了，不会再回来了。想想那头野牛，那条毒蛇，或是……

就在此时，他看到一个猎人。

只见那人站在溪水边，往下游约二十步的距离，处于野牛的下风处。树荫相当浓密，托瑞克看不清那人的脸孔，但他看到那人和自己一样穿着无袖的鹿皮背心，双脚穿着齐膝的护套，以及淡色的皮靴。有别于托瑞克，他的颈部挂着一条系有野猪长牙的皮绳——野猪族。

若是平时，托瑞克大可放心，因为野猪族和乌鸦族之间相当友好，而托瑞克过去六个月来都和乌鸦族生活在一起。但这个猎人的举止实在有违常理，他走起路来鬼鬼祟祟，还一直摇头晃脑，**他竟然在追踪那头野牛**。他的腰带系着两柄扁平的掷斧，托瑞克觉得难以置信，只见他拔出斧头，握在手中掂量着。

这家伙疯了吗？居然妄想独自猎杀野牛？野牛是森林里最巨大、强壮的猎物，想要独自一人对野牛展开攻击，无异于以卵击石，简直就是自寻死路。

而那头野牛浑然不觉猎人的企图，仍在泥浆里快乐地翻滚磨蹭，借此洗去可恶蚊蝇的叮咬。小牛在一旁吃着柳叶，乖乖等待母亲洗完泥浆浴。

托瑞克站起身来，对着猎人打出紧急手语：**危险！后退！**

猎人并没有看到。只见他挪动结实的手臂，继而举起手来，掷出斧头。

斧头呼啸而过，险些击中小牛，差距仅有一个手掌的宽度。

小牛吓得跑开，母牛气愤地发出一声怒吼，站起笨重的身躯，环顾四周找寻可恶的攻击者。猎人仍站在下风处，它无法捕捉到气味。

不可思议的是，那人又伸手去拿第二柄掷斧。

“**住手！**”托瑞克低声喝道，“你顶多只会伤到它，却会因此害死我们两个！”

猎人已从腰带处拿出第二柄掷斧。

托瑞克脑中闪过许多念头：如果斧头击中目标，野牛铁定会发狂；若它只是受到惊吓却没有受伤，很可能只会作势攻击，然后带着小牛逃逸。他必须设法让野牛离开斧头的射程，而且要快。

他深呼吸一口气，开始跳上跳下挥动手臂，喊着："在这里！我在这里！"

就某方面来说这招奏效了。野牛怒吼一声攻向托瑞克。就在此时，斧头落入泥浆里，正中它先前所站之处。当野牛向托瑞克冲过来的时候，他赶紧整个人躲到橡树后面。

没时间爬树了，野牛是如此迫近，只听见它呼噜一声从河岸爬上来，托瑞克隔着树干清楚地感觉到它呼出的热气……

幸好它在最后一刻转身离去，挥动着尾巴，跌跌撞撞跑向森林，小牛紧跟在后追赶。

野牛离去后的沉静让人产生失去听力的错觉。

托瑞克满头大汗靠在橡树上。

猎人垂头丧气地站着，整个人左右摇晃。

"你到底在做什么？"托瑞克喘着气大叫，"你差点就害死我们两个，你知道吗？"

猎人没有回答，沿着溪边前进，一路捡拾他掷出的两柄斧头，重新系回腰带，接着蹒跚地往回走。托瑞克仍未看清他的脸，但很清楚地看到猎人结实的身体，他还带有一把锯齿状的石刀，如果真的打起来，自己必败无疑。他毕竟只是一个男孩，还不到十三岁。

突然间，猎人靠在一棵榉树旁，开始呕吐起来。

托瑞克立即抛下警戒心，冲上前伸出援手。

猎人四肢着地，口吐黄色液体，他的背部隆起，全身抽搐，并吐出一团黑色的黏滑物，约有小孩拳头大。看起来就像毛发。

一阵风吹动树枝，借着树荫缝隙的阳光，托瑞克第一次看清楚他的脸。

这个病人的头发和胡须都被拔掉大半，露出化脓的血肉，脸上也布满淡黄色的疥癣硬皮。当他吐出最后一丝毛发，喉咙里冒出黏稠的泡沫，接着整个人坐倒在地，开始抓手臂上的大片红疹。

托瑞克急忙后退，伸手抚摸自己的氏族动物皮毛：背心内里的狼毛，镇定下来思考，**这是怎么回事？**

芮恩一定会知道，“发烧”，记得她说过：“在仲夏时节最常见，疾病之虫每当此时就蠢蠢欲动，在太阳不睡觉的白夜里爬出沼泽。”但若这是发烧，也是托瑞克从来没有见过的类型。

他不知道该怎么做，药袋里只有一些款冬。“让我帮你。”他的声音发颤，“我有一些……啊，不要，不要再抓了！你会弄伤自己！”

那个人还在拼命猛抓，张大嘴巴忘情地露出牙齿，并将指甲深深刺入自己的水泡红疹，抓出一道道血痕。确实，当人们感到奇痒无比时，往往宁愿用剧痛来止痒。

“不要这样！”托瑞克叫道。

那人发出怒吼扑向他，把他压倒在地。

托瑞克仰头看见满脸的结痂，和两个长脓的眼洞。“不要伤害我！”他慌张地呼喊，“我的名字是托瑞克！我是狼族的人！我……”

那人把脸靠近：“**它来了！**”他说着喷出恶臭的口气。

托瑞克试图镇定下来：“**它是什么？**”

那张溃疡的脸在惊恐中扭曲，“你没看到吗？”他低语着，溅了托瑞克满脸的黄色脓液。“**它来了！**它将会带走我们所有的人！”

他蹒跚站起身来，斜眼看着太阳，忽然拔腿就跑，穿越树林而去，仿佛所有来自异世界的厉鬼都在追赶他。

托瑞克气喘吁吁地用手肘撑起身子。

林间的鸟儿静了下来。整座森林张望着，毛骨悚然。

托瑞克缓缓站起来，感觉风向变了，转向东方，顿时冷风刺骨。

树木们一阵颤抖，开始相互低语，托瑞克真希望可以听懂它们的话。但他懂它们的感觉，因为他自己也感觉到了：不知名的东西，起身了，掠过整座森林。

它来了!

恶疾。

托瑞克跑回原处拿自己的弓箭，没有时间采集柳树皮了，他必须立刻赶回营区，把警讯传达给乌鸦族人。

第二节

“芬·肯丁呢？”托瑞克一冲回乌鸦族的营地就大声嚷嚷。

“在隔壁山谷。”一个正在清洗鲑鱼内脏的男人说，“去采集山茱萸做箭柄。”

“莎恩呢？”

“在掷弄骨牌。”一个忙着穿鱼头的女孩说，“她在守望岩，你最好等她下来。”

托瑞克情急地咬紧牙根，只见乌鸦族的老巫师莎恩歇息在高耸的守望岩上：一个状似鸟类的小巧身影正对着一堆骨头深思，乌鸦族的守护灵就在她身旁，收起黑色的笔挺羽翼，并发出粗糙的叫声“呱”。

还可以通报谁？

芮恩外出狩猎，和自己同帐篷的欧斯拉克偏偏选在此时不见人影。他看到希亚拉克和波依在火架边，乌鸦族里和自己年龄最相近的两个男孩却是自己最不想接触的人，他们不喜欢托瑞克，毕竟他是外来者。其他的人都忙着处理鲑鱼，谁会想听他说什么森林里有恶疾的惊悚故事？就在托瑞克环顾四周之际，不禁开始怀疑自己是否反应过度？一切似乎都很正常。

乌鸦族目前的扎营地在宽水的转角，溪水于此从阴暗的峡谷绕出来，轰隆流过岩石，流经一连串险滩急湍。每年夏季，成群来自海洋的鲑鱼会在此进行神秘的旅程，奋力逆流而上直到急湍的高山源头。它们总是被急流冲下，却越挫越勇，扭动闪亮的鱼身跳跃在急流泡沫之上，直到精疲力竭，或是跳到峡谷转角的静水中，被乌鸦族人捕获。

为了捕捉鲑鱼，族人们会在河床上插一些竿子，然后建造一条跨越宽水的柳条吊桥，好让渔夫们拿着鱼叉站在桥上。这是高难度的工作，需要很多技巧，失足掉落的人非死即残，因为溪流很急，险滩的岩石锐利有如尖牙，但辛苦付出也带来丰美的收获。

乌鸦族营区里空无一人，所有的人都在烟熏火架边处理今天的

捕获，以免鱼肉腐坏。不分男女老少，大家都在清洗鲑鱼的内脏，挑去鱼骨，切开鲜橘色的鱼肉，但保留鱼尾巴的连接处，好挂在架上熏制。希亚拉克和波依在一旁拍打杜松果酱，用来混合晒过的鱼肉干，以便保持鱼肉原有的甘甜，或是调味不够鲜美的鱼肉。

物尽其用，绝不浪费。鲑鱼皮在烟熏后可以制成防水的火种袋；鱼眼睛和骨头可以提炼成黏着液；鱼肝和鱼卵可以烹煮成夜餐的佳肴，献给氏族的守护灵及鲑鱼的魂灵。

在这个时节的森林里，其他四处扎营的氏族也同样享用着鲑鱼盛宴：野猪族、柳族、水獭族、蛇族。而没有氏族扎营的地方，森林的其他猎食者：熊、山猫、鹰、狼，也都在庆贺鲑鱼的到来，经历寒冬的严酷考验，鲑鱼赐给森林新的力量。

从太古之初就是如此。不会有事的，托瑞克在心里安慰自己，只是一个病人，并不足以改变这一切。

但他随即想到那张结痂的脸，那双流脓的眼。

就在这个时候，欧斯拉克出现在他们的帐篷，托瑞克精神一振，欧斯拉克一定知道如何应对。

意外的是，当他滔滔不绝地讲述，欧斯拉克却置若罔闻，反而比较专注在重绑他的鱼叉。“你说那个人是野猪族的？”他皱着眉头抓抓自己的手背说，“嗯，等他回去，他们族里的巫师自然会照顾他。”他把鱼叉丢给托瑞克：“到脚踏石那边，我要看你捕鲑鱼。”

托瑞克很困惑：“可是，欧斯拉克……”

“走啊，快！”欧斯拉克粗声催促着。

托瑞克大吃一惊，很少看到欧斯拉克这么不耐烦。事实上，他从不曾动怒，他是一个性情温和的大个子，卷毛大胡子，略显警觉的面容，曾因意外被一只獾咬掉一边耳朵和一小块脸颊。但他的个性真好，完全没有责怪那只獾，“是我不好”，每次有人问起，他会说，“是我惊吓到它。”

这就是欧斯拉克。当托瑞克前来投靠乌鸦族人，欧斯拉克和女伴

薇德娜主动接纳他住在他们的帐篷里，而且一直对他很好。欧斯拉克同时也是族里最强壮的，所以托瑞克不敢再有异议，伸手去拿鱼叉。

就在一个转身，他被眼前的景象吓呆了。欧斯拉克的手背上长满了疹子。

“你的手怎么了？”他问道。

“蚊虫咬的。”欧斯拉克边说边用力搔痒，“从没有这么严重过，害我整晚睡不着。”

“看起来不像蚊虫叮咬。”托瑞克说，“不会痛吗？”

欧斯拉克还在抓：“很奇怪，感觉我的名字灵魂正一点一滴流逝，但这不可能，是吧？”他眯起眼睛看托瑞克，似乎非常畏光，表情就像一个恐惧的孩子。

托瑞克倒抽一口气，“我想，我们的名字灵魂应该不会从伤口流失，只会从我们的嘴巴跑出去，比如在做梦的时候，或生病的时候。”他稍作停顿，“你生病了吗？”

“生病？我哪有生病？”他说着全身颤抖起来，“但我却无法守住我的灵魂。”

托瑞克的手紧握着鱼叉：“我去找莎恩。”

欧斯拉克脸色一沉：“我不需要莎恩！走开！”忽然间他好像变了一个人，不再是温和的欧斯拉克，而是对着托瑞克挥舞拳头的壮汉。

但他随即恢复正常：“不用担心我，好吗？走吧，陶尔在等你。”

“好的，欧斯拉克。”托瑞克强自镇定。

走到一半，托瑞克往回看。

只见欧斯拉克还在抓痒，“**流失了！**”他喃喃说着，然后转身回到帐篷。托瑞克赫然发现他仅存的那只耳朵后方，头发已经被拔光，露出淡黄色的疥癣，就像被鞭伤后的溃疡。

托瑞克不寒而栗。

他冲到脚踏石那边，欧斯拉克的弟弟正蹲在河边清洗刀子。“陶尔！”他叫道，“我想欧斯拉克生病了！”

他上气不接下气地讲出事情经过，陶尔似乎颇不以为然："托瑞克，那只是蚊虫叮咬，每年夏天都会这样，他非常不喜欢。"

"那不是蚊虫叮咬！"托瑞克说。

"好了，他已经没事了。"陶尔指着溪上的柳条吊桥。

没错，那正是欧斯拉克本人，手拿鱼叉，末端正叉着一尾扭动身躯的新鲜鲑鱼。

托瑞克紧咬嘴唇环顾四周：一切如常，小孩子双手捧玩着亮晶晶的鱼鳞；不知死活的小乌鸦飞上飞下偷啄大狗的尾巴；陶尔的儿子达里只有五岁，拿着欧斯拉克用松木雕给他的小野牛在浅滩嬉戏。

托瑞克满心疑虑，紧握着鱼叉步入浅水。

急湍和吊桥之间有四块脚踏石，让新手学习保持平衡。陶尔指向第一个石块，但是托瑞克一下子就跳到第四个石块上，置身溪流中央，处在欧斯拉克的下游。他不清楚自己该做什么，只知道要注意看。

"眼睛看着那些鲑鱼！"陶尔在岸边叫道，"不是盯着河水。"

托瑞克发现那几乎不可能。布满青苔的圆石很滑，周遭都是翻腾的绿水和银光闪闪的鲑鱼。手上的鱼叉又长又重，实在很难拿稳，鱼叉末端是鹿角岔枝制成的倒钩，以便夹住刺中的鲑鱼。问题是托瑞克恐将一无所获，至少他先前几次都失利了。当他和父亲相依为命时，都是用鱼线和钩子钓鱼，如今却叫他拿着鱼叉，诚如希亚拉克的一再取笑，他简直就像七岁小孩般笨手笨脚。

他强迫自己专心，刺出鱼叉，落空，还险些跌倒。

"你要等它们跳过之后再刺出去！"陶尔对他喊着，"等它们落下来，那时它们已经筋疲力尽。"

托瑞克再度出击，依然落空。

烤火架那边传来一阵爆笑，托瑞克不禁面红耳赤，希亚拉克则是乐不可支。

"有进步！"陶尔的声音却比先前友善，"继续练习，我等会儿就回来。"他回去岸边添加柴火，留下儿子达里在浅水处哼着曲子玩

他的小木牛。

托瑞克终于捉到一条鱼，不但没有掉鱼叉，也没有跌落溪中，那一瞬间，他几乎将所有担忧抛诸脑后。没多久，他全身已经湿透，愤怒的溪流不断激起浪花击打他站立的圆石。

突然间，吊桥那边传来一阵狂吼，他扭头去看，顿时略感安心。

欧斯拉克再度出手，一击而中，轻取鲑鱼的生命，他单膝跪地把鱼从叉子末端取下。

但接下去的画面，却是欧斯拉克搔搔手臂，再搔搔耳后，然后用力抓向头皮。那尾鲑鱼落入溪中，欧斯拉克龇牙咧嘴，扯下一大片头皮，然后一口吞下。托瑞克一阵反胃，差点失足摔落。

乌云蔽日，绿水转黑，那条被弃的鲑鱼漂流而过，一双死鱼眼睛直瞪着他。

他往浅水处望去，达里不见了。

上游传来另一声狂吼。

他转身，只见达里站在吊桥上，正跌跌撞撞走向他的伯父，而他非但没有警告孩子不要到危险的吊桥上，反而招手唤他前来。

“到我身边来，达里！”他叫道，因为极度渴求而扭曲面容。“到我身边！我绝对不会让它们取走我们的灵魂！”

第三节

岸边的乌鸦族浑然不觉，没有人发现情况有异，托瑞克必须采取行动。

正当他握紧鱼叉站在脚踏石上，他看到两个人从森林的不同方向出现。

从东方走过来的是芮恩，一手拿着她心爱的弓，另一手提着几只斑尾林鸽。从下游而来的是芬·肯丁，一拐一拐地拄着拐杖，肩膀扛着一捆山茱萸树枝。

就在同一时间，两人都察觉情势有异，不约而同地悄然放下行李。

为了分散欧斯拉克的注意力，托瑞克开始对他喊话："欧斯拉克，怎么了？告诉我，或许我可以帮你。"

"没有人可以帮我！"欧斯拉克怒吼着，"我的灵魂正在流失，被吞噬了！"

大家都转头看他。达里的母亲跳起来尖叫，陶尔赶紧把她拉回来。欧斯拉克的女伴薇德娜伸手堵住自己的嘴巴，守望岩上的莎恩一动也不动。

"是谁吞噬了你的灵魂？"托瑞克继续喊话。

"那些鱼！"欧斯拉克的嘴边喷出黄色泡沫："**牙齿**！尖牙！"他指着那群活蹦乱跳的鲑鱼，正在不断击破和重造他的名字灵魂。

托瑞克感到一阵恐惧。只要靠近河边，每个人的名字灵魂都会有此经历，但一般说来是无害的。除非你本来就生病了，就会感到头晕目眩，最后不免失足摔落。

"一切即将结束。"欧斯拉克呻吟着，"我从此以后只能当个鬼了！来吧，小达里！溪流在呼唤我们！"

那孩子略显迟疑，继而走向他，胸前紧抱着伯父刻给他的小木牛。

托瑞克紧急看了一眼芬·肯丁。

这位乌鸦族的领袖依然神色庄严，宛若石雕。当他发现托瑞克在

看他，便把食指放在唇上，用眼神示意：**你在急湍和他们之间，接住他们**。

托瑞克点点头，在岩石上站稳脚步，冰冷的溪水让他的双脚麻木，手臂开始不停颤抖。

终于，小达里走到伯父的身边，欧斯拉克把鱼叉一丢，抱起孩子。柳条吊桥摇摇欲坠。

“欧斯拉克，”芬·肯丁开口了，他的声音很低沉，但在湍急的水声中毫不逊色，“快上岸来。”

“**滚开！**”欧斯拉克尖声喝道。

托瑞克胆战心惊地看到，欧斯拉克绑了一根绳子到支撑吊桥尽头的柱子上：只要他用力一拉，整座吊桥就会瓦解，他和达里也会跟着坠落。

托瑞克的心好痛：“欧斯拉克，是我啊，我是托瑞克！请你不要……”

欧斯拉克转向他：“你是什么东西，敢命令我？你不是我们的族人，你是一个傻子！吃我们的，住我们的！我听见你偷溜到森林里对你的狼嚎叫！大家都听到了！你趁早闭嘴吧！他不会回来了！”

芮恩不禁深感同情，托瑞克却不为所动，因为他注意到芬·肯丁正一跛一跛走上吊桥，而欧斯拉克毫不知情。

突然欧斯拉克身躯摇晃，吊桥剧烈地摆动。受惊的小达里张大嘴巴哀号。

芬·肯丁站稳脚步，出声呼唤：“欧斯拉克？”

欧斯拉克蹒跚地转过身：“**不要过来！**”

芬·肯丁作出一个手势，向他保证自己不会再过去。族人们鸦雀无声，屏息以待。只见芬·肯丁盘腿坐在柳条上，距离岸边大概有六步之遥，只要欧斯拉克一拉绳子，整座吊桥就会立即垮掉，芬·肯丁却像坐在营火边般气定神闲。“欧斯拉克，”他说，“族人推举我当领袖就是为了保卫族人的安全，你应该知道。”

欧斯拉克震慑于他的气势。

“我会尽忠职守。”芬·肯丁说，“我会保卫你的安全。但是先把达里放下来，让他到我这边，让我把孩子交还给他的母亲。”

欧斯拉克一脸丧气。

“把他放下！”芬·肯丁再说一次，“他吃夜餐的时间到了……”

他低沉的嗓音充满魄力。欧斯拉克慢慢拉开孩子紧绕他颈部的小手，把他放到吊桥上。

达里抬头望他一眼，仿佛是在征求同意，接着才慢慢爬向芬·肯丁。

芬·肯丁单腿跪地，伸手准备抱他。

木牛从达里的小手里滑落，掉入溪流中，达里惊呼一声，便要伸手去拿。芬·肯丁一把捉住他的背心，及时抱到怀里。

岸边的乌鸦族人无不胆战心惊。

托瑞克开始觉得站不稳，膝盖不停晃动。他看到乌鸦族的领袖站起身来，沿着吊桥走回岸边，当他快到岸边的时候，陶尔赶紧接过达里抱在怀里。

吊桥上的欧斯拉克宛若一头挫败的大野牛，他手上的绳子滑落在地，失神地盯着翻腾的溪水。芬·肯丁静静走回他身边，把手放在他的肩膀，轻声对他耳语。

欧斯拉克顿时腿软，任凭芬·肯丁带他回到岸边。族人立刻捉住他，将他按倒在地。欧斯拉克一脸困惑，似乎浑然不知究竟发生何事。

托瑞克魂不守舍地走到浅水边，把鱼叉丢在岸上，浑身颤抖。

“你还好吗？”芮恩问道，她深红色的头发已经被溪水溅湿，面色苍白如纸，相比之下，脸上代表氏族刺青的三条痕迹更加鲜明深刻。

他点点头，但他知道自己骗不了她。

往上游一点的河岸，芬·肯丁正在和莎恩交谈，她已经从守望岩下来。“他究竟怎么了？”他说，而族人也在此时聚集过来。

乌鸦族的巫师摇摇头：“他的灵魂在内心交战。”

“那这是一种疯狂吗？”芬·肯丁说。

“或许。”莎恩回答，“但我从未见过这种情况的疯狂。”

“我见过！”托瑞克说，他一股脑儿告诉他们那个自己在林间遇见的野猪族猎人。

巫师听着听着，脸色越显阴沉。她是族中最苍老的人，比所有人多活了好多年，经过岁月的千锤百炼，她的头皮宛若古老化石般光滑，她的躯壳与其说是女人，不如说更像一只乌鸦。“我在骨牌中已然窥见。”她刺耳的嗓音说道，“一个神谕：‘它来了’。”

“还有，”芮恩接口说，“我在狩猎时碰到柳族的狩猎队伍，其中一个人生病了，溃疡、疯狂、惊恐。”她转头看莎恩，黑色的双眸是如此深邃，“柳族的巫师要我转告你，他也从骨牌中窥见神谕，三天里反复出现同样的讯息：**‘它来了’**。”

族人们纷纷打出驱魔的手势，有的伸手抚摸氏族动物的皮毛：他们背心内里油亮的黑色羽毛。

族里热情澎湃的一个年轻猎人艾顿站出来，满脸困惑地说：“我把贝拉留在山丘上，她在那边检查捕猎陷阱。我发现她的手臂也有红疹，就像欧斯拉克，现在想起来，我好像不应该独自留下她。”

芬·肯丁摇摇头。他的面容总是如此深不可测，没有人能够窥探到他的心思，只见他缓缓抚摸那把深红色的胡须，但托瑞克感觉到他的思绪在奔驰。

这位乌鸦族的领袖很快作出决断：“陶尔、艾顿，找一群人在莱姆树林里盖一间木屋，远离营区的视线，把欧斯拉克带到木屋去，派人看守他。薇德娜，连你也不准靠近，我很抱歉，但必须如此。”他说着转向莎恩，蓝色的眼睛闪耀光芒，“午夜时举行治疗仪式，找出原因。”

第四节

巫师助手拿出一根野牛角制的长柄勺子，从火堆中铲起一把炙热的灰烬，然后她把仍在冒烟的灰烬倒入自己的手掌心。

托瑞克不禁惊呼。

巫师助手却面无惧色。

欧斯拉克的手就在她的脚边 抓着地上的泥土，但他早已被紧紧捆住，整个人绑在马皮制的担架上，等待接受最后一个咒语治疗。贝拉已经接受过相同程序，回到疾病收容屋，她不断惊声尖叫，病情似乎反而加重。

乌鸦族的巫师和她的助手已经使出所有招数：她们试过把大地之血点在病患的舌头上，以便释出其内在的疯狂；也试过用鱼钩刺入自己的手指以进入出神状态，盼能诱回他们迷途飘游的灵魂；还试过用杜松烟熏病患，以便驱走疾病蛊虫。然而，这一切都徒劳无功，并未奏效。

乌鸦族人静默以待，睁大双眼看她准备最后一个咒语，闪烁的火花映照着他们焦虑的面容。

今晚很热，天空晴朗无云，圆圆的月亮高挂林梢。风虽停歇，但众声纷杂，有烤火架的啪吱声，狭谷中的乌鸦呱呱鸣叫，还有急湍的水声在怒吼。

老巫师慢慢走近担架，高举那枯瘦如柴的手臂，一只手紧抓着护身符，另一只手握着红色的石箭。

托瑞克瞥了一眼巫师助手，她的脸已经变成一张涂满河泥的面具，看起来一点都不像自己认识的芮恩。

“让火，洗净名字的灵魂。”莎恩绕着担架吟唱。

芮恩蹲在欧斯拉克的身边，缓缓把热灰洒在他赤裸的双脚上。他发出呻吟，紧咬双唇，一直到破皮流血。

“让火，洗净名字的灵魂。”

芮恩倒了一些灰烬在他的心口。

“让火，洗净名字的灵魂。”

芮恩倒了一些灰烬在他的额头。

“**烧吧，疾病，烧吧。**”

欧斯拉克发出盛怒的尖叫，血色的口沫溅了莎恩一身。

族人无不感到气馁，这个咒语显然也无效。

托瑞克大气不敢喘，他后方的森林寂然无声，连杨树都停止颤动，静待最后的结果。

他看着莎恩拿箭抵触欧斯拉克的胸口，画着螺旋纹。“**出来，疾病**。”她用粗糙的嗓音说，“**从骨髓出来，进到骨头里。从骨头出来，进到血肉里……**”

托瑞克突然抱着肚子，感到腹痛如绞。当莎恩吟唱这些话语时，他的内在顿感万箭穿心。

莎恩缓缓移动螺旋动作到欧斯拉克的心脏，“**从血肉出来，进到皮肤里。从皮肤出来，进到箭里……**”

托瑞克再度感到剧痛，宛若这些话语在他的体内翻搅……是疾病在作祟吗？他心想，难道他已经染上恶疾？

此时一双厚实的手扶住他的肩膀，芬·肯丁站在他的后方看莎恩施法。

“**从箭出来，**”莎恩说着举起她的脚，“**进到火里！**”然后，她把箭掷入火堆里。

绿色的火焰直冲云霄。欧斯拉克惊声尖叫。

乌鸦族人泄气叹息。莎恩的手臂颓然垂下。

咒语再度宣告失败。

托瑞克紧抱着自己的肚皮，眼前是一波又一波的黑暗。

突然有一只黑鸟飞进火光照射的视线范围，正是氏族的守护灵，随即朝他直冲过来。托瑞克想趴下闪躲，却被芬·肯丁紧紧捉住，幸好那只乌鸦及时回转，托瑞克完全不知道它为什么要朝自己飞过来。

他想要捕捉芮恩的眼神，但她仍跪在欧斯拉克身边，端详他在地上抓出的记号。

托瑞克挣脱芬·肯丁的手，拔腿就跑。他在众目睽睽中冲出营区，跑进森林里。

他一路奔到月光映照的林间空地，靠倒在一棵梣木上，再度感到一阵头晕目眩，整个人倒地跪下，开始呕吐起来。

一只猫头鹰发出叫声。

托瑞克抬起头，隔着梣木的暗色叶片，仰望天上的寒星。他颓然倒下，把头埋在自己的手里。

头晕的情况已经趋缓，但他仍在颤抖。他觉得恐惧孤独，甚至不想告诉芮恩，她当然是朋友，但她同时也是巫师的助手。不可以让她知道，不可以让任何人知道，如果自己真的病了，那他宁愿孤独地死在森林的某个角落，也不愿意被绑在担架上。

他的心中升起一股惊悚的怀疑：**他们正在吞噬我的灵魂？**欧斯拉克这么说，真的只是疯言疯语吗？抑或道出了残酷的真相？

他闭上眼睛，让自己沉浸在夜晚的众声纷杂中，一只黑鸟的颤声啭鸣，一只羽翼未丰的知更鸟在灌木丛中低诉。

托瑞克从小就和父亲一起在山谷间流浪，远离所有族人，森林中一切生灵都是他的同伴。他并不特别想念人类，和乌鸦族人共同生活真不容易，太多人来人往，太少独处时间。他觉得自己格格不入，他们做事的方式完全不同，他比较喜欢和爸爸在一起的日子。

而且，他无法停止对狼的思念。

自从爸爸不幸遇害，举目无亲的他遇见小狼，整整两个月的时间，他们相依为伴在森林里狩猎，共同面对难关。有时候他和一般小狼并无二致，在那边碍手碍脚，到处乱钻；有时候却是托瑞克的守护者，琥珀色的双眸透露出神秘的坚定。但不管是怎样的小狼，都是他的手足兄弟，没有他的生命，简直是度日如年。

托瑞克经常想去找他，但他的内心深处清楚地知道，自己不可能

再找到那座圣山。诚如芮恩一贯坦率所言：“上个冬天是特殊情况，但现在？托瑞克，老实说我并不认为你能够找到。”

“我知道。”他当时是这样回答：“但只要我继续发出狼嗥，或许狼会找到我。”

六个月过去了，狼并没有来找他。托瑞克努力自我安慰，这是好事，表示狼和他的新同伴过得很快乐。但他内心的创伤难以言喻，莫非狼已经把他抛在脑后？

从遥远的风中传来微弱的声响。

托瑞克坐起身来。

是狼群，正在嚎叫庆祝狩猎成功。

托瑞克顿时忘记头晕，忘记一切。狼群的歌声宛若小溪流向他。

他从中辨出成年狼深沉强壮的歌声，以及狼群中较高亢微弱的歌声，呼应着成狼的主旋律，而小狼们颤抖的嗓音也怯怯地跟着唱和。但这众狼歌声中，始终找不到他心中最思念的狼声。

其实他很清楚，狼——**他的狼**，已经加入极北方的狼群，而他现在所倾听的狼群声来自东方，在森林深处的边界山丘。

但他就是无法放弃。闭上眼睛，双手圈住嘴唇，他发出一声问候的狼嗥。

狼群立刻有所警觉。

孤狼，你在哪里狩猎？一只成年母狼以高亢的声音质问。

离你们很远的地方。托瑞克说道，**告诉我，你们的领地有疾病吗?**

他不确定自己的表达是否正确，但显然狼群并不了解他在问什么。

我们的领地是好领地！传来深受冒犯的狼嗥声，**森林里最好的领地！**

他并未妄想它们会明白自己的意思，他对狼语的理解并不完全，更谈不上表达能力。然而他的心不免刺痛，倘若是狼，一定会明了他

的意思。

狼群的歌声戛然而止。

托瑞克睁开眼睛，再度回到月光映照的林间，置身漆黑的蕨类植物与鬼魅般的绣线菊丛中，如梦初醒。

不远处传来翅膀拍动的声音，他转头一看，断枝上有一只杜鹃鸟正用镶黄边的眼睛盯着他瞧。

他想起欧斯拉克的讥讽：**你不是我们的族人，你是一个傻子！**一个狂人的呐喊，却一针见血。杜鹃鸟嘎一声飞走，显然受到某种惊扰。

托瑞克悄悄站起来，手按住腰间的刀。

在明亮的月光下，林间似乎空荡荡的。

东方不远处，有一条小溪流入宽水。他蹑手蹑脚在岸边寻找踪迹，一无所获，断枝上并没有毛发，也没有错置的枝干。

但这里确实有什么东西，他可以感觉到。

他抬起头，盯着头顶上的榉树。

一只生灵正俯视着他，很小，充满恶意，有如枯草的毛发，树叶一般的脸孔。

就在他看到的瞬间，一阵风刮起，他消失了。

丰手

这时芮恩找到了他，只见他失神站立，手握着刀直盯上方。

“你怎么了？”她说，“你为什么跑开？你是不是吃坏了肚子？”她不敢说出心中的恐惧，他可能染上恶疾了。

“我没事。”他回答——睁眼说瞎话。当他把刀放回鞘中，手还是止不住颤抖。

“你的嘴唇都发青了。”芮恩说。

“我没事。”他还是这样说。

当他靠着榉树坐下，她偷瞄了一下他的手，幸好没看到疹子，她装作若无其事，“或许是吃到不好的蘑菇了。”

“隐形人，”他忽然说，“长什么样子？”

“什么？我知道的你也都知道啊，他们长得就像我们，只不过当他们转过身去，背后却是挖空的。”

“他们的脸，他们的脸是什么样子？”

“我说了，就像我们啊！你怎么了，为什么忽然问这些？”

他摇摇头，“我好像看到了什么，我想或许是隐形人引起恶疾。”

“不会吧。”芮恩说，“我想应该不是。”她很怕说出自己在治疗仪式中的发现，那将是多大的打击！亏他去年冬天还出生入死的冒险，而今，却必须面对这种局面……

为了回避这个话题，她走到溪边洗去脸上的河泥，并刮除手掌上防热的涂料，幸好有这层厚厚的涂料，她才能放心碰触炙热的灰烬。然后她拔起一片浸湿的苔衣，走回托瑞克身边，“放在额头上，会让你比较舒服。”

她坐在托瑞克身边的蕨丛中，从食物袋里拿出几个榛果，用石头敲开，她拿一个给托瑞克，但他婉拒了。她感觉彼此暂时都不愿提起恶疾，尽管脑子里都还在想同样的事。

托瑞克问她怎么找到自己的。

她有点得意：“我就算听不懂狼语，也可以随时认出你的声音。”她停顿了一下接着说，“还是没有他的消息？”

“没。”他简短回答。

她又吃了一个榛果。

托瑞克说：“治疗仪式没有效，是吗？”

“反而更糟，欧斯拉克和贝拉好像觉得全族都在迫害他们。”她眉头深锁，“莎恩说她曾经听说远古爆发过类似的疾病，就在海啸之后的黑暗时期，有些氏族全族覆灭：獐鹿族、海狸族。很久以前可能有过药方，但早已失传。她又说这是一种根源于恐惧的疾病，它会生

出恐惧，就像树长出叶子。”

“就像树上的叶子，”托瑞克喃喃说道，他伸手拿起一根棍子，开始剥树皮。“这种病是从哪里来的？”

看来不能再隐瞒了，迟早要说。“你记得吗？”她有点勉强地说，“欧斯拉克在吊桥上说的话。”

他的手指紧握着棍子，“我也一直在想，‘吞噬我的灵魂……’”他灵光一现，“莫非是食魂者？”

鸟儿停止歌唱，黑暗的树影瑟缩。

“这就是你要说的吧？”托瑞克问道，“你觉得是食魂者造成恶疾？”

芮恩有点犹豫：“有可能。你不觉得吗？”

他跳起身来，来回走动，在蕨丛上挥动棍子，“我不知道，我根本不知道他们是谁。”

“托瑞克！”

“我只知道，”他勃然大怒，“他们是作恶多端的巫师。我只知道，我爸是他们的死对头，虽然他什么都不跟我说。”他愤怒地抽打蕨丛，”我只知道，有人瓦解了他们的势力，大家以为他们就此散去，其实不然，去年夏天——”他脚步踉跄，“去年夏天，一个跛脚的食魂者造出厉鬼附身的恶熊，害死了我爸。”

他发狂地击打地面，然后把棍子一丢，“但也可能是你弄错了。芮恩，或许并不是他们搞的鬼。”

“托瑞克，错不了。听我说，欧斯拉克在地上抓出一个记号，一支诱捕灵魂的三叉耙子，那是食魂者的标记。”

第五节

食魂者。

他们交织着托瑞克的命运，他对他们却一无所知。他只知道共有七个人：分别来自不同的氏族，全都权欲熏心。

河岸下游处有一只母狐在尖叫，帐篷里的薇德娜辗转难眠，担心欧斯拉克的安危。托瑞克躺在睡袋里，思索着那股降下恶疾荼毒氏族的邪恶力量。

为了统治森林……

可是，普天之下有谁办得到？没有人可以征服树林，没有人可以阻止猎物追随月亮的古老韵律，也没有人可以告诉猎者该往何处去。

好不容易睡着，却连梦里也不得安宁：他盘踞在黑暗的山丘，害怕地不敢动弹，因为那些无脸的食魂者就要爬过来了。他往后退，手碰到一块带有鳞片的柔软物，而且还在扭动。他想要跑，树根却紧紧缠绕脚踝。双翅飞舞的阴影从天而降，羽毛啪啪作响，食魂者紧追不舍，他们邪恶的意志像烈焰打击着他……

他惊醒。

黎明时分，森林的气息在林间迷蒙。托瑞克知道自己应该怎么做了。

“欧斯拉克有没有好点儿？”他离开帐篷前这样问薇德娜。

“没两样。”她的眼睛布满血丝，但她故作坚强地瞪视他，拒绝接受同情。

“我有话要找芬·肯丁谈。你有没有看到他？”他问。

“他在下游，不过你最好不要烦他。”

他没有听她的话。

营区里的族人已经开始一天的忙碌，不分男女都拿着鱼叉盘踞在吊桥上，有些则在火边准备日餐。远一点的地方传来铁锤敲打石块的声音，大家都在努力过日子，尽量不去想起疾病屋内的欧斯拉克和贝拉。

托瑞克顺着河岸往下游走，绕过转角，远离营区的视线。宽水在

这里渐缓，成群的鲑鱼在绿水深处透出银色光点。

芬·肯丁坐在接近岸边的圆石上，正在制作新刀。工具就摆在旁边：石锤、削尖器，以及一个装有黑色松脂溶液的烧杯，他脚边的苔衣上已经堆出细针般的石屑小丘。

托瑞克走近他，心脏不禁加速跳动，他非常敬爱这位乌鸦族的领袖，却也不免心生畏惧。自从父亲去世后，多亏芬·肯丁的收留，但他从未提过要收养托瑞克。他总是高不可攀，仿佛刻意要和托瑞克保持距离。

托瑞克紧握双拳站在岸边："我必须和你谈谈。"

"说吧！"芬·肯丁头也不抬地说。

托瑞克顿了一下："食魂者他们送出了疾病。我的命运就是要对抗他们，所以，这就是我要去做的。"

芬·肯丁继续端详着一块暗黄色的圆石，约莫他的拳头大小，这种石头称为"海蛋岩"，在森林中极为少见。乌鸦族人通常只能用普通石板、鹿角或骨头来制作武器，因为像海蛋岩这类的上等火石唯有在海岸边才找得到，临海而居的氏族会用海蛋岩和其他氏族交换牛角和鲑鱼皮。

备受冷落的托瑞克感到丧气，他再度重申："我必须阻止他们，结束这一切灾难！"

"怎么结束？"芬·肯丁说，"你并不知道他们身在何处，没有人知道。"他拿出石锤轻轻拍击那块海蛋岩，听声辨识这块岩石的材质优劣。

托瑞克不禁畏缩，敲击岩石的"喀克喀克"声勾起了童年回忆。从孩提开始，他耳边经常响起爸爸在火边敲击石块的声音，那声音曾经让他感到心安，如今回想起来，真是大错特错。

他说："芮恩告诉我，远古曾经发生过类似的恶疾，也有过药方。所以，或许可以……"

"我也整夜在想同样的问题。"芬·肯丁说，"据说森林深处有

位巫师知道药方。”

“在哪里？”托瑞克兴奋地问道，“要怎样才能拿到？”

芬·肯丁用力击打那块海蛋岩，先敲掉上半部，内部的火石呈现很深的蜂蜜色，缀以鲜红条纹。“稍安勿躁。”他对托瑞克说，“必须从长计议，毛躁只会惹来杀身之祸。”

托瑞克气馁地跌坐在河岸上，伸手拉扯地上的草。

芬·肯丁用一根鹿角棍棒挖出火石的核心，灵巧地运用拍击的速度与角度来控制火石的形状。喀克！喀克！仿佛在叮咛托瑞克静心等待。

终于，芬·肯丁再度开口：“昨晚有一个海獭族女人划独木舟前来，他们族里有两个人生病。”

托瑞克感到一阵寒意，海獭族住在极东的斧头湖边，“也就是说，恶疾已经蔓延开来。”他说，“我必须到森林深处去，只要尚有一丝希望……”

芬·肯丁叹了口气。

“我是不二人选。”托瑞克说，“你必须在这里坐镇，莎恩太老不宜远行，其他人要照顾病患、打猎和捕鲑鱼。”

芬·肯丁选了一支拇指长的鹿角削尖器，用精细的打磨技巧塑造火石片，“森林深处的氏族鲜少与外界交往，你凭什么认为他们会伸出援手？”

“所以才要我去啊！”托瑞克说，“我妈妈是红鹿族！我好歹也算他们的血亲，他们不能不理我！”话虽如此，他从未见过自己的母亲，因为他一出生，母亲就因难产而死，他说这些话只是为自己壮胆。

芬·肯丁下巴的肌肉抽动了一下，把刀柄拿起来，那是一小段鹿的胫骨，刻有凹槽以便植入刀身。他先把刀片沾了一下松脂，然后放入鹿骨中。“你难道没想过，”他说，“你这么做很可能只是跳入食魂者的圈套。”他说着抬起头来，一双蓝眼睛燃烧着炙热的光彩，令托瑞克难以逼视。“去年冬天你击败恶熊之后，我就严禁族人把消息泄露出去。这点你也知道。”

托瑞克点点头。

“因此，食魂者现在只知道森林里某个人拥有特殊能力，**但并不知道是谁**。”他稍作停顿，“他们不知道是谁，托瑞克，也不知道那是一种怎样的能力，连我们都不知道。”

托瑞克屏息以待，芬·肯丁的话再度让他想起爸爸临终的话：**从小我就刻意让你远离人群，托瑞克！万一他们发现，你可以做的事……**

问题是，他究竟可以做什么？曾经他以为爸爸说的只是他能够与狼对话，但从芬·肯丁的语意听来，他的力量不止于此。

“这场恶疾，”乌鸦族的领袖说，“很可能是食魂者的诱饵，想借此引你现身。”

“即便如此，我也不能袖手旁观。我必须帮助欧斯拉克，我不忍心看他受苦。”

眼前这张严峻的面容顿时显现柔情，“我知道，我也是。”

接着两人都静默了，芬·肯丁继续制作石刀，托瑞克则凝望着对岸。太阳已经从山头升起，水波粼粼，他眯着眼睛看出遥远的对岸有一只苍鹭、一只乌鸦正在食用一些残余的鲑鱼。

刀身终于完成了，约像手掌一般长，状似獾的尖牙，有锯齿状突起。最后一道手续，芬·肯丁仔细用撕裂的松树根缠绕刀柄，制成温暖、稳当的把手。“好了！”他说，“把你的刀拿出来。”

托瑞克皱起眉头：“什么？”

“你听到了，把刀给我。”

尽管有所困惑，托瑞克还是从腰带的鞘中取出父亲遗留给他的刀，并递给芬·肯丁。

很漂亮的叶状刀身，用绿色石板打造成的。爸爸说这个刀身是海豹族的做法，爸爸的母亲是海豹族，这把刀是她送给他的成年礼物，

刀柄则是他自己所制。他在伤重垂死之际把刀交付给托瑞克，这是托瑞克最珍贵的宝物。

眼前这位乌鸦族领袖接过弯刀之后，却连连摇头："对你这样的小男孩来说，这弯刀太过沉重。这是一把巫师的刀，庆典专用。"他说着把弯刀交回，"他对这类事情总是漫不经心。"

托瑞克很想听他多说一些关于爸爸的事，但他并没有，只是把刚制作完成的刀子放在手上细细鉴赏——笔直，完美的平衡。

漂亮，托瑞克心想。

乌鸦族的领袖忽然把刀抛到空中，并及时接住，稳稳握住刀身。"拿去吧，特别为你做的。"

托瑞克愣了一下，接过刀子。

芬·肯丁没等他说谢谢就先开口："从现在开始，"他拄着拐杖站起身来，"把你父亲的刀藏起来，还有你母亲的药罐。如果有人问起你的父母，千万不要提。"

"我不懂。"托瑞克说。

芬·肯丁并没有回答，只是静静站着，一直盯着河水。

托瑞克举起一只手放在眉毛上方，但由于水波闪光，什么也没看到。只见苍鹭在远处对岸，溪中有一块浮木正漂流而下。

营区里，有一个女人开始恸哭，急流上传来撕裂般的冲撞声，托瑞克全身血液为之冻结。

男女老少都跑了出来。

托瑞克惊呼。

那并不是浮木，而是欧斯拉克。

第六节

欧斯拉克不愿坐以待毙，他咬断绳索偷溜出疾病屋，并爬上守望岩，然后纵身一跳。

他在掉落的时候或许已经丧命，至少托瑞克宁愿相信。当他眼见欧斯拉克的身躯饱受急流尖石的冲击，实在不敢想象若他仍有知觉，将是多么痛苦的折磨。

托瑞克回到营区，只见乌鸦族陷入震撼过后的死寂。薇德娜不再恸哭，面无表情宛若石像呆立，静静看着族人把尸体放到担架上。他们小心翼翼不直接用手摸碰尸身，没有人敢触怒死者的灵魂，他的灵魂此刻尚在营区逗留。

当他们把担架抬到欧斯拉克的帐篷，莎恩已经盘坐在一边，手指包裹着皮套，用红土在尸身上画出“死亡面具”，以便帮助死者的灵魂聚合，不致在死亡旅程中失散。不久后，乌鸦族人会把他搬到森林里，不可拖延，否则他的灵魂恐将从此滞留不去。

芬·肯丁站得有点远，仿佛戴着冷酷的面具，丝毫没有流露任何哀伤之情，只是下令严密看守贝拉，并清空欧斯拉克的帐篷，留下个人遗物以便连同帐篷烧毁。尽管如此，托瑞克可以感觉到芬·肯丁正在强忍悲伤。这位乌鸦族的领袖曾亲口承诺要保护欧斯拉克，而今未能信守，必定难以原谅自己。

他深感内疚。

托瑞克也是一样，因内疚而倍感沉重。

他不能再袖手旁观。当乌鸦族人运送死者到森林，他会被留下来，因为他并不是乌鸦族人，这反而成为他出走的良机，去森林深处，寻找药方。

但在此之前，他必须先做一件事。

在丧礼开始前，女人纷纷用河泥在脸上画出悼念面具，他趁机偷溜到守望岩附近。如果他先前的怀疑是正确的，如果那个叶子脸的怪物和欧斯拉克的死有关系，那他多少会留下踪迹。

守望岩面对溪流的那边几乎是笔直的悬崖，东边则比较像陡峭的

小丘，只要小心还是可以攀爬。托瑞克发现岩石底边的泥地上有很多杂乱的脚印，其中有些正是往东侧攀爬。

泥地上的脚印很混乱，但托瑞克从中理出一道比较狭窄，约存在有一日之久的脚印，应该是莎恩留下的，她一路爬到顶端。他还看到一些小而尖的四趾脚印，应该是小狗蹦蹦跳跳留下来的。而在这些之上，有男人的脚印，托瑞克并且发现，只印出脚趾和脚跟的部分，显示欧斯拉克当时是在疾奔的状态。

托瑞克顿时如鲠在喉，他强迫自己镇定，晚点再哀悼也不迟，当你离开时再尽情悲伤吧。

于是，他缓缓跟着欧斯拉克的脚步爬上守望岩。

欧斯拉克踩落了一些碎石与青苔，还摔倒擦伤了。这里有一小抹血迹，然后他继续奔跑。他当时是用尽全力在跑，托瑞克心想，就好像异世界的厉鬼都在追赶他。

到达守望岩的最高点，托瑞克顿时胆寒，因为他发现有另一组小脚印，比欧斯拉克的小很多，很浅，但足以辨识出这个生灵并没有在奔跑，只是静静站着，就在悬崖边，眼睁睁地看着欧斯拉克投水自尽。

脚印很小，就像只有八九岁大的孩子。

但是，这对脚印是有爪子的。

当托瑞克在主营火边找到芮恩，她正在研磨丧礼所需的红土，乌鸦族人已经准备出发。

她的脸已经涂上河泥条纹，这是乌鸦族人的哀悼方式，却难掩泪痕交错，托瑞克以前从来没有看过她哭。芮恩一看到他走近，频频眨动双眼，但仍难掩悲泣。

“芮恩，”他蹲在她身边轻声说着，以免被别人听到：“有一件事我必须告诉你，我爬上了守望岩，我——”

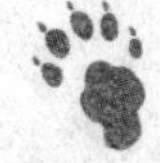

“你到那边做什么？”

“我找到足迹了。”

这时莎恩在空地那边呼唤芮恩：“快来！我们要出发了！”

“营区里有东西。”托瑞克紧急地说，“我看到他了。”

莎恩再度呼唤芮恩。

“托瑞克，我必须走了！”她把磨好的红土装进药袋，站起身来。“我们不久就回来，到时候再说，带我去看足迹。”

托瑞克点点头，但并未直视她的眼睛，他心里很清楚，等她回来，自己早已离开此处。但他不可以说出来，否则她一定会极力阻止，或是坚持要跟来，他不能让她这么做。如果芬·肯丁所言不假，万一他不幸落入食魂者设下的陷阱，那么不仅他的生命垂危，连芮恩都会遭殃。

“很抱歉你不能一起来。”芮恩这样说让他更难过。然后她就跑到队伍最前面，站在叔叔芬·肯丁的身边。

乌鸦族的送丧队出发，托瑞克目送他们离去。他知道他们会把欧斯拉克的尸体带到离营区有相当距离的地方，然后搭建“死亡平台”。那是用花楸树枝筑成的低架，以便放置死者，并让死者面朝河的上游，如此一来，欧斯拉克的灵魂就会像鲑鱼一样完成最后的旅程，努力向上游，游向最高的圣山。

“死亡平台”的仪式很简短，他们诉说再见，把他的身体回归给森林。他生前活着是靠其他生灵的喂养，如今轮到他回报了。三个月后，薇德娜会重回当地，捡拾他的骨骸并带回乌鸦族的坟场。从现在开始的五年内，她和其他任何人都必须绝口不提他的名字，这是很严格的氏族法律，如此方能避免死者的灵魂回来干扰生者。

他们一行人离开托瑞克的视线之外，他却仍站在空地上凝望。当乌鸦族人全都隐没在森林之中，空荡荡的营区顿时令人感到异常孤寂，只有几条狗在看守腌制中的鲑鱼。

托瑞克快速跑回帐篷整理自己的东西，他寥寥可数的财物一下子

就把柳条背包给塞满了：锅子、药袋、火种袋、鱼钩、弓箭、睡袋，还有爸爸遗留下的弯刀，早已用生皮包裹好，以及母亲的药罐。当他把玄武岩斧头系在腰带上，忍不住想起上一次这样匆匆整装待发的情况，那是上一个秋季，爸爸伤重垂死之际。

托瑞克的手紧握着芬·肯丁为他所做的那把刀，比起爸爸的弯刀，新刀确实比较轻便好用，但无论如何都不能取代弯刀在他心目中的地位。

现在不是想这些的时候，他提醒自己，必须趁他们回来之前赶紧离开，这一次，不要忘了带食物。

见证欧斯拉克的悲惨遭遇后，鲑鱼让他触景伤情，就算是美味的熏制鲑鱼，或是乌鸦族特制的杜松果鲑鱼饼，都变得伤痛无比。他切了一些挂在陶尔帐篷支架上的麋鹿肉片，这些食物应该足够支撑他走到森林深处。

但究竟需要花多久的时间？三天？五天？他毫无概念。他从来没有到过那附近，他只见过两个森林深处的人：一个沉默的红鹿族妇女，鬓角处抹有红土定型；另一个是眼神充满野性的野牛族女孩，头上抹了一些奇怪的黄土。当时她们对他并没有表露出任何的关怀与同情，尽管托瑞克对芬·肯丁说得自信满满，其实根本不敢奢望会被善待。

当他步出营帐，行经领袖的帐篷，这才忽然意识到，或许他将和乌鸦族从此永别。

你先是失去爸爸，又失去狼，现在失去了欧斯拉克，还有芬·肯丁和芮恩……

帐篷里很暗，芬·肯丁的位置很整齐、很宽敞，芮恩的位置则是乱糟糟的，她的睡袋皱成一团，地上散落着还来不及装好羽毛的箭。他自行离去一定会把她气坏，现在就算要说再见也没有办法了。

托瑞克灵光一闪，到帐篷外找到一块扁平的圆石，跑到最近的一棵杨树旁，先喃喃谢过树灵，然后剥下一小片树皮放到嘴里咀嚼，吐

到手掌心加点口水调和，开始在石头上画出他的氏族图腾：点出两条线，其中一条中间有断裂。原本图腾并没有这个断裂，那是代表他自己脸颊上的一道小伤疤，这样芮恩看到以后就会知道是他留的信号。

当他画好符号以后，忽然整个人定住了，再度陷入回忆，手指仍沾着红色的杨树汁：去年秋天，他也在狼的命名仪式上用了同样的杨树汁，点在当时尚是幼狼的前爪上，他很生气地拼命要舔掉。

“**不要想狼！**”他大吼一声，“不要想他们之中的任何一个！”

帐篷默默取笑他，**你孤零零的一个人，托瑞克**。

他匆匆把画有记号的圆石放到芮恩的睡袋里，然后就冲出帐篷，在日光下奔跑。森林里充满虫鸣鸟曲，美到令人心痛，但现在的他完全感受不到欢乐。

背起弓箭，他转向东方，迈向森林的深处。

第七节

悲伤就像一个看不到的兄弟，陪着狼一起奔跑。

好想念“无尾高个子”（狼眼中的托瑞克），真想碰触他那张怪异无毛的脸，听他飘移不定的嚎叫，还有他那又像在叫又像在嗥的特殊笑声。

不知道有多少次，狼独自跑开并嚎叫呼唤着他，也不知道有多少次，狼不知所措地绕着圈子打转。他感到左右为难，深受圣山的牵引，却又如此思念着他的狼兄弟。

至于其他的狼，他加入的新狼群，对他的行为感到困惑。**你现在有我们了啊！而且你还没有完全长大，有很多事情要学习！你还不知道如何捕捉大型猎物，离开我们的话你要怎么生存？留在这里，和我们在一起吧！**

他们不会懂的。他和“无尾高个子”是一个凝聚力很强的狼群，而且一起在山巅里度过许多美好的时光。他们会闹哄哄地玩捕捉旅鼠的刺激游戏，他们会故意跳进湖里去惊吓那些水鸭。

狼的心在想念这一切，他跑到自己最喜欢的山脊地带去捕捉森林里飘送而至的气息。

森林离这里很远，要跑很久才会到，但他仍然可以捕捉到一头新生幼鹿口鼻湿湿的气味，还有一根被风吹断的树枝流溢出树血的味道。他听到一头野猪在泥浆里打滚翻身，以及缓慢哺乳，还有一只水獭幼仔从树枝上滚落的声音。他真的好想回到森林里和“无尾高个子”相伴。

但是要怎么样才能回去呢?

阻止他离开的，不仅是和现在这个狼群的感情，主要是“世界灵”。那可怕的“世界灵”永远不会让他走。

“世界灵”随时会发作，现在也一样，虽然天空很亮，晴朗通透，没有一丝他愤怒的气息。他可以用暴风雨把整座森林夷为平地，还可以降下火，燃烧树木、岩石和狼。他无所不能，狼比谁都清楚这点，因为他小时候就是因此失去所有的家人。

想当初他只是偷溜出去探险一会儿，回来的时候就发现整个狼窝都消失了，他的狼群——妈妈、爸爸、兄弟都躺在泥浆里又湿又冷，而且没有呼吸。“世界灵”无须走近就有能力毁灭它们，他只需从山巅送出山洪，就足以冲毁一切。

那时小狼感到相当孤寂，不但害怕而且非常饥饿。然后“无尾高个子”出现了，“无尾高个子”把猎物分给他吃，还让他爬到自己的身上睡觉。他们一起嚎叫，一起玩小毛球，“无尾高个子”从此成为他的狼兄弟。

“无尾高个子”毫无疑问是一只狼，任谁都可以嗅出他的狼味，但他并不是一只正常的狼。他头上的毛很长很黑，其他部位却完全没有毛，只有松垮的外皮，而且竟然可以剥掉。他的脸很扁平，悲惨的牙齿有够钝，最奇怪的是，他居然没有尾巴。

但他听起来确实是狼，虽然他从来没有发出最高音，更何况他的眼睛是地道的狼眼——纯灰色的，充满了光。最重要的是，他拥有一只狼特有的心灵与精神。

狼站在山脊上，胸口顿时郁积着无限悲伤，他仰头向天嚎叫。

就在此时，有一股新的气味飘进他的鼻子。

不是猎者，也不是猎物。不是树，不是土地，不是急水，也不是石头。是不好的气味，很坏，飘过森林。

狼发出焦虑的呜咽声，他的狼兄弟还在那有坏东西的森林里。

突然间，他想通了。明知“世界灵”随时会追来，但是狼不能再迟疑，“无尾高个子”需要他。

狼跳下山脊，开始奔向森林。

丰丰

他跑了两天两夜，始终背对着山巅，面对太阳落下沉睡的方向跑去。

他的后脚感觉到一阵恐惧。

他害怕触怒自己沿途经过的陌生狼群，如果被捉到的话，可能会被撕成碎片。他害怕“世界灵”会降下天谴。但这一切都比不上他害怕他的狼群兄弟遭遇危险。

随着他的奔跑，那股恶质的气味越来越浓，整座森林都已落入它的阴影。

狼不畏辛劳在林间奔跑，寻找那些“无尾”，他们有的闻起来像野猪，有的像海獭，但他现在要找的是那些闻起来像乌鸦的，因为“无尾高个子”后来跟他们住在一起。

终于找到了，在一条很愤怒的河旁边。

如他所预期，他们根本没有发现他的到来。这些无尾最奇怪的地方在于，他们很多方面都像是真正的狼，聪明、勇敢，喜欢讲话和游戏，深爱他们的同伴，可是，他们根本就闻不到，而且简直就是聋子。就在无人察觉的状态下，狼已经逛遍营帐的周遭，寻找他的狼兄弟。

还是找不到。

昨天下雨了，很多味道都被冲走了，但若“无尾高个子”在这里，狼一定还是可以闻出来。

然后他捕捉到此地领袖的气味，他正坐在一团火旁边，旁边蹲着半成年的“无尾女孩”（狼眼中的芮恩），她是“无尾高个子”的姐妹。她正用无尾专用的嚎叫和声响和领袖说话，听起来非常生气与伤心。

狼可以感觉到，“无尾女孩”正在替“无尾高个子”担心。

狼跑来跑去四处搜寻他的狼兄弟，他跑到一大块空地，闻起来像刚烧过的灰，还有一些长得很奇特的笔直怪树，上面挂了很多鱼。他停下来囫囵吞了几条鱼，立刻回到森林寻找“无尾高个子”。

或许他的狼兄弟只是去打猎。没错，一定是这样。他不可能走远的，因为他和其他的无尾一样都只用后脚在跑，所以根本就跑不快。

但狼找遍了附近，就是没有“无尾高个子”的踪迹。

这个残酷的事实，就像一棵无预警倒下的树，砰的一声撞击他的心口。

“无尾高个子”离开了。

第八节

为了避免碰到乌鸦族人，托瑞克刻意不走一般氏族走的大路，而取道隐蔽的蜿蜒小径，往宽水山谷而行。

身边的猎物很快就知道他无心狩猎，于是放松下来。一头麋鹿在他经过的时候细细咀嚼柳叶草。森林里的野马弹动尾巴，轻轻跑入林间，然后转头看他意欲何为。两头雌野猪和它们圆滚滚的小猪仔抬起口鼻目送他经过。

新叶尚未展开，让林间洒进大片阳光。他前进得很快，和所有的森林旅人一样，他的行装简便，只拿了狩猎、生火和睡觉所需的东西。

他从小就和爸爸浪迹森林，四处扎营，从不多做停留，最多两天就拔营离开，始终居无定所。因此他很不习惯和乌鸦族人住在一起，他们在每个营区都至少待上两三个月。

这还不止！男女老少总共二十八个人，还有小婴儿。一直到去年冬天为止，托瑞克从来没见过那么多人。“这个小婴儿怎么不会走路？”他还问出这种蠢话，“他每天都在做些什么？”芮恩简直就是笑到肚子痛。

当时这一切都让他很恼火，但现在他却因此想念着。

他离开雷鸣瀑布南边的宽水山谷，往东前往下一个山谷。他在那里碰到两个划独木舟的柳族猎人，幸好他们行色匆忙，并没有问他要去哪里，只是在顺流而下前跟他说要小心。

“昨天晚上有病人逃走了！”其中一人说，“如果听到嚎叫声就赶快跑，他已经不知道自己是人了。”

另外一人满面愁容地摇摇头。这个恶疾究竟从何而来？夏日的芬芳竟成毒气。

中午过后，托瑞克开始觉得好像有人在一直看他。

很多时候他停下脚步倾听，但并没有什么不寻常的声音，每次回头察看也没有发现什么，但是确实有什么在跟踪他，他可以感觉到。森林里的影子拉长了，他的脑海里仿佛看到一群疯子在森林里狂吼，

他们是小小的恶意生物，长着尖尖的爪子，叶子做成的脸。

他在一条嘈杂的小河边扎营，豆娘像蓝色的光点，蚊虫拼命叮咬，直到他起身抹了苦艾草汁。

这是他六个月以来第一次独自睡在森林里，他选了一个很好的地点：地形平坦，地势比较高，足以预防河水暴涨，而且远离蚁窝和明显的猎物路径，头顶也没有暴风吹坏，随时可能掉落的树干或枯枝，以免睡到一半被打到。

住过乌鸦族的鹿皮帐篷之后，他宁愿回到从前和爸爸一起生活的方式，所以他准备砍树来扎营。他发现了三棵榉树幼苗，先把它们往内弯，再用松树根做成的绳索捆起，如此便成为一个舒适的睡房，然后捡拾一些掉落的树枝搭成屋顶，先覆盖上落叶，再压上一些树枝以免叶子被吹走。等到第二天早上，只需松开捆绑幼苗的绳索，它们就可以毫发无伤地弹回原样。

接着他用上个秋天遗留下来的榉树枝干做成一个床垫，把行李拉了进来，帐篷里有一股浓郁的大地气息。“好味道！”他大声喊出来，但他的声音仍然带着一丝不安与牵强。

夜晚很温暖，有南方吹来的微风，所以，托瑞克只需生个小小的营火就够了，为防止火势蔓延到森林而先用石块围起来，再用打火石和一把白桦树皮制的火种来唤醒火苗。

他回想起和爸爸在森林中度过的夜晚，他们总是坐在火堆边，思索着这个神秘并赋予生命的生灵——火，它真是所有氏族的好朋友。当火在树边睡着的时候，它都梦见了什么？当它熄灭后，又究竟去了哪里？

有生以来第一次，托瑞克开始想起那些他即将遇见的同族亲人，或许和红鹿族人一起可以找到归属感。毕竟，倘若不是种种境遇使然，他很可能已经和红鹿族人共同生活，当他诞生到世间，母亲也可以选择用自己的氏族来为他命名，而不是跟着爸爸。若是如此，他将是一个在森林深处长大的孩子，爸爸或许就不会被杀死，但他很可能

也不会遇见狼……

思绪很乱，不该再想了。他跑去寻找食物，挖了一些甜甜的兰花树根，放在余烬中闷熟，还摘了一些藜叶，加蒜头做成热乎乎的菜泥，很好吃，但他其实并没有那么饿，所以就留下来天亮再吃。

他把锅子挂在树梢上免得被偷走，这时候森林里响起一声尖叫。

他一动也不敢动。

那并非母狐的嚎叫，也不是山猫在求偶，那个叫声发自人类，或者说，至少曾经是人。听起来应该是从西边远处传来。

托瑞克不禁毛骨悚然，看着树木之间的光影慢慢昏暗。仲夏不远了，夜晚变得很短，却已经够他惶恐不安。

夜幕低垂，森林里仍然回响着歌鸫的叨絮和啄木鸟的喧笑，鸟儿整夜歌唱，他很高兴有歌声相伴。

他想到乌鸦族人坐在他们的营火旁边，炭火熏烤的味道和烘好的鲑鱼干，还有欧斯拉克豪迈的笑声……

夏日的芬芳竟成毒气。

没多久他摊开睡袋爬进去，把武器放在一边。前一刻他还完全清醒，下一刻却已精疲力竭。

他睡着了。

凄厉的笑声划破梦境。朦胧之间，他意识到一声很响的呻吟，很熟悉，也很吓人……

他一下子警觉起来，那声音是一棵倒下的树，**而且是往他这边倒下来**。

他的睡袋卷住双腿无法挣脱，只能像毛毛虫般拼命扭动，好不容易钻了出去。他挣扎着站起身来，跳开，跌倒，差一点倒向火堆。就在那棵树应声压垮帐篷之际，他及时跳进旁边的蕨丛里。

火花冲向天空，黑暗中树枝四散掉落，然后沉寂。

托瑞克倒在蕨丛里，心脏狂跳，直冒冷汗。他明明检查过的，周遭并没有被暴风雨吹坏的树干，而且，根本就没有什么风啊。

那笑声，充满恶意，或又是那么孩子气，原来并不是梦境。

他不敢妄动，一直等到完全确定没有断枝继续落下，这才起身去察看被压垮的帐篷。

一棵年轻的梣木横跨在上面，压倒了那三棵榉树幼苗，也把他的行李压在里面。幸好他还是把行李抢救出来，至少借着火光看起来，应该没有什么损失。当时他若没有及时醒来，想必已经一命呜呼。

如果那个跟踪者有意置他于死地，又何必发出笑声来警告他？抑或他只是存心戏弄，置他于险境，看他会怎么做？

小火仍在燃烧，托瑞克一手拿着燃烧的树枝，另一手紧握小刀，仔细察看那棵倒下的梣木。果然发现斧头砍过的痕迹，很小、很粗糙，但也很有效率。

这很诡异，因为地上没有足迹，没有其他的征兆显示有人来这里偷偷砍树。

他手持火把仔细搜寻地面，仍然一无所获。或许他漏看了，但他不以为然，因为他最擅长的就是追踪。

他用手指触摸那棵梣木流出的树血，汁液很浓稠，这表示树已经被砍了好一阵子，然后才在他睡着时被推倒。

他皱着眉头思考，没有人可以静悄悄地推倒一棵树。为什么他没有听到异声？

然后他想到了，他曾经拿着水壶到河边装水，那足以掩盖其他的声音。

当他独自站在黑暗与垂死的树木之间，真希望此刻有狼在身边。这些伎俩都骗不过狼，狼的听觉如此灵通，甚至可以听见云朵飘过的声音；他的嗅觉是如此敏锐，甚至可以闻到溪中小鱼的呼吸。

但是狼不在这里，托瑞克粗暴地提醒自己：他在遥远的圣山。

六个月来第一次，他不再发出嚎叫呼唤他失去的好朋友。他不敢设想，嚎叫所引来的会是谁或什么东西。

等他好不容易把行李全救出来，并且搭好新帐篷，已经累到全身

失去知觉，同时深感不安。那三棵榉树幼苗受他牵连而死，他可以感觉到它们的灵魂在身边飘荡，充满留恋与迷惑，不懂为什么会被剥夺长成大树的权利。

都是你害的！旁边较大的树灵似乎在呢喃：**是你带来了邪灵**……

这次他不再冒险进入睡袋，他先将火唤醒，坐在帐篷里，肩上披着鹿皮，斧头放在膝盖上。他不想睡，只希望黎明早点降临……

他惊醒，又是那种被监视的感觉，但这次不大一样。空气里有一股气味：温热的，强烈而熟悉的，有点像芥菜，虽然他昏沉的脑袋还无法分辨。

然后他隔着营火看到一双眼睛的亮光，他伸手紧握住斧头，“你是谁？”他厉声喝道。

那生灵咕哝一声。

“你是谁？”托瑞克又问了一次。

它走近火花范围。

托瑞克很紧张。

一头野猪，很大的雄猪，从口鼻到尾巴约有两大步宽，重量应该超过三个健壮的男人的总和。那对棕色的、毛茸茸的大耳朵被刺伤过，聪明的小眼睛略带戒心，和托瑞克四目交接。

托瑞克强自镇定。野猪通常不会攻击，除非是受伤或保护幼仔。一头愤怒的野猪跑起来的速度不会比鹿逊色，而且所向无敌。

“我没有恶意。”他告诉那头野猪，虽然明知它不会懂，但希望它至少能明白自己语调中的善意。

那对大耳朵抖动，火光映照耳朵的皱褶处。野猪不耐烦地咕哝一声，低下硕大的头，开始在先前被压垮的帐篷废墟里探头探脑。

原来它只是想吃东西。夏天对野猪来说不易觅食，上个秋天的莓果和橡树果实早已吃完，难怪它会忙着翻掘树根、寻找甲虫或小虫，只要是食物。

那头野猪根本懒得理会托瑞克。不一会儿，托瑞克就钻进了睡

袋，蜷缩起身子，听着那让他略感安心的鼻嗅声。他的新同伴声音粗哑，并不怎么友好，但他一样欢迎。野猪的感觉很敏锐，只要有它在附近，就不必担心那些逃脱的病患或恶意的跟踪者靠近了。

但它很快就会离开。

托瑞克盯着红色的余烬，心想莫非真让芬·肯丁给说中了，他离开乌鸦族根本就是落入圈套，不管是谁或什么在跟踪他，都已经达到目的：让他在森林里孤力无援。

不管那是谁，在夜里也没闲着。

当托瑞克爬出帐篷的时候正在下雨，野猪已经离开，火冷了。有人推倒石块，熄灭营火，拿了托瑞克的箭爬进帐篷，从托瑞克枕边的箭袋里取出，并把箭插到灰烬里构成一幅图。

托瑞克一眼就认出来，那是代表食魂者的三叉记号。

他单膝跪地，把箭一一拔出来。“很好！”他站起身大喊，“我知道你很聪明，我知道你很厉害，躲在暗处对付我。但假使你不敢现身和我面对面，你就是一个懦夫！”

并没有人从滴水的矮树丛里跳出来。

“懦夫！”托瑞克大吼。

森林等待着。

他的声音在林间回荡。“你想怎样？出来和我对决！你想怎样！？”

雨水啪嗒啪嗒地打在树叶上，雨滴静静地滑落到他的脸颊，他所听到的回音只有远处啄木鸟发出的咯咯声。

早晨已过，雨下个不停。托瑞克喜欢下雨，下雨可以让他保持冷静，也把蚊虫赶走。他的士气大振，因为他又走过了两个山谷，现在

好像没有被监视的感觉，也没有再听到狂乱的嚎叫。

或许是因为那头野猪一路相陪。他并没有看到它，但陆续发现它的踪迹：可以看到好几大片地面被翻搅过，那是野猪寻找食物所留下的；一棵橡树的树干后面有泥浆磨蹭的痕迹，显然是野猪洗过泥浆浴。

这让托瑞克稍觉安心，他有了一个新朋友。他好奇那头野猪有多老了？先前看到的那些小猪仔或许就是它的小孩。

到了下午的时候，他们又碰头了，在同一条河里饮水，在同一块令人昏睡的林间空地上打盹。有一次他们同时都在找蘑菇，野猪很不悦地咕哝一声，用追赶的方式把托瑞克赶走，接着却一脚踩坏了他原本要吃的蘑菇。托瑞克跑过去一探究竟，这才发现那并非蘑菇，而是长得很像的有毒菇类，从上面的鲜红色点状物可以看出。野猪一副坏脾气的模样，原来是在警告他小心。

隔天早晨仍在下雨，森林笼罩在一片乌云里。正当托瑞克准备往东边前进，这才发现：并不是乌云遮蔽了森林，而是森林本身开始变暗。

他一向习惯开阔的森林区域有大片阳光洒进林间，大树下的矮树丛总是相当明亮。如今他已经走进守护森林深处的山丘，高耸的橡树竖立在他眼前，像是作势阻止他前进的一双双大手，连矮树丛都比他高，全是那些黑色的紫杉和有毒的铁杉。天空完全隐蔽在茂密树叶的顶篷之下。

一整天都没有野猪的行踪，托瑞克有点想念它。他越来越害怕，不仅害怕那默默跟踪他的不明生灵，也害怕眼前即将面对的一切。

他想到父亲说过的一些故事：**在森林深处，托瑞克，事情完全不同。树灵比较警觉，氏族也比较多疑。如果你有朝一日去到那里，务必小心，要记住夏天时“世界灵”会在山谷的深处行走，看起来很高大，头上长着鹿角……**

午后接近傍晚，雨还是下个不停，托瑞克在一条溪边休息，他把

行李挂在一棵冬青树上，然后拿出水壶装满。

他在泥泞中发现新鲜的脚印，野猪显然来过这里，就在不久之前，脚印很尖，前爪的印子很深。他很高兴知道这位朋友仍在附近，当他跪在溪边装水时，闻到了那股熟悉的芥菜味，不禁咧嘴一笑，“我还以为你去了哪里呢？”

在小溪的对岸，蕨丛分开，野猪出现了。

有点不大对劲。它粗糙的棕色毛发被汗水浸湿，一双小眼睛看起来有点迟钝，而且眼眶泛红。

托瑞克丢下水壶，身子往后退。

野猪发出一声怒吼。

它攻过来了。

第九节

当野猪往他这边冲撞过来时，托瑞克赶紧跳往最近的一棵树。

他从恐慌中生出力量，伸手抓住一根树枝，把身子往上拉，双脚荡高，这才躲过了那对快速冲刺过来的尖牙。

树身剧烈晃动，托瑞克抓紧树皮。他的脚勾在树干上，用力把整个身体挂到树枝上。他距离野猪不到两步宽，但他已经无法再往上爬，这棵树太单薄了。靴子已经掉了，双脚都是泥泞，他紧抓住树枝把自己稳住。其中一根树枝啪的一声断了，野猪抬起头瞪视。

那双原本安适睿智的棕色眼睛如今却爆凸火红，俨然化身恶魔，究竟发生了什么事？他不禁惊恐地想到欧斯拉克。

“我是你的朋友啊！”他喃喃说道。

野猪嘶声怒吼，冲进了森林里。

幸好它没有冲回来，托瑞克松了一口气。但他知道现在仍不宜爬下来，野猪生性狡猾，它们会躲在草丛里，它很可能并没有走远。

他的双脚都麻痹了，当他移动位置的时候，右小腿一阵剧痛，往下一看，这才惊觉自己的滑动不是因为沾到泥浆，而是因为流血。原来野猪的尖牙早已刺伤他的小腿，只是当时过度惊吓，竟不觉疼痛。现在他简直就是束手无策。

雨势渐缓，太阳出来了。他环顾四周，都是冬青树和橡树，还有一些蕨丛和泡沫状的绣线菊植物，一切是那么的祥和平静。

野猪芥菜般的气味仍回荡在空中，它很可能藏身在只有五步之遥的地方，托瑞克无从得知，更不敢轻举妄动。

树下有一只红尾鸲飞落到一块牛蒡上，抖落身上的雨水。他心想，如果野猪仍在附近的话，这只鸟就不会来。

为了确定是否如此，他拔出腰带上的刀，匆匆向柳树灵致歉，削下一小段树枝，然后扔下去。

红鸟飞走，蕨丛应声开启。

托瑞克紧抱着树干，眼睁睁地看着野猪疯狂攻击那根树枝：先用尖牙冲刺树枝，然后把它踩烂在一团须根上。幸好托瑞克没有跳下树

来，否则铁定凶多吉少。

野猪把碎裂的树枝踢到蕨丛里，低头绕着圈子，然后用整个身体撞树。

它的肩膀猛烈撞击树干，像一棵巨石落地。托瑞克紧咬着牙根抱紧树干。

野猪再度撞击。

又撞一次。

再撞一次。托瑞克陷入恐慌，开始知道它的意图，它想把树撞倒。

而且这一点也不难，因为他惊恐地发现自己爬错树了，应该爬到附近比较坚固的冬青树或橡树上，或许可抵挡一头发狂的野猪。偏偏自己选了一棵细瘦的柳树，树干和托瑞克瘦弱的身躯简直差不了多少。

你还真行啊，托瑞克，他不禁在心里自我解嘲。

野猪再度冲撞，啪一声，树干受伤碎裂。他看到粉红偏棕的树木颜色，还有反光的树血……

快想办法，快！

或许可以跳到最近的橡树，只要他设法顺着这根树枝——

但他旋即回头，算了，树枝看起来或许强壮，但不可能负担得了他的重量，这是一棵裂伤的柳树，而且柳木的材质本就易碎。看来他不但挑了附近最细瘦的树，也是最脆弱的。

突然间，野猪停止攻击，这反而让他吓了一跳。托瑞克发觉它的沉默比愤怒更惊悚。

他知道这将是一场殊死战，而且输的可能是自己。他的斧头和弓箭还整整齐齐地挂在冬青树上，离他两步远的地方。

希望一点一点流失，像是倒进流沙的水。没有出路了，他必死无疑。

几乎是出自本能，他用双手圈住嘴巴发出狼嚎：**狼！你在哪里？**

救我！

风中没有传来任何回音。狼在遥不可及的圣山。

而这部分的森林似乎渺无人烟，没有人会听到他的呼救，也没有人会来救他。

嚎叫让他的心一下子脆弱起来，却也赐给他一股力量。你是狼族的成员，他告诉自己，你绝对不可以像松鼠般死在树上。

就在刻不容缓的决断瞬间，他切下一条比自己手臂稍长的柳枝，削掉小分枝，再把尾端切平并纵向割裂，制成一根紧实有弹性的长叉子。他的武器大约有两步远，或许可以用这根分叉的树枝勾住斧头的皮条，把它从冬青树那边勾过来。

在他的底下，野猪盯着他的一举一动，汗湿的黑色口鼻不断冒出热气。

很幸运地，柳树靠近冬青树那边的树枝比较结实，托瑞克尽量把身体靠过去，把叉子伸了过去。

还是不够长。

他往后爬回一点，抽出腰上的生皮带圈在柳树条上打结，捉住另一端，这样就可以延长往前倾的距离。

这一次成功了！他的长叉子勾住了斧头的圈带，慢慢把斧头勾离冬青树。

斧头很重，长叉树枝弯了，托瑞克眼睁睁地看着斧头滑落，落到泥地上。

野猪嘶吼一声，用它的尖牙把斧柄从泥地顶出来，然后扔进蕨丛里。

托瑞克不允许自己气馁，他仍然伸直了长叉，企图取出自己的弓。慢慢地，轻柔地，他把长叉放到弓弦下。比起斧头来，弓就轻多了。只是一片紫杉，加上一条细细的鹿腱，他毫不费力就把弓挑离树干。

当他终于把弓背在肩上，心中燃起一线希望。“看到没？”他对

野猪吼道，“你一定没想到我可以办到吧？”

接着要拿箭，托瑞克手上仍捉着皮带，伸长身体用叉子去取箭袋。勾到了！箭袋很轻，是草编的圆锥体，但正当他把箭袋向自己移过来时，却整个打翻了，里面的箭散落在泥地上，他赶紧稳住箭袋，终于拿到，及时救出仅存的三支箭。

一瞬间，他感觉到一种荒谬的欢愉。“啊！三支箭！”他嘶吼着。

三支箭，这样就想杀一头成年的野猪，无异于想用一束花来击倒一头公鹿。

野猪哼一声，开始继续攻击树干，柳树随时会应声倒下。

托瑞克的身体紧贴晃动的树枝，勉强用箭瞄准目标，拉弓的手被树枝挡住，手臂没办法完全伸展，他无法好好射击……

射出第一支箭，击中野猪的肩膀。野猪狂吼，但继续冲撞树干。箭的功效简直就跟蚊虫叮咬没两样。

托瑞克咬紧牙根射出第二支箭，结果只是毫发无伤地掠过野猪厚实的头顶。

用用你的脑子，托瑞克，瞄准野猪的头骨或肩膀根本是白费气力，一定要打到肩膀的后方，这样才可能正中心脏。

柳树又啪一声，清脆的断裂声，整个树身剧烈倾斜。现在托瑞克真的没办法了。

野猪转个圈再度冲撞。就在它再度攻击之前，托瑞克瞥见它前脚后面有一块毛发比较稀疏的地方，于是瞄准，然后射出最后一支箭。

箭深深刺入，野猪尖叫一声，侧身倒下。

四周一片沉寂。

托瑞克只听见自己紧促的呼吸声，雨点成片落入蕨丛。

野猪一动也不动。

托瑞克等了好久好久。确定它真的已经没有动静，这才从树上爬到地面。

站在饱受摧残的大地上，死去的柳树躺在他身后，他却仍感到四

面受敌，很没有安全感，因为他没有箭、没有斧头，只有一把刀。

它一定是死了，那缀有泡沫斑点的身躯毫无动静。

但他仍不能冒险。尸体在距离他三步远的地方，除非先有武装，否则最好不要再靠近。

他蹑手蹑脚地绕到柳树残骸后方，搜寻他的斧头。

在他背后，野猪却蹒跚站了起来。

托瑞克着急地搜索蕨丛，应该就在这里……

野猪全力冲刺过来。

看到斧头了，托瑞克赶紧扑过去，旋即转身，击入野猪厚实的颈部。

野猪倒地而死。

托瑞克站着，他双腿紧绷，胸口起伏，两只手紧握着斧头。

雨点像泪水般滑过双颊，悲伤地挂在树叶上。心里真不好过，他这辈子从来没有因为猎食之外的理由杀生，更没有杀过自己的朋友。

他松开斧头，跪倒在地，双手抚摸着温热的鬃毛。“对不起，”他告诉野猪，“但我是不得已的。愿你的灵魂安详。”

野猪无神的双眼和他四目交接，它的灵魂早已离开，托瑞克可以感觉到，很近，很愤怒。

“我会抱持尊敬的心对你。”他轻抚着动物汗湿的体侧说，“我答应你。”

在那暗淡的毛皮下，他摸到了硬硬的东西。

拨开毛皮一看，他不禁惊呼一声，有不明物体深深埋在野猪的肋骨里。

他用刀子把物体挖出，拿到溪边清洗。他从未见过这种东西，形状有点像叶子，却有致命的倒钩，并且是用火红的木头制成的。

从他后方的林间传来笑声。他旋即转身，笑声隐没在森林里。

他恍然大悟，难怪野猪会发狂攻击，不是因为疾病，而是伤痛所致。竟然有人如此残酷不仁，如此邪恶歹毒，既然已经伤了它，就应该遵照森林狩猎的神圣法律继续追捕，好好结束它的生命，不应该放任它在受伤的痛苦中发狂，攻击视线范围内的一切。

既然托瑞克是森林这部分仅存的人，显然那些射伤野猪的人要对付的就是他。

第十节

托瑞克把野猪的肝脏切片，包在牛蒡叶里，塞到一棵橡树的分枝里。

“献上这块肉以感谢氏族守护灵。”他喃喃说着这句念过无数次的感谢话语，然而有生以来第一次，他并不觉得感恩。他满脑子都是这头聪明的老野猪，它在嗅着蘑菇的气味，并且陪伴他度过害怕的夜晚，还有那几头失去父亲的小肥猪仔。

他跛行到野猪旁边，这么庞大的身躯，托瑞克费了好一番力气才把它翻过来，划开肚皮取出内脏，但他的进度非常慢。

他的狩猎成果到目前为止，体型最大的猎物是一头公獐鹿，当时花了整整两天才处理完毕。野猪比公鹿大上好几倍，恐怕得花上半个月。

问题是，他并没有半个月的时间来处理，他必须赶到森林深处寻找解药。

但他别无选择，这是森林狩猎最古老的法律，当你狩猎成功时，就必须抱持尊敬的心对待得手的猎物，并善用其每一个部分，这是氏族们在远古就和“世界灵”订下的契约。托瑞克必须尊敬神圣法律，否则必将遭受难以言喻的厄运。

他还必须照料小腿上的伤口。伤口已经发烫，连雨水都无法使之冷却。他在溪边找到一团石碱草，先取一些湿草捣成泥状，揉出泡沫后用来清洗小腿，抹上去时一阵刺痛，让他不禁流下眼泪。

接下来必须缝合伤口。他的背包仍安然挂在冬青树上，他从中找到一些骨制的缝衣针，挑出最细的一根，以及一些用鹿腱制成的细线。原本他用獐鹿腱自制的线又粗又不平整，薇德娜看到后不禁噘起嘴巴，好心给了他一些自己精制的细线，这些线就像蜘蛛网般细致，他由衷感谢。

缝第一针简直是痛彻心扉。把线从皮肤里拉出来的时候，他不断呻吟，然后站起来跳来跳去，针还挂在小腿上，因为他实在没有勇气接着缝第二针。当他好不容易缝好，早已满脸泪痕。

接下来是包扎伤口。他用了一些嚼烂的绿色柳树皮，那倒是一点都不缺，虽然点在伤口上的感觉像是火在烧。最后再用一片从马蹄菇上撕下的内里覆盖，以白桦的韧皮包裹定位。

终于大功告成，他早已浑身颤抖。伤口仍在抽动，但疼痛已经稍减。

他找到靴子，满是泥泞，但是完好无缺，赶紧套回脚上。幸好这是夏天穿的靴子，生皮的鞋底，侧边是软鹿皮，不会磨痛小腿。他把剩下的马蹄菇塞到背包里，以备数日后换药包扎。

数日后……他仍会在此，处理野猪的尸体，如果跟踪者没有伺机暗算得手的话。

雨停了，水从毁坏的柳树滴下，在野猪的尸体上反光。一对乌鸦飞下来想分一杯羹，托瑞克把它们嘘走。

眼前闪过一些黑点，他知道这是饥饿的晕眩，处理猪肉的事必须暂缓，得先填饱肚子。

他吃完所有从乌鸦族营内带出的补给品，有了这头野猪就不怕没肉吃，但他的食欲从来没有那么差过。

在那对乌鸦虎视眈眈之下，他勉强切下全部的猪肝。依法必须将血液一饮而尽，这还真是有困难，因为大部分的血都已流到泥地里了，如今覆水难收，他恐将因为违反神圣法律而遭受难以言喻的厄运。为了弥补过失，他从背包里拿出白桦树皮制的杯子，舀起骨盆里仅存的血液。他努力不去想这个杯子是欧斯拉克在一个漫长的冬夜里为他削的，并且努力忘掉他所饮用的乃是一个朋友的血。

他咀嚼牛蒡的嫩枝以便去除腥味。接下来，终于要动手肢解野猪了。

剥猪皮的工作真是令人腰酸背痛，手臂也相当吃力，托瑞克一直忙到傍晚才完成。他浑身是血，而且因为疲倦而颤抖，一整块生皮满是泥泞，并发出腥臭，真是乱七八糟，他根本来不及清洗，也还没有开始切割肉和脂肪。切割之后，他还必须花上好几天用烟熏制生皮，

捣碎猪脑，制作肉干，把骨头弄碎以便制成鱼钩和箭头。

当然不可以忘记，要赶在天黑前搭一个帐篷，生一个营火……

“心想不一定会事成。”他后面有一个声音说。

托瑞克吓了一大跳。

他没有看到任何人。蕨丛大约有一个成年人高，阴影丛丛。

“你是谁？”他说着往前走一步，这才发现他把武器留在野猪旁边。

就在此时，他看到了，蕨丛里有一张脸正盯着他。

一张叶子的脸。

第十一节

叶子脸生灵并不是孤身一人。

在他旁边又出现一个，又出现一个……不一会儿工夫，托瑞克已经被团团围住。

越来越多叶子脸在树林中出现，他这才发现，虽然他们的脸很像那位跟踪者，但其实他们都是成年的男人和女人，而且没有爪子。

他们棕色的长发散落，扎着森林野马的尾毛，男人的胡子都染成绿色，活像挂在云杉树上的青苔，不分男女嘴唇都涂成深绿色，但最吓人的还是他们脸上的叶子。托瑞克定神一看，他们脸上密密麻麻都是棕绿色的叶状刺青，女人是橡树叶，男人是冬青叶。这些刺青给观者一种非常不安的感觉，仿佛这些人是从树上活剥下来的，即使他们现在就站在林间空地上。

他们赤脚，穿着及膝的护套和树皮编制的无袖背心，尽管他们的织法是托瑞克前所未见的细致精密。他们每个人都拿着一把油亮壮丽的弓，每根弦上带有一支绿色石板磨成并饰以啄木鸟羽毛的箭，而所有的箭都对准他。

他赶紧握住拳头，摆在自己的胸口，象征友好。

那些箭并没有动。

“你们是森林深处的？”他声音沙哑地询问。这只是猜想，他们身上的某种气息有别于跟踪者，他感应到一种狂野与危险，但并不邪恶。

“我以为森林深处要再往东一点……”

“你错了！”一个女人说，她的声音比森林深处的泉水还要冰冷，她有一张充满不信任的尖脸，淡褐色的双眼靠得太近。她看起来比其他人都还要老，托瑞克心想，她应该是领袖。

“你已经抵达真实森林。”她说，“你不可以通过。”

“‘真实森林’？”这话让托瑞克备觉反感，难道我从小生长的那部分森林就不真实了？

“我是以朋友的身份前来。”他努力调整出友善的语调，但并不是很成功，“我的名字是托瑞克，我在森林深处有亲人，我妈妈那边有橡树族和红鹿族。你们是哪一个氏族？”

那女人抬头挺胸地说，“森林野马族。”她粗声说道，“你要知道说谎的代价。”

“我所言属实。”

“如何证明？”

托瑞克顿时面红耳赤，他跑去打开自己的背包，拿出了母亲的药罐，那是用挖空的红鹿茸所制，罐底和塞子则是橡木材质。芬·肯丁曾经告诫他不可以随意示人，但他实在想不出其他证明。

“请看。”他把药罐递出去。

领袖却好像遭受威胁般退避三舍，“放下！”她尖叫，“我们从来不碰陌生人。谁知道你是不是游魂或厉鬼？”

“抱歉！”托瑞克赶忙说，“我就……把它放在这里。”

他把药罐放在地上，领袖倾身向前检视。托瑞克心里想着，森林野马族人真的和他们的氏族动物很像，不只是头上扎马尾。

“这是红鹿族所制。”领袖如是宣告。

族人们发出惊异的窃窃私语。

领袖走近托瑞克，端详他的脸说，“虽然你在此造成邪恶，你的内在确实带着一丝真实森林，但我们不认识你脸上的刺青。你不可以通过！”

“什么？”托瑞克说，“我一定要过去！”

“他不可以进入真实森林！”其中一个族人说，“看他对野猪做的好事！”

“还有柳树！”另一个族人说，“你看它躺在泥浆里！死得如此痛苦，丝毫没有得到任何慰藉！”

“你要怎么慰藉一棵树？”托瑞克难掩心中不满。

一片密密麻麻的叶子刺青，七对淡褐色的眼睛全都瞪着他。

“你错待了我们的兄弟姐妹。”领袖说，“这点你无从否认。”

托瑞克看着眼前东倒西歪的柳树和泥泞的野猪尸身，“那你们接手。”他说。

“什么？”领袖不解地瞪着他。

“接手处理野猪和柳树。”托瑞克说，“我只有一个人，你们有七个，由你们来处理会比我容易。而且这么一来，大家都可以避免恶运降临。”

领袖有点迟疑，似乎怀疑这是诡计，然后她转向族人。让托瑞克比较意外的是，她并没有讲话，而是单手打出一些优雅细微的手势。

其中四个人立刻展开行动往前一站，拿出绿色石板的细刀，跪在野猪尸身旁，以惊人的速度开始拆解和打包，从背包里拿出树皮编织布来包裹生皮与内脏，并挂在自己肩膀上。

“我们会再返回来照顾姐妹。”其中一个人对倒卧的柳树点了一下头，并对托瑞克投以责备的眼神，“我们将让它安息。”然后他就走了，和其他三个同伴一起没入茂密的森林。

野猪存在过的痕迹瞬间消失，除了它的尖牙。其中一个森林野马族人把尖牙放到托瑞克面前，“你必须保留这些。”她很严厉地说，“以便记取你错待猎物的罪过。如果你是真实森林的一分子，就会被罚终身佩戴，不得取下。”

托瑞克对领袖哀求，“我知道做错了，但我真的不是故意的。”

“那没差别。”

他深呼吸一口气，再度哀求，“我是到此寻求你们的协助，森林里出现了恶疾。”

“我们知道。”领袖打断他。

“你们知道？难道这里也爆发恶疾了？”

领袖骄傲地抬起头来，“我们真实森林里没有恶疾，我们严守边境，但树灵告诉我们很多事情。他们说起了西边姐妹深受苦恼的邪恶，他们低语着那所为何来。”

托瑞克想了一下，“听说你们这里的某位巫师有药方。”

“我们没有药方。”领袖说。

托瑞克惊讶地张开嘴巴，“我知道我有所冒犯。”他小心地说，“我诚心道歉。但若你们族里没有药方，或许其他的——”

“我们没有药方！”领袖断然表示，“森林深处没有药方！水獭族的人讲话毫无根据！他们天性随便，就和他们的氏族动物一样！”

“你们真的无法伸出援手吗？”托瑞克无法置信，“你们或森林深处里的任何人？难道就这样见死不救？”

“我们同感哀戚。”领袖说，却完全看不出一丝哀戚之情，“但我无法改变事实。你所寻之物是在海洋。”

“海洋？”托瑞克盯着她。

“你应该往西边行走，此乃树灵诉说的讯息。往西行至尽头，方能寻得你所寻之物。”

“我凭什么相信你的话？”托瑞克说，“你该不会只是想打发我？”

领袖的脸色一沉，“树灵从不说谎，如果你的灵魂里有一丝真实森林，你就会知道这点。但你显然不知，否则就不致犯下在此处的邪恶罪行。”

“我并不想杀野猪。”托瑞克说，“完全是情势所逼，因为它攻击我。有人击伤它却放任它伤痛成狂。”

在场的森林野马族人无不惊恐呼喊。

“竟有如此恐怖的邪恶！”领袖说，“你的证据呢？如果真有此事，我们怎么可能不知道？这里的任何风吹草动都逃不过我们的耳朵。”

托瑞克弯腰捡起先前从野猪身上取出的暗器，但他随即想起森林野马族人不碰触陌生人的禁忌，就把它放回地上。

他们的反应却再度让他大感意外。领袖发出怒吼，深绿的双唇间露出惨白到吓人的牙齿，“你竟敢指控我们？”

“我没有啊！”托瑞克说，此时他才发现原先并未留意的事：她

的腰带就有一挂深色的木制暗器，和伤害野猪的暗器一模一样。

“那你是在指控谁？”领袖问道，“森林深处里的其他氏族吗？快说明白，否则就得死！”

“我不知道啊！”托瑞克叫道，“我是说我有看到，但我不知道那是什么！我确实在野猪的身上发现了这个！”

森林野马族的人这才把弓放下，让他松了一口气。

“我称它为‘跟踪者’。”他说，“他的脸和你们一样，不是，我是说他的脸有树叶的刺青，但是比较小，像小孩子，而且手脚有爪子。”

领袖往后倒退，她紧抿着绿色的嘴唇，树叶刺青的脸庞苍白，毫无血色。“你必须马上离开。”她呼吸沉重地说，“如果你胆敢再踏进真实森林一步，我以赐我生命的树灵之名起誓，你将必死无疑，再也无法伤害另一棵树灵！”

托瑞克正视她的眼睛，溢满着恐惧之情，“你知道他是什么，对不对？”他反问。“那个‘跟踪者’，你知道他！”

领袖没有回答，她对族人打出另一个手势，然后一行人就没入森林中。

“不要走！”托瑞克追上去呼喊，“告诉我他是什么！至少让我知道这点！”

一支箭飞过他的脸。

“告诉我他是什么！”他吼着。

就在她们的身影完全消失前，领袖回过头来说，“**托卡若思……**”她喃喃说着。

“什么意思？”托瑞克说。

“**托卡若思……**”

绿色的脸没入成片的叶海中。

她走后许久，那个名字仍萦绕在空中，像一缕邪恶的思绪。

托卡若思……

第十二节

“**托卡若恩**？”芮恩问道，一边照料着自己包扎起来的手掌，“那是什么？”

“别在这里问！”莎恩喝止她。

莎恩静默不语地环顾整个营区，尽管她的身躯就像饱受暴风雨摧残的枯树般驼背弯曲，移动速度却出奇地轻盈，像一阵风吹过，手持权杖如入无人之境——穿越烤火架边工作的人群，越过守望岩，进入峡谷幽暗处。她没有一次往回看，完全认定芮恩会自动跟过来。

芮恩其实颇为恼怒，但仍顺从地跟上去。当她经过的时候，人们对她投以警戒的眼神，就像他们对巫师的态度。他们越来越将她视为莎恩的助手，芮恩痛恨这个情况。

自从恶疾爆发，已经是第三天了，又有四个乌鸦族人生病。为了防止他们作出伤害别人和自己的事，芬·肯丁采取了最激烈的手段，把他们关在河流对岸的洞穴里，并派人严密监视。

芮恩可以感受到空气中弥漫的恐惧，她可以在族人的眼底看到：下一个会是我吗？还是你？

她很害怕自己手上的咬伤是一个征兆。她需要找人谈谈，告诉她不是这样，莎恩却不准她提起。

若是在从前，芮恩才懒得理她，她从小就在违抗莎恩，现在也没有理由变乖。如今，她倾诉秘密的对象都不在了：欧斯拉克死了；薇德娜回到她的出生氏族，也就是柳族；托瑞克则不告而别。

托瑞克已经走了两天，但只要一想到他，芮恩依然怒不可遏。他根本没资格当她的朋友，朋友绝对不会不告而别，只留下一个画图的小石子。

为了发泄情绪，她每天都去打猎，由于她是一个很好的猎人，芬·肯丁也允许她去。她就是在出外狩猎时被咬伤的，严格说起来这都要怪托瑞克。

事情发生在今天早上。她在黎明中醒来，穿越迷雾中的森林，走到山谷东南边的榛树林，检查先前在此设下的捕猎陷阱。

走到榛树林，她起初以为陷阱是空的，然后从底下深处传来树叶的飕飕声。她顿时把芬·肯丁教导她的第一守则抛诸脑后，还没先看清楚就伸出了手。

由于剧痛难忍，她尖叫的声音贯彻整座森林，树上成群的斑尾林鸽应声飞逃。她哀嚎地缩回手，但咬她的那个东西死命不放。她没办法看到他，叶子太浓密了，而且怎么甩都甩不掉。她拔出刀子，伸入洞中，却在惊恐中紧急缩回，咬她的并非毒蛇，也不是鼬鼠，而是一个小孩。她在微光中瞥见污秽发丝间的一对眼睛，发黄的尖牙紧咬住她的手掌。

她举起刀子喝阻他，那小小的生灵对她投以纯粹恶意的眼神，牙齿松开她的手，并对她发出一声嘶吼，就像是一只愤怒的狼獾——然后就跑掉了。

就在此时，陶尔和芬·肯丁已经手持斧头闻声而至。

也不知道为什么，芮恩并没有告诉他们事情的经过，反而把被咬的手藏在背后，用尴尬来掩饰震惊，“我好笨，看都没看就伸手进去。幸好只是一只鼬鼠！”

陶尔立刻大感放心，回转到营区。芬·肯丁则用质疑的眼神看着她，但芮恩只是沉默不语。

“那究竟是什么？”她问莎恩，现在她们已经站在二十步以外的峡谷。芮恩环顾四周，她不喜欢峡谷的感觉，除非必要，她很少会来这里。

虽然是大白天，她们所站的地方却很阴暗，峡谷总是阴森森的，幽暗中透出一丝银色的天光。宽水和芮恩一样不喜欢峡谷，愤怒地冲刷着混乱的圆石堆。

芮恩不禁浑身颤抖，在这种地方，随时可能会有一只“托卡若思”偷偷摸摸跑到你的背后，而你什么也听不到……

“托卡若思”，莎恩喃喃说着，然后跳了过去。

“那是什么意思？”

莎恩并未回答，她伸手抓住河边一块红色的硬土，上衣蓬松地挂在她枯瘦的身躯上。她赤裸双脚，脚趾甲呈现棕色，又长又弯。

有一次托瑞克跟芮恩提及，他觉得莎恩很像一只乌鸦，“老到已经完全没有任何感觉的那种。”芮恩反倒觉得她更像焦土：干掉的大地，很硬很硬。但托瑞克说得没错，莎恩没有感觉可言，芮恩从小就认识乌鸦族的巫师，却从来没见过她的笑容。

“我凭什么要告诉你什么是托卡若思？”莎恩用她刺耳的破嗓子说，“你想知道这些，却不愿意学习巫术。”

“因为我不喜欢巫术。”

“但是你很有天分，你可以预知事件。”

“我也很有狩猎天分，可是你……”

“你在狩猎中迷失自我。”莎恩打断她，“借此逃避你的命运，逃避成为一位巫师。”

芮恩深呼吸一口气，强压住自己的脾气，和莎恩争论无异于想用羽毛切割石片。就算她的话里确实带有几分真实性，那又如何？

她决定耐住性子，以便达到目的，“告诉我什么是托卡若思？”

“托卡若思，”莎恩说，“就是一个在黑暗中被单独养大的小孩，以便成为厉鬼的宿主。”

当她说话的时候，天色渐暗并飘下细雨，一点一滴打在红土上。

“托卡若思，”她接着说，“不知善恶之别，没有是非观念，因为他被教导去恨这个世界。他完全不懂得怜悯，只听从他的造物主。”她的眼睛盯着黑色的急水，“他们是森林里最可怕的生灵之一，我从没想过这一生中会听到关于他的消息。”

芮恩低头看着自己受伤的手，已经涂上莎恩用款冬和蛛网制成的糊药，但仍然剧烈抽痛着。“你说‘他的造物主’，这是什么意思？”

莎恩爪子般的手紧握着权杖，“就是那些偷偷抱走小孩的人，那些捉住厉鬼并困到宿主身体里的人。”

芮恩摇头说，“为什么我从来没有听说过？”

“这年头已经没有什么人知道托卡若思了。”莎恩说，“就算知道也很少公开谈论，而且——”她提高声量说，“是你自己不想学巫术的，你忘了吗？”

芮恩一阵面红耳赤，“他们是怎么被造成的？”

出乎意料的是，那张干扁的嘴角露出一丝赞许，“你直指问题的核心，很好，这就是巫师的工作。”

芮恩沉默不语。莎恩在地上画出一个记号，但芮恩看不到。“造成托卡若思的黑暗技能已经失传很久了。”她说，“至少我们是这样想，看来已经有人故技重施。”她把手移开，让芮恩看到地上的食魂者三叉记号。

芮恩心里早就有底，但仍不免感到震惊，“但是，他们是怎么造成的？”她问，在宽水的轰隆怒吼中几乎听不到她的声音。

莎恩把下巴靠在膝盖上，双眼盯着水流，芮恩顺着她的视线看过去——往下，再往下，看到河底幽暗的最深处。“首先，”巫师说，“一个小孩被捉走。他的亲人可能只是转个身，孩子就不见了。他们找了又找，心想他一定是走失在森林里，但他们怎么都找不到，哀伤不已的亲人只好认定他失踪了，不然就是让山猫或熊给叼走了。”

芮恩点点头，她知道有些人就是这样失去孩子的，而她总是忍不住为了他们的遭遇而热泪盈眶。她自己也曾经失去亲人，她父亲失踪了整整五个月才被寻获尸身，当时她只有七岁，她依稀记得那种亲人生死未卜的煎熬。

“如果沦为熊的猎物，”莎恩满面愁容地说，“反而胜过被捉去改造成托卡若思。”

芮恩皱起眉头，“为什么？至少这样还活着啊。”

“活着？”一只枯瘦的手紧握拳头，“被关在黑暗中好几个月，

没有温暖，仅足以维持生存。没有食物，只有一些腐坏的蝙蝠被丢进自己的排泄物里。最糟的是，没有任何人为伴，一直等到他完全忘记母亲的怀抱，忘记自己的名字为止。”

芮恩感觉到一股邪恶穿透全身。

“然后，”莎恩说，“当他只剩下一个没有灵魂的空壳，他的造物主就召唤出一只厉鬼，并将之困入他的身体里。”

“你是说，那个小孩——”芮恩喃喃说道，“他还只是一个小孩。”

“他是一个宿主。”莎恩淡淡地说，“他的灵魂从此将永远受困于厉鬼。”

“可是——”

“你还有什么好怀疑的？”莎恩说。

“因为他只是一个小孩啊，或许还可以想办法挽救。”

“愚昧！永远不要心软！那只会坏事。现在你说，一只厉鬼是什么？快！说！”

换芮恩生气了，“这谁不知道啊？为什么非要我说？”

“不要顶嘴，照我的话做！”

芮恩一口气说：“一只厉鬼，是从死者的灵魂而来，灵魂在离开躯体后失散，因此丧失了它的氏族灵魂，只剩下名字灵魂和世界灵魂。没有任何氏族的感受，也不知道是非善恶，它痛恨一切的生灵。”她忽然住口，想起上个秋天她曾经正视一只厉鬼的眼睛，空洞无比，只有炙热翻腾的恨意。“它活着只是为了摧毁一切的生灵。”她颤声说道，“只是为了毁灭。”

莎恩用权杖往地上一敲，几乎像是狂笑般地喝彩，“说得好！说得好！”她倾身向前，芮恩看到她脑门的青筋暴露。“你刚才所描绘的正是一只托卡若思。它或许看起来还是个小孩，但千万不要被骗了！那只是身体。厉鬼赢得一切，孩子的灵魂已经被埋得很深很深，根本无从逃脱。”

芮恩紧抱住自己，“怎么会有人这样对待小孩？”

莎恩耸耸肩，似乎是在说：无所不在的邪恶还需要解释吗？

“那么，托卡若思究竟是为了什么而存在？”芮恩说，“为什么有人会想去造出一只这样的生灵？”

“听从你的驱使：潜入帐篷、偷窃、伤害、惊吓。否则芬·肯丁为什么要派人整夜看守？”

芮恩惊呼一声，“你是说，你们知道他在这里？”

“从恶疾爆发一开始就知道了，我们只是不知道为什么。”

芮恩想了一下说，“所以你们觉得是托卡若思引起恶疾的？”

“托卡若思只是奉行操纵者的旨意。”

“食魂者。”

莎恩点头，“托卡若思遵照指示引起恶疾，但我们还不了解它如何引起？”

芮恩再度沉默。然后她说，“我想托瑞克看到他了，他在离营前曾经想要警告我。但是他不知道他是什么。”她这时候才忽然想到，“难道不止一只？”

“是的，这是肯定的。”

芮恩努力消化这一切，“所以这里可能有一只，另外一只正在追托瑞克。”

莎恩两手一摊。

一时之间，芮恩从小长大的森林变得如此险恶。“但它们为什么要引起恶疾？究竟有什么目的？”

“我不知道。”莎恩说。

这样的答案是芮恩最害怕的。莎恩是巫师，怎么可能连她都不知道？

芮恩一阵颤抖，她盯着疾奔的河水，想到往东而去的托瑞克，或许正有一个险恶的生灵尾随在后，而他却浑然不觉……

“你不可以去警告他！”莎恩厉声说道，“而且现在也来不及

了，你不可能找到他。”

“我知道。”芮恩头也不回地说。

但她心里又加了一句：无论如何我也不会放弃。

第十三节

狼找不到“无尾高个子”，但他知道不能放弃。

有一次，他捕捉到狼兄弟曾用来盖窝的榉树幼苗的一丝气味，但随即在空中消散，气息淹没在野猪走过的味道里。还有那股侵扰整座森林的恶意腥臭，以及一股新的讨厌味道：厉鬼的气息。狼在幼小的时候就已经学会辨识这股气味，那是很不好的记忆。

他再度四处搜寻气味，但一无所获，而且他的后腿不时感受到恐惧的威胁。

“世界灵”很生气他擅自离开圣山，狼可以从毛皮和脚掌的刺痛中感觉到，他正在追捕他，很快就会展开攻击。

天空变得很暗，“世界灵”的呼吸在林间骚动，声音越来越大，气味越来越刺鼻，因为“世界灵”将开始怒吼。

终于，狼捕捉到他狼兄弟的气味，他快乐地想要嚎叫。他带着崭新的目标奔驰，猎物也跟着他跑，拼命想要逃走，然后发现狼无意猎杀。一只海狸从河岸滑下去，游回自己的窝里。一头红鹿和它的小鹿跑到灌木丛里躲藏。

“世界灵”突然开始宣泄怒气，雨降落在整座森林，把蕨丛给压平了，把树木像小草般弯曲。震耳欲聋的一声，啪——天空降下火球，击中狼身边的松树，树发出一声尖叫，火吞噬了树灵。狼跳到一旁，但火星落在他前方，溅到他的前脚，他叫一声跳得老高，然后拼命跑开，鼻中残留着垂死树木的焦味。

他现在就像一只幼狼般害怕。他想念母狼妈妈，想念“无尾高个子”，他是如此孤单，而且非常非常害怕。

芮恩独自在森林中，并且越来越害怕。

她两天前从乌鸦族的营区偷溜出来，至今没有找到托瑞克。有两次，她听到病患的惨叫声在林间回荡，还有一次她发现头顶上方有飕飕声，仿佛每棵树里都藏了一只托卡若思。

暴风雨迎面而来，“世界灵”生气了。

从树枝间的缝隙，她看到一整片狼灰色的云层，听到滚滚的轰隆声，她已然身在暴风圈，必须寻找掩护。

芮恩正在穿越的山谷东边有许多花岗岩峭壁，她远远瞥见许多黑色的点，那很有可能就是洞穴。她开始奔跑，一路上收集可以生火的树枝。

暴风雨来得非常突然，“世界灵”在云朵上敲击，他撕裂云层、落下大雨，以闪电的光箭击打整座森林。芮恩看见不远处有一棵树着火了，如果不小心的话，她可能就是下一个受害者。

终于，她发现了一个洞穴。尽管已经全身湿透，她并没有立刻冲进去。这个洞穴可能是藏身之所，也可能是死亡陷阱，她必须先检视有没有熊或野猪的踪迹，还有屋檐是否够高，否则闪电可能会打进来，击中她的脑袋。确定安全后，她这才放心走进去。

冷到全身发抖的她非常想要生火取暖，但她仍不忘先照料自己的弓，把它从鲑鱼皮的包裹里取出，挂在洞壁突出的树根上，然后把箭倒出来晾干，以免弯曲，等做完这些她才开始生火。

暴风雨在森林里怒吼着。芮恩心想着：不知道托瑞克身在何处，有没有找到遮风避雨的地方?

从乌鸦族营区一路过来寻找托瑞克，这真的很不容易，更何况一开始完全只能凭借臆测。她猜测他应该会避开主要的氏族路径，但其他还有许多可能性要考虑：熊和其他猎者通常会留在河边等猎物去喝水，而麋鹿和红鹿走的路径会在比较高的斜坡。经历过去年秋天的冒险，芮恩猜想托瑞克应该会避开熊，换言之，他会改走猎物的路径。

当她找到他的帐篷遗迹，证明她的推论正确，却也让她虚惊一场，因为她看到帐篷被一棵桦木给压垮，幸好并未在里面发现尸体。然后她很快发现附近有一个新的帐篷痕迹，她知道那是他的，因为他生火时总是弄成星型，那不是乌鸦族的方式。

隔天早上她又失去了他的踪迹，一头野猪弄乱了足迹。

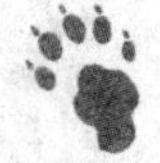

火啪的一声，把她拉回到现实。

她受伤的手仍在抽痛，当她的身体靠近火焰，脑海里浮现出一只托卡若思尖锐的黄牙，听到那充满恶意的嘶声……

“吃东西。”她说出这个念头，以便赶走脑中不愉快的回忆。

她的背包里有麋鹿肉干、火架上取来的熏鲑鱼，还有鲑鱼饼。出于恶作剧的心态，她并没有拿新鲜的鲑鱼饼，反而去偷莎恩的私人贮藏：一叠藏在野牛内脏里的饼干。

她拿出一片，掰下一点儿献给氏族守护灵，然后吃掉剩下的。那是去年夏天的捕鱼制品，但还是很好吃，让她格外想念族人。

她身边摆着一个柳条制成的箭袋，这是欧斯拉克教她制作的，左手的两根手指护套是薇德娜缝制的，右手臂戴的绿石护腕则是芬·肯丁在教她射击时为她做的，她几乎从不拿下来，她哥哥以前老是取笑她。她的哥哥……去年冬天死了，想到他，芮恩心里很痛。

为了安慰自己，她拿出托瑞克在去年秋天给她的小鸡骨哨子，它无法吹出声音，至少她听不到，但她一直保留着。狼却似乎可以听到哨音，她曾经用哨音召唤狼来，并救了自己一命。

她看着哨子，忍不住又试吹了一下。

没有反应。

那是当然的，她本来就知道不会有反应，狼在遥远的圣山。

她感到非常孤寂，摊开睡袋，蜷缩在火边睡去。

她醒来，赫然发现自己并非独自一人。

暴风已经停歇，但仍大雨如注，汩汩流过洞壁内的秘密水道。营火只剩下小小的火苗在闷烧，再过去一点儿，幽暗的洞口处有个不知名的东西正望着她。

她挣扎着起身，伸手摸出斧头。

洞口的东西太大了，不会是托卡若思，是山猫吗？难道是熊？

如果是熊，她应该会听到沉重的呼吸声，而且熊不可能这样静静待在洞口。

她还是忐忑不安。

“是谁？”她问道。

她感觉对方在往前走，但并未发出任何声响，这个生灵的移动，竟像空气般飘然寂静。

然后，她看到一双眼睛的亮光。

她惊呼。

那生灵先是往后退，然后再度向前几步，进入火光可见的范围内。

是一只狼，很大的一只，浑身厚重的灰毛都湿透了。他低下头捕捉她的气味，他看起来相当温和，同时也不害怕，只是有点警觉。

芮恩定睛望向他肩上环绕的黑色皮毛，以及那双琥珀色的大眼睛。那对眼睛……

这怎么可能？

她慢慢放下斧头。

“狼？”

第十四节

“狼？”芮恩又问一次。

那只狼的尾巴放低且微微晃动，他的耳朵往前，紧盯着她，但并未直视她的眼睛，而且他浑身颤抖，但她无法分辨那究竟是因为寒冷、恐惧或热切。

她跳起身来，“狼！是我！我是芮恩啊！狼！真的是你？对不对？”

她连珠炮似地诉说兴奋之情，狼不禁后退一步，发出短促的叫声与低吟，听起来很悲伤。

芮恩想不起来托瑞克是怎么用狼语说“嗨”的，所以只能四脚着地，龇牙咧嘴地，试图捕捉狼的眼神。

仍不对。那只狼转过头去，身子往后退得更远。

但这真的是“狼”吗？她所认识的狼还是幼狼，而今已经长这么大了！从鼻子到尾巴的身长看起来几乎比她更长，如果并肩站着，他的头已经到她的腰部。

当他还是幼狼时有着蓬松的淡灰色皮毛，肩膀处有一圈喷雾般的黑色。现在他的毛浓密丰厚，灰毛间混着细致的白色、黑色、银色和狐红色，但肩膀处仍有一圈黑毛环绕，以及那双不同凡响的琥珀色眼睛。

闪电轰隆，打到洞穴上方。

芮恩应声趴下。

那只狼叫了一声，冲到洞穴里。他的耳朵整个往后贴，抖得非常厉害。

不管他是谁，芮恩心想，其实都尚未完全成年，即使他看起来很成熟，内心深处仍是一只小狼。

她温柔地说道，“没关系的，你在这里不会有事。”

那只狼的耳朵往前倾听。

“狼？是你，对不对？”

他把头歪到一边。

她想到了，连忙从食物袋里倒出一把越橘干果到手掌上，狼小时候最喜欢吃越橘。

那只狼靠近她伸出的手，扭动黑色的鼻子，然后很优雅地吸食干果。

“啊，狼！”芮恩叫道，**“真的是你！”**

他又跳回角落，她吓到他了。

她摇出更多的越橘干果在手掌上吸引他，果然他还是驱前吃光干果，然后他想去咬她的手指护套。为了分散他的注意力，她倒了一些鲑鱼饼在地上，狼用前脚拍打鱼饼，芮恩清楚地记得他以前就是这样，然后连咬都没咬就吞了下去。

他用同样的方式连续吃了四片，芮恩再无怀疑，她所认识的狼就是这么喜欢鲑鱼饼。

她四脚着地爬向他，“是我！”她说着伸出手轻摸他喉咙处的毛。

狼跳开，冲到洞口低鸣着，猛绕圈子。她又做错了。

她有点沮丧地坐回到火边，“狼，你为什么会在这里？”她问，虽然明知他听不懂。“你也是来找托瑞克的吗？”

狼舔掉下腭的鲑鱼饼屑，然后小跑步回到洞穴里坐下，口鼻放在前脚之间。

外面的雷电渐渐往北方而去，“世界灵”走回了圣山。洞穴里充满雨水的滴答声，以及浑身湿透的狼毛所散发出的辛辣气味。

芮恩好想告诉狼自己有多高兴见到他，想问他是不是已经找到托瑞克，但她不知如何开口。芮恩从来没有认真听托瑞克是怎么与狼对话的，因为她其实并不喜欢，那总是让她觉得好像不认识眼前的托瑞克，现在她却努力回想着。

狼，托瑞克曾经说过，**不像我们主要是用声音说话，它们常用前脚和尾巴、耳朵和皮毛，还有——嗯，用它们整个身体在说话。**

你又没有尾巴，当时芮恩反驳他，**也没有皮毛，还有你的耳朵也**

不会动。那你是怎么讲狼话的?

我省略那些。不太容易，但是我们可以克服。

如果对托瑞克来说都那么困难了，芮恩又怎么可能办到?可是如果她根本无法和狼沟通，又要如何让狼帮她找到托瑞克呢?

狼完全不懂这只“无尾女孩”。

她的叫声和狼嚎听得出是友善的，但其他部分都很混淆：有时候具威胁性，有时候是在说抱歉，有时候就是无法确定。

起初她好像很高兴见到他，虽然他感觉到一种不信任，她很粗鲁地望着他，更糟的是，还用后脚直立。后来她想要道歉，给了他一些越橘和一些闻起来略有杜松味的扁平无眼鱼。然后她又想道歉，却来搔他的喉咙。搞不清楚她的意思，狼简直快疯了，只好不断绕圈子。

夜晚已经结束，他一直在等她起床，已经等得很不耐烦了，所以他跑过去拍她，叫她起来玩。

她把他推开，还说了一些无尾话，像“走!走!”之类的。狼记得“无尾高个子”也会这样，这好像是无尾惯用的狼嚎。

他丢下赖床的“无尾女孩”，让她自己慢慢爬起来，迫不及待地跑去探索大地。没多久他就挖了一个洞，享受自己爪子的力道，感受土地抵着自己脚掌的充实。

他听到一只地鼠匆匆跑过地道的声音，他一跺脚，伸爪捉住地鼠，把它丢到空中，然后一口咬断。他吃了一些小虫，这才小跑步去找“无尾女孩”。

太阳已经在上方闪耀，他嗅得出“世界灵”已经离开，大感放心之余，他奔驰过羊齿叶丛，让他的皮毛沾染叶片上的水珠。他听到一只羽翼未丰的喜鹊在巢里探索，下个山谷中的一匹森林野马在一棵倒卧的云杉树上搔肚子。他闻到“无尾女孩”在河的下方，然后看到她手里拿着一支箭对准一群水鸭。

吓鸭子是狼最喜欢的游戏之一，他就是这样才学会游泳的，当时他原本以为自己跳进去的是有叶子漂浮的一点点湿，没想到却整个往下沉。现在他想跳进河里面，让那些鸭子整群往上跳，并不是要加以猎杀，纯粹只是好玩。

但他必须先征询“无尾女孩”的意见。

他很有礼貌地等候，转着耳朵，询问她是否要猎杀这些水鸭。

她不理他。

狼还特地多等候了一会儿，因为他知道这些无尾的听力和嗅觉都非常微弱，就算站在他们正前方，他们也可能浑然不觉。

过了好一会儿，他心想应该没问题了，就悄悄绕过水鸭悠游的羊齿叶丛，噗通跳进去，群鸭顿时往天上飞冲，并义愤填膺地嘎嘎叫，真是好玩极了。

可是没想到“无尾女孩”却开始生气地对他嚎叫，“狼！狼！”她怒嚎，还用箭指着他。

于是，深受冒犯的狼小跑步离开，他明明先问过了，是她自己没有先告诉他要猎杀水鸭。

但没多久他就克服了这种被冒犯的情绪，当他跑去探索地形时有一种奇特的感觉，他需要“无尾女孩”的协助才能找到“无尾高个子”。

狼不晓得自己究竟是怎么知道的，但他就是很确定，他有时候会出现这样的灵感，而现在他的灵感说必须留在“无尾女孩”身边。

太阳已经高高升起，终于她开始沿着一条鹿径追踪“无尾高个子”。她是领袖，所以走在前面，狼小跑步紧跟在后。这真的不容易，因为她简直就像刚出生的幼狼般行动迟缓。

走了一阵子，他们停在一条小河旁边，“无尾女孩”给了他一些杜松鱼，但当狼舔她的口鼻想跟她要更多的鱼时，却被她笑着推开了。

当他还在纳闷这有什么好笑时，风吹来了一股气息，让他的精神一振。

他顿时定住，抬起口鼻用力深深吸了一口气。没错！这是森林里最棒的气味！**这是“无尾高个子”！**

狼转身跑去追踪气味的来由，一直往前跑到一棵松树边，在好几天以前，“无尾高个子”的前脚曾经在那边停留。狼抬起口鼻继续捕捉气味行进的方向。

往回走！原来他们走错方向了！“无尾高个子”并不是往森林深处去，他往回走了，往太阳落下去睡觉的方向！

“无尾女孩”却已经离开它太远，狼看不到她，但可以听到她穿越灌木丛的声音，往错误的方向去。

他对她吠叫：**走错了！回来，回来，回来！**

他心急如焚，一心只想追上他的狼群兄弟，因为他的毛皮感觉到“无尾高个子”已经离这好多步远，但“无尾女孩”就是听不懂。

他沮丧地怒吼，自己跑过去带她。

她盯着他看。

他跳向她，把她扑倒在地，站在她的胸口不断吠叫。

她很害怕，好像已经快不能呼吸了。算了，丢下她。

狼单脚跳开，跑去寻找“无尾高个子”。

芮恩气喘吁吁地站起来，拍掉身上的尘土。

狼走了，森林顿时令人感到孤寂，但是她的自尊心不允许她拿出鸡骨哨子呼唤他，是他自己要离开的，那就这样吧。

她的士气大受打击，刚好走到一个双岔路口，于是她停下来搜索托瑞克曾经遗留的踪迹。一无所获，唯有浓密无比的冬青树和湿漉漉的灌木丛。

那个时候，狼看起来很兴奋，但他是往西边去……西边，那不就是往海洋的方向？为什么托瑞克会从森林深处回转，改往海边去呢？

突然间，狼出现在她前方的路径上。

她满心喜悦，但及时收回刚要出口的欢呼，有了先前的教训，她不想再犯同样的错误。她蹲下来柔声地对他说自己很高兴又见到他，并且避免看他的眼睛，只是偶尔与他四目交接。

狼摇着尾巴朝她小跑步过来。他用鼻子轻碰她的脸颊，给她一个痒痒的轻咬，然后舔她一下。

她轻轻搔着他的耳后，他舔她的手，这次忍住不去咬她的手指护套，然后转身往西边小步跑。

“西边？”她说，“你确定吗？”

狼回头望着她，她在那双琥珀色的眼神中看到笃定。

“西边。”她又说一次。

狼开始往前走，芮恩跟在他的后面跑。

第十五节

托瑞克捕捉到空气中的一丝咸味，于是停下脚步。

这气味勾起了许多回忆。五年前，他也曾经到过海边，一次就够了。

头顶上的松树在微风中摇曳，树林北边的宽水冲刷过圆石，热切地流向海洋。托瑞克却没有那么热切，但是森林野马族的领袖告诉他必须到海边才能找到药方，他怀疑自己是否太过轻信人言。他心中一阵苦涩，自从离开乌鸦族营区，寻药之事可以说是一无所获。先是往东边走，后来改往西边走，有一种任人摆布的感觉，就像绑在赌博石上的骨头片子，被人推来推去。

两天前他离开森林深处的边缘，这两天两夜的时间，他每时每刻都提防着“跟踪者”。虽然可以感觉到他仍在附近，但始终没有见到人影，也没有再碰到他玩的致命小把戏。

没想到昨晚的情势忽然又开始恶化，但显然并不是“跟踪者”搞的鬼。

托瑞克坐在火边，听着暴风雨往东边山丘呼啸而去，他努力保持清醒。他两度听到风中传来恶意的笑声，跑出帐篷两回，却什么都没看到，只有摇曳的树影和闪烁的星光。

从很远的地方，他听到了狼的声音。

他的心脏狂跳，努力捕捉狼嚎的意义。但距离实在太遥远了，松树又太吵，他无法听出它们的话语……

绝望之余，他整个人趴在地上摊平双手，试图捕捉大地传送过来的微弱狼嚎信息。

一无所获。

他真的听到了吗？还是他心中向往所致？

他几乎整夜都没有睡，却没有再听到狼嚎，仿佛做了一场梦，但他知道那不是梦。

一只海鸟的尖叫声把他拉回现实。

右手边的树林显得特别稀薄，他跑过去一探究竟，只差一点就跌

入悬崖，虽然那崖壁不是很高，但是很陡。他看到碎裂的石块和暴露的树根，听到海鸟的欢鸣，它们的巢似乎就在悬崖上面。

他小心翼翼地继续沿着悬崖往西方走，松树的针叶让他听不到自己的脚步声，呼吸声变得异常清楚。地势逐渐下滑，突然没有树木了，没有遮掩的阳光顿时令他目盲，显然他已经走到森林的边缘。

眼前只见宽水流进一片非常狭长的湖泊，看不到尽头，他往西边看，远处有一群长满松树的小岛，或许那就是海豹群岛，爸爸的母亲就是在那边诞生的，再过去则是苍茫的大海。

当海水映入眼帘，回忆涌入心头。当年他只有七岁，对一切都充满了好奇，在那之前，爸爸从未让他接触人群，但那次他们要去参加盛大的氏族会议。

爸爸并没有告诉托瑞克他们为什么要去，还有为什么他们要用熊果汁涂在脸上作伪装，爸爸说这是一个游戏，大家都不知道他们的名字会更好玩。

托瑞克觉得很好玩，他无知地想象着，那些参加氏族大会的人们也会觉得很好玩。

他们到达宽水入海口的地方，那里已经扎满各种稀奇古怪的帐篷，托瑞克从未见过那么多种帐篷：有木头的、树皮的、草根的和生皮的。更没有见过那么多人……

兴奋的心情没维持多久，其他的小孩视他为外来者，开始对他展开攻击。

一个女孩扔出了第一块石头，她是一个脸胖得跟松鼠没两样的蛇族女孩，“你爸是疯子！他吞了鬼的气，所以才会远离自己族人，跑去躲起来！”柳族和鲑鱼族的小孩也加入取笑的行列。“疯子！疯子！”他们嘲笑着，“脸涂成这样！乱七八糟的灵魂！”

如果托瑞克再年长些，就会知道不必以寡敌众，可以很识相地离开。但他当时只感觉一头热血往上冲，没有人可以这样污蔑父亲。

他抓起一把圆石，正准备扔出去的时候却及时被爸爸拉开。让托

瑞克感到惊讶的是，爸爸对这样的污蔑之辞并不以为意，当他高高抱起托瑞克往森林走的时候，还在哈哈大笑。

他死去的那个晚上也在笑，因为托瑞克在他们扎营的时候讲了一个笑话，然后恶熊来了。

自从爸爸被杀之后已经过了九个月，但很多时候托瑞克仍无法相信他已经离开人世。当他早上醒来还赖在睡袋里的时候，他偶尔会想到，有好多事情要告诉爸爸：关于狼、芮恩、芬·肯丁……

然后他才又再度惊觉，已经来不及告诉爸爸任何事了。

不要想这些了，他告诉自己。这招过去还管用，现在却完全失灵。

离开树林后，他发现自己走在一片狭长的灰色沙滩上，脚底下尽是一堆堆紫色的海草，散发出咸咸的腥味。左边是混乱杂陈的岩石堆，就像曾被一个巨大的铁锤打散过，至于右边，宽水流入银光闪耀的海水。

托瑞克觉得泄气，眼前是一个自己完全不认识的世界，海鸥在头顶上尖声鸣叫，完全不似森林鸟鸣的优美旋律。他看到沙地上有些陌生的足迹，一个宽阔明显的沟槽，侧边有五个爪印，看起来就像被啃掉一半的月亮。他猜想这些脚印的主人应该是某种巨大沉重的生物，慢慢拖行到海里而留下的痕迹，但他不知道这是猎者还是猎物。

他爬到岩石上，靴子踩碎了一些白色贝壳，它们看起来很像某种蜗牛，但他不知道名称。他也不知道那些长在岩缝中的多肉植物叫什么，黄色的花朵在微风中晃动。

几步远的地方有只看似喜鹊的黑白鸟儿，但它有着很长的红色鸟喙，正啄着一个卡在岩石上的贝壳，吃着里面的肉。然后它就飞走了，发出响亮的尖声呼叫。

托瑞克看着它飞走，随后跪在水边望着那奇异的晃动世界。他看到金黄色的海藻和丝线般的绿草，当他伸手去触摸，海藻感觉像是黏湿的鹿皮，绿草则像细线般缠绕他的手指。一个长着许多突起的橘色贝壳生物感觉到他的阴影，因而爬回到石头底下。

浓郁的咸味让他头痛欲裂，艳阳刺痛他的眼睛，他有一股非常强烈的欲望想要跑回到森林里躲起来，永远不要出来。

但他随即想到那些正饱受恶疾之苦的氏族，倘若他不能找到药方……

他强迫自己留下来，先去找食物吃。

他不知道海岸边有什么东西可以吃，幸好在森林的边缘找到一团藜叶植物，采集了一些多汁的嫩叶。他用浮木生起营火，先在火里热一些圆石，然后拿水壶装了半满的海水，挂在浮木所搭的三脚架上，用分叉的树枝加入一些圆石，接着再放入一些藜叶，以及前天晚上用陷阱捕获的野兔剩肉。他很快就喝到了鲜美的肉汤，虽然非常咸。

他感到万分疲惫，却紧张地睡不着。他脱掉衣服，洗了个澡，海水洗净他的身体，但还是有点黏黏的。他穿上袜套，把靴子和背心放在岩石上晾干，从背包最底下翻出野猪的尖牙。

或许森林野马族的领袖说得没错，或许他应该用野猪的尖牙做个护身符，纪念这位他迫于情势所逼而必须杀死的朋友。他把尖牙带到岩石上的水池里清洗，用树枝把里面的血肉刮干净。然后，他把尖牙放在岩石上晾干。

接着他用一根刺莓荆棘作为鱼线，挂上一些鱼钩，并利用野猪尖牙里的残余血肉做成鱼饵，把鱼线放到一个小海湾里，他猜想鱼群应该会经过这里的海草。不过，为了让鱼钩不至于浮出水面，他必须找一些石块增加重量。

海滩有一些圆石，但他的背包里已经没有皮绳可以用来把石块绑在鱼线上。他一点都不想动手去割那些黏糊糊的海草，水里一定会有隐形人，或许那些海草是属于他们的。

不妨用撕开的松树根代替绳子，也就是说他必须回到森林里拿。

走在林间让他有安全感，他想要找个理由留在森林，或许他应该多割一些松树根备用。这表示要继续往前走一会儿，因为你不可以在

同一棵树上取用过多的根。

当他回到海岸边的时候，太阳即将西沉，他的东西仍然放在岩石上，原封不动。

几乎原封不动。

那些搜索他行李的人费了一番工夫把东西归位，但托瑞克一眼就看出被动过：他背包旁边的一小丛黄花有点折损的痕迹，那是他先前放背包的地方。野猪牙也被翻动过，他看出正面有一小块新月状的湿痕，那是原先向下摆放时造成的。

他悄然溜回森林里，蹲伏在地上，把身体压得很低，这时候的他真希望矮树丛可以高一点。

沙地上传来声音，约三十步远，有两个男孩从岩石后爬出来，他们走得很慢，边走边搜寻着踪迹。

他们都比托瑞克约莫大一岁。他们的脸色看起来是晒过太阳的深色皮肤，淡黄色的长发绑着贝壳，用网状的灰色皮带绑住眼睛，这让他们的脸看起来有如面具般空洞。

托瑞克用不着看他们的眼睛也知道他们具有伤害力，他们的武器说明一切：坚固的鱼叉、骨头制的倒钩，以及蓝色火石的刀子，个子比较小的男孩腰带上还挂着弹弓。

他们都光着双脚，穿着某种灰色软皮制成的裤套、无袖背心，手臂上满满的蓝色波浪刺青，背心上缝了一条氏族动物的毛皮，油亮的灰色毛皮缀以暗色的小环。鲸？海豹？托瑞克不知道。

但最奇怪的是，隔着背心外面的浅黄色长袖皮外套，他居然可以清楚地看到他们的刺青和氏族动物毛皮！那是非常淡的浅黄色外套，淡到托瑞克可以一眼望穿，他实在很纳闷，居然会有生物的皮是可以被看穿的。

“他不可能走那么远。”那个比较矮的男孩说，他的声音在傍晚的空气中传来。

“他一定是潜逃到树林里了。”另一个说，“就像那些——你是

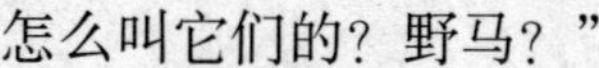

怎么叫它们的？野马？”

他的同伴窃笑说，“德特兰，我不认为野马会潜逃。”

“你怎么会知道，阿斯瑞福？”德特兰说，“你又没见过野马。”

“至少也听过啊。”阿斯瑞福说，“我们走吧，他应该不会回来了。”

“最好如此。”德特兰说，“免得他用肮脏的森林装备来污染海洋……”

托瑞克憋住呼吸，看着他们往回走到岩石堆。

只见他们从岩石底下拉出两艘细长的独木舟，造型完全不同于托瑞克看过的独木舟，吃水异常地浅，船头和船尾都绑着拉紧的灰色生皮，而且显然轻盈如风，因为两个男孩都不费吹灰之力就把船高举过头，然后放入水中。

托瑞克看到他们把独木舟放到浅水里，两人纵身跳上船，开始划动狭长的双片叶桨，没多久就不见踪影，沉静地滑出视线可及的范围。但他知道现在还不能松懈，这感觉有点像陷阱，他必须等他们出来。就像所有的猎人一样，他非常善于等待。

毫无动静，只有微风轻抚，水面像打磨过的石片般光滑无波。唯一的声响来自阵阵拍击沙滩的海浪，以及一只水鸭在啃食浅水处的海草。

太阳更加西沉，水鸭拍动双翅飞走了。夜幕降临——虽然此刻是“无暗之月”的中旬，夜晚很可能只是深蓝微光中的插曲。

托瑞克仍在等候。

等他确定太平无事时已经接近黎明，蹲了太久而四肢僵硬的他悄悄回到岩石那边。露水浸湿了他的背包，仔细检查过之后，很庆幸没有遗失任何东西。

肚子实在很饿了，他跑去海湾检查鱼钩，弯腰拉扯鱼线，并拍掉被风吹来绕到鱼线上的海草。

只是昨夜并未起风。那么海草是怎么来的？

正当他觉得不妙想往回跳，为时已晚，脚踝已被绳索牢牢套住，他失足跌落。

第十六节

托瑞克摔下海湾，头撞到石头上。海上顿时出现一个高挑的身影。

在对方的瞪视下，托瑞克瞥见一张深色的脸，和一大把发亮的黄色头发，一手持刀，一手拉着绳索，拉紧套住他脚踝的圈套。

“我捉到他了！”掳获托瑞克的人对另一个藏身暗处的人影说，然后转向托瑞克，“你最好乖乖就范，免得自讨苦吃。”他的语调没有恶意，但显然说到做到。

托瑞克当然不会乖乖就范，他或许不知道很多打斗的技巧，但很懂得伪装。当掳获他的人弯下腰来绑他的手时，他立即挥出刀子，那人赶紧把头扭开，托瑞克用另外一只脚猛力袭击那男孩的小腿，对方痛得哀嚎，跌到岩石上。

托瑞克割开绑在他脚踝上的绳索，开始往森林跑去，压低身子，迂回穿过柳叶，以免被他们瞄准。

“你逃不了的，森林男孩！”后面的一个声音说。这时他认出了那个比较小的，身上有弹弓的，名叫阿斯瑞福的男孩。

大概跑了六十步，托瑞克整个人靠在松树上，咬紧嘴唇不让自己的呼吸泄露行踪。森林一片死寂，没有任何声音可以掩护他。

“你已经被包围了！”另一个男孩在他的右边说，他认出是那个比较大的，名叫德特兰。

“最好自己出来。”第三个男孩说，他是岩石那边的高个子。

来捉我啊，托瑞克心里说。

一颗石头打在他头顶的树干上。

“你完蛋了，森林男孩！”阿斯瑞福语带奚落，听起来他准备来硬的。

“你怎么可以这么做？”德特兰忽然叫道。

“为什么你要这么做？”比较高的那个跟着吼。

我做了什么？托瑞克觉得莫名其妙。然后他发现他们其实是故意喊话，借以分散他的注意力，以便一步一步逼近。

他快速环顾四周，前面的地势倾斜，落入一条很长很宽的凹陷，他认出赤杨和柳树，还有浅绿色的青苔和蓬松的白色兔尾草。如果你认识森林，就会知道那代表什么——沼泽。不过从他们关于野马的对话来看，他们对森林根本就一无所知。

托瑞克压低身子溜到沼泽边缘。沼泽很大，约有二十步长和十五步宽，而且从味道闻起来应该很深。周围没有路可以绕过去，他必须越过沼泽，但不可以发出声响，必须到另外一边才可能诱骗他们跌进去。

这招可能不错，前提是他不能自己先跌进去。

他动作敏捷地爬上一棵悬在沼泽边的柳树，当然要先确定柳树是稳固的。然后他爬上一根树枝，另外一边有一棵杨树，如果能够过去的话……

他跳了过去，手捉住杨树，但脚仍拖在冰冷腥臭的泥泞中。就在他要把自己拉上去的同时，树枝断了，他轻声向树道歉。

他后方一阵骚动，“在那边！”

他们往这边冲过来，喧嚣更胜于一大群野牛，他往斜坡上奔逃，杜松树枝划伤了他的小腿。

他下方的追捕者发出愤怒的吼叫。很好，他们全都跌入了泥沼。

“龌龊的森林诡计！”其中一人嘶吼。

“我一定要给你好看！”另一个嚎叫。

但听来似乎只有两个跌下去，第三个呢？那个岩石边冒出来的高个子男孩。

没时间想这些了。他跑到斜坡的最高处，差点就摔落悬崖，幸好及时抓到一棵幼苗。

他不禁发出丧气的呼喊，没办法像他原先计划的那样逃得更远。

沼泽无法困住那些人太久，就算可以爬下悬崖，这么宽的河流也无法游过去，而且他们有独木舟，可以轻易捉到他。他必须顺着宽水往上游走，但愿可以在森林里甩掉他们，不过这就等于要把背包弃置在海边的岩石上，虽然他还是有一把刀……

他的刀……

他手上现在握的是芬·肯丁为他制作的刀，但爸爸的弯刀——他最心爱的宝物还在背包里。

头顶上传来撕裂声，托瑞克抬头一看，一根很大的树枝正朝他打过来，他赶紧跳开，但不够远。树枝打到他的手肘，他痛得大叫出来。

“在这里！”他的追捕者闻声大喊。

他听到一阵幸灾乐祸的笑声，往上一看，一张树叶脸消失在林间。

这时候一颗石头打中了他的脸颊，他跌到幼苗上。

“逮到了！”声音靠近。

在一阵头晕目眩的痛楚中，托瑞克看到岩石那边的高个男孩冷静地从松树那边走过来。“阿斯瑞福，”他对同伴说，“我不是说过不要打他的头吗？你这样一不小心就会杀了他。”

阿斯瑞福把弹弓塞回腰带，咧嘴一笑，“我才不管他的死活。”

他们又回到岩石边。托瑞克的双手被绑在后面，掳获他的那些人东搜西搜。他们的眼罩已经拿下，但也没差多少，他看得出来这群人相当暴力，他们的手指在刀柄上来回抚摸。很奇怪的刀，刀柄既不是木制的，也不是鹿茸或骨头。

在岩石那边捉到他的高个男孩走近，他看起来很聪明，很警觉，眼睛像蓝石刀般冷峻。“你不应该逃跑。”他冷冷地说，“那是懦夫的行径。”

“我不是懦夫！”托瑞克正视他的眼睛，他的脸颊在抽痛，脚和小腿都有发烫的刮伤。

阿斯瑞福发出讪笑，“啊，你完蛋了，森林男孩！”这人看起来活像一只狡猾的鼬鼠，没事还咬咬嘴唇，“你说对不对啊，贝尔？”他对那个高个男孩说。

那个叫贝尔的男孩并未回话。

“我不懂。”德特兰摇摇头说，“以森林污染海洋！为什么会有人做这种事？”他浓厚的眉毛横在鼻梁上形成明显的界线，托瑞克猜想他并不是特别聪明，但是很善于听话服从。

托瑞克转向贝尔，他应该是领袖。“我不知道你们认为我做了什么？但是我从来没有——”

“鹿皮，”贝尔来回走动，“驯鹿生皮，森林木头，难道你没有一丝尊重之心吗？”

“尊重什么？”托瑞克问。

德特兰目瞪口呆。

阿斯瑞福拍一下自己的前额叹息，“他疯了，肯定是这样。”

贝尔眯起眼睛看他，“你胆敢把不洁的森林皮毛直接拿到海边来！还设下懦夫的陷阱捕捉我们的皮船，而且，就在海洋母亲的怀抱里！”

“我在捕鱼啊！”托瑞克叫道。

“你破坏法律！”贝尔咆哮，“**你以森林污染了海洋！**”

托瑞克倒抽了一口气，“我的名字是托瑞克。”他接着说，“我是狼族，你们是什么族？”

“当然是海豹族。”贝尔拍拍他胸口的灰毛，“你难道不认得海豹皮？”

托瑞克摇摇头，“不认得，我从未见过。”

“从未见过海豹？”德特兰简直不敢置信。

阿斯瑞福哈哈地放声嘲笑，“早说了，他是疯子。”

托瑞克面红耳赤。“我是狼族。”他再度说明，“但我也是……”

“就是这玩意儿吗？”阿斯瑞福嗤之以鼻，用一小根浮木拨弄托

瑞克背心内里的狼毛。

贝尔噘起嘴唇露出轻蔑的表情，“这就是狼皮？我看也不是什么了不起的动物。”

“如果你见过狼的话，就绝对不会这么说了。”托瑞克衷心地说。然后他转向阿斯瑞福，“不要碰我！”那是爸爸在去年春天为他准备的，从他们在洞穴里找到的一只孤狼的尸体上剥下毛皮，缝到他的冬季外套里，后来又缝到他的夏季背心里。他很担心总有一天那毛皮终将破碎，再也不堪使用。

贝尔看了阿斯瑞福一眼，这个小个子男孩耸耸肩，把棍子丢到一边。

“我虽然是狼族，”托瑞克对贝尔说，“但我爸爸的母亲是海豹族。所以就算你们再怎么不喜欢我，我们都是亲人。”

“谎言！”贝尔怒道，“如果你真的是亲人的话，怎么可能不知道海洋的法律？”

“贝尔，”德特兰插嘴说，“我们该启程了，她已经开始不安。”

贝尔眼望向海洋，波浪拍打的声音越来越大了。“都是你的所作所为激怒了海洋母亲。”他对托瑞克说，“你以森林污染了她的海水。”

阿斯瑞福发出狞笑，“啊，森林男孩，你得尝尝岩石的滋味了。”

“岩石？”托瑞克完全不知道他在说什么。

阿斯瑞福笑得更加狰狞，“我们岛屿的暗礁。你该不会连暗礁都不知道吧？”

“就是海洋里的石头。”德特兰提出补充，他似乎一直无法理解托瑞克的无知究竟到何种程度。

“他们会给你一壶水。”阿斯瑞福说，“但是没有食物，然后留在暗礁上一个月。有时候海洋母亲会赦免你，让你活下去，但有时候她会把你冲走。”说到这里，他的嘴角开始颤抖，托瑞克在他淡蓝色的眼睛里看到恐惧。“把你冲走，”他重复说着，“冲到‘猎者’的尖牙里。”

“阿斯瑞福，够了！”贝尔说，“我们必须把他带走，一切让领袖决定。”

“不要！”托瑞克还想抗议。

贝尔不理他，“阿斯瑞福，把交易货品放到船上。德特兰，我们需要生火净化自己，尤其是他。我要修船。”说完他就跳开岩石区走到海边。

德特兰似乎很高兴有事情可以做，开始收集许多干的海草和浮木。没多久他已经生起一把炙热的大火，冒出浓密的滚滚灰烟。

“你们想对我做什么？”托瑞克问。

“让你尝尝海洋的滋味啊。”阿斯瑞福露出鼬鼠风格的讪笑。

“你浑身的森林臭气不可以靠近我们的皮船。”德特兰说得一副理所当然的样子。

托瑞克根本来不及抗议，德特兰已经把他的衣服全都剥光，然后把他往火里推。

他适时跳开火焰，但阿斯瑞福早就等在另一边，用鱼叉迫使他往刺鼻呛人的浓烟里闪。他们把他推来推去，直到他的眼泪直流、喉咙干裂。接着他们把他扔到大海里。

冰冷的海水痛击他胸口，他吞下一些海水，拼命地踢脚，挣扎着浮出水面，但他无法松开手腕上的束缚。

他们适时把他拉上岸，托瑞克一边咳嗽一边被拉回岩石边。然后他们割开他手腕上的绳索，阿斯瑞福从船上拿了一套灰皮背心和裤套逼他穿上，但托瑞克感觉还是像没穿衣服般不自在，因为少了他自己的刀和氏族皮毛，而且他讨厌穿别人的衣服。“把我的东西还给我！”他气急败坏地说。

“你应该感谢鲑鱼族的人不想跟我们交易，”阿斯瑞福嗤之以

鼻，“否则你根本没衣服可穿！”

“他还真是皮包骨。”德特兰说着猛力把托瑞克拉起来，“森林里难道没有足够的猎物吃吗？”

他们半推半拉地把他带到沙滩。阿斯瑞福把一些生皮包裹的厚重物放在独木舟的船头和船尾，前方不远的地方，贝尔正蹲在船头用一小块东西沾油料修补小船，他的手非常轻柔地来回移动，但一看到托瑞克就怒目相视。“让他搭你的船，德特兰。”他怒斥地说，“我不想让他靠近我的船。”

“上去吧——你。”德特兰把托瑞克推到他的独木舟上。他和阿斯瑞福一样都载了货物，还有托瑞克的行李，不过只有放在船头那端。

托瑞克有点迟疑，“你的朋友贝尔，他为什么那么生我的气？”

阿斯瑞福抢着回答，“你的鱼钩弄坏了他的皮船，幸好还可以修补，算你好运。”

托瑞克有点不解，“但那只是一艘船啊。”

阿斯瑞福和德特兰同声惊呼。“一艘皮船不只是一艘船！”德特兰说，“更是渔猎的伙伴！千万别让贝尔听到你说的话！”

托瑞克慎重地说，“我无意冒犯——”

“快进去啦。”德特兰咕哝说，“坐到船尾去，脚放在跨板上，还有不要乱动。如果你把脚伸到皮袋那边，我们会沉下去。”

皮船吃水非常地浅，托瑞克的每一个动作都会让船身晃动，他必须紧抓着侧边以免掉到海里。德特兰虽然比他重，却轻巧安稳地跳上船，托瑞克注意到他的大腿紧靠着独木舟的侧边以便保持平衡。

贝尔在前方领航，以惊人的速度滑过海波，他们顺风而行，宛若海鸟在海面上飞驰向前。托瑞克回过头看，悲伤地发现森林正快速地在眼前消失。

没多久，他们已经到达他先前在岸上看到的群岛，但他突然惊觉，他们并没有停下来。“可是我以为是要到你们的群岛！”

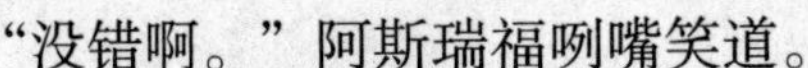

“没错啊。”阿斯瑞福咧嘴笑道。

“那我们怎么没有停下来？”

德特兰回过头来笑说，“又不是那些岛！还要更远！要划一整天！”

“什么？”托瑞克叫道。

他们经过最后一个小岛，继续往前划，左右两边都空荡荡地，什么都没有，只有一望无际的海洋。

托瑞克紧捉着皮船两侧，盯着幽暗的水面说：“我看不到底。”

“当然看不到底！”德特兰说，“这是海洋啊！”

托瑞克转头往回看，眼看森林淹没在波浪底下，连同治愈恶疾的希望。

突然间，他在空气中捕捉到一丝狼嚎的声音，而且不是随便的任何一只狼。那是狼!

你在哪里？我在这里！你在哪里？

托瑞克疯狂地站起身来，“狼！”

“坐下啊！”德特兰叫道。

“现在回头已经来不及了！”阿斯瑞福不忘取笑他，“还有，千万不要跳下去，否则我们就只好射杀你了。”

来不及了……

来不及了，托瑞克听到狼在呼唤他，而森林的景象却已消失在海洋的波浪中。

“狼！”他放声呼喊。

原来狼真的听到他的请求，而且甘冒触怒“世界灵”的大不敬，前来寻找他的狼兄弟，而托瑞克却让自己陷入这等境地。

第十七节

三艘皮船在波涛上奔驰，太阳渐渐落入海洋，托瑞克的心已经绝望。

他的脑海中浮现狼的身影，他在海边跑来跑去不断嚎叫，不懂他的狼兄弟为什么会离弃他。

托瑞克当然已经听不到了。怎么他居然忘了以狼嚎回应呢？当时他太震惊了，等想到要响应时已经距离太远，狼的嚎叫空留回忆。

他心中懊悔不已，不断责怪自己，谁叫他要打破海洋的法律？要是芮恩跟他一起来就不至于发生这种事情，海豹族不会生气，他也不会被带上独木舟，现在就可以和狼快乐地重逢。

一阵海风溅起浪花，咸咸的海水刺激他的眼睛和小腿上的伤口。他东倒西歪，差一点跌入海中。

“坐稳一点。”坐在前面的德特兰对他说，“你要是掉下海，我才懒得把你捞出来。”

“听到了吧，森林男孩。”另一艘皮船上的阿斯瑞福说。

“省点力气，阿斯瑞福。”贝尔叫道，“还有一大段路。”

托瑞克用麻木的手指紧捉住船身。无论面向哪个方向，放眼望去都是波浪，海洋吞没了一切：森林、高山、峡谷、狼。在这个苍茫无垠、起伏不定的水面上，他仿佛只是一小粒微不足道的尘埃。

紧靠着船缘，他盯着深不可测的幽暗。如果掉进去的话，要多久才会沉到最底部呢？还是他会不断向下沉落，永无止境？

一只鸟飞过。托瑞克起初以为那是鹅，但见它全身都是黑色羽毛，而且飞得非常低，翅膀几乎碰到水面。

过了一段时间，他们看到一群胖嘟嘟的小海鸟，它们用一种实在不像鸟鸣的声音互相交谈，黑背白腹的对比非常鲜明，有着红黄相间的三角形鸟嘴。

德特兰发现他在看那些鸟。“善知鸟。”他不悦地说，“那叫做善知鸟。你们森林里难道没有善知鸟？”

托瑞克摇摇头，“它们是猎者还是猎物？”

“都是。”德特兰说，“但我们从不猎杀它们，善知鸟是巫师的圣物。”他停顿了一下，似乎不大想说，却又受不了托瑞克的无知。“它们不是一般的鸟，它们是独一无二的生灵，既可以在空中飞，也可以潜入海水，还可以在地上挖洞。它们是神圣的，因为它们可以造访神灵。”

阿斯瑞福把他的皮船划到他们的旁边，“我敢打赌，你们森林里肯定没有这种宝物。”他嘲讽地说。

确实没有，但托瑞克当然不会承认，他只是送给阿斯瑞福一个白眼。

夜晚已经来临，但太阳仍低垂在天空。再过不久即是中夏，进入极昼时期，太阳将不会落下沉睡。

托瑞克现在什么都不想要，只想好好睡一觉。他浑身酸痛，频频打瞌睡，却又不断在颠簸中惊醒。

突然，从波浪的底下，他听到有歌声传来。

听到第一个和弦，三个海豹族的人同时停止划桨。贝尔扯掉他的眼罩检视波浪，阿斯瑞福露出牙齿扮鬼脸，德特兰口中喃喃有辞，把护身符紧紧贴在胸口。

托瑞克靠着船身，仔细倾听着。

如此缥缈孤寂的歌声，悠远起伏的呼唤在他心中激起涟漪。回荡的幽怨深不可测，就好像海洋本身正在吟唱一曲哀歌。

“是猎者。”德特兰喘着气说。

“就在那里。”阿斯瑞福指向西北方。

贝尔转过身点了一下头，“它们在追猎柳叶鱼，我们必须谨慎小心，切勿惊扰。”

托瑞克斜眼看着太阳，却什么也没看到，然后在约十步远的地方，他发现一大片平滑的海面，很像是河水流过岩石表面的那种光滑感。“那是什么？”他低声问道。

“柳叶鱼群。”德特兰喃喃说，“它们通常藏身深海，但现在被猎者逼到海洋表面，连海鸥也被吸引而来。”

这时候不知从哪里飞来成群的海鸟，兴奋地振翅鸣叫。据德特兰所言，猎者会在水面下捕杀鱼群，托瑞克的脑海中想象着鱼群恐慌地聚集拥簇的画面，它们想借此得到安全感，却无法逃离那敌暗我明的猎杀行动。

但这些猎者是什么?

“看着海水。”德特兰喃喃说。

托瑞克举起手遮阳。

海面开始翻搅，涌出许多泡沫，海水变成一片浅绿色。

“柳叶鱼上来了。”德特兰嘘声说，“猎者就在下面，而且到处都是，它们无处可逃，只能游往水面……”

更多海鸥陆续飞来，空中充斥着鸟群的尖声喧嚣。托瑞克看到浓密的鱼群浮上水面，细瘦扭曲的身体紧紧相依，整个海面顿时化为银色，宛若沸腾的滚水。慌乱之际有许多鱼跳出水面，拼命想要逃离现场，却只是让海鸥坐享其成。

一条鱼刚好跳到托瑞克的右边水面，是不比他手掌大的银点，有只展翅比皮船还长的大鸟迅速冲过来，伸出巨爪捉住鱼，瞬间飞开。托瑞克扭着脖子端详，认出那是一只有着宽阔翅膀的海鹰。

一只海鸥飞过去意图抢夺，海鹰轻蔑地晃动淡灰色的尾巴，自顾自地飞走了。

海鸥争夺柳叶鱼的场面非常激烈。托瑞克看到有一只海鸥把柳叶鱼半吞在咽喉里，试图逃之夭夭，另外两只海鸥却追上去抢夺露出来的鱼尾巴。

接下来他看到更震撼的画面，让他完全忘了海鸥的存在。

只见一个黑色的背鳍突出水面。

他不禁惊呼。

那背鳍比成年人还要高，移动的速度比皮船还要迅速。

“啊！”德特兰说，“猎者来了。”

托瑞克望向三个海豹族人，只见他们的眼神里全都充满敬意，贝

尔的仰慕之情更是溢于言表。

又一个高耸的背鳍破水而出，接着又一个，在差不多最顶端的部分有一个凹痕，它移动得非常快速，一副势在必得的模样，不断缠绕着柳叶鱼群。

原来这就是他们口中的“猎者”，托瑞克心想。以前爸爸曾在沙地上画出一头鲸给他看，但他从来没有想过竟然会是如此的庞然大物，他不禁感到战栗，一瞬间意识到自己的渺小，在一艘脆弱得有如蛋壳的皮船里漂荡……

他突然听到水花溅起的声音，转身一看，只见一道水柱直冲天空，然后一条黑色的巨尾甩出水面，随即潜入水中，激起更多水花。海面上出现一片混乱的水泡，水珠在阳光映照下闪烁着光芒。这回当那头背鳍有凹痕的猎者转身包围柳叶鱼时，身边多了一头年幼的同伴，小背鳍紧跟着大背鳍。

猎者一头紧接着一头围绕着鱼群，然后潜入海里，再浮出水面，如此反复进行，大快朵颐享用美味的猎物。然后，突然间它们全消失了。

托瑞克屏息以待，目不转睛地凝视着海面。它们可能还没走，可能就在皮船底下……

后面忽然传来“嘶”的吼音，水花溅湿整艘皮船。那头背鳍有凹痕的鲸赫然就在眼前，托瑞克只要伸出手就可以摸到它浑圆的头，上黑下白，眼睛下方还有椭圆形的一块白，那张巨大的嘴巴突然张开了一下子，托瑞克看到里面白色的牙齿比他的中指还长。有一秒钟，托瑞克和它黑色闪亮的眼睛短暂交会，然后猎者转过身，耀眼的背部潜入水中。

托瑞克一动也不敢动，幸好它没有再度出现，只留下猎杀后的混乱，海鸥争食残鱼，鱼骨的银光在绿水下漂浮。

当猎者离开的时候，贝尔向海洋低头行礼，然后继续划桨前进。其他两个人也默默行礼。一直等到他们已经远离刚才的猎杀现场，德

特兰才转身对托瑞克说，“怎么样，总算见识到了吧？”

托瑞克先是沉默片刻。“它们是成群出猎。”他说，“就像狼一样。”

德特兰面露不悦之色，“猎者才不像你见过的任何森林动物，它们是海中最敏捷的生灵，也是最聪明和最致命的。”他停顿了一下说，“单是一头猎者就可以产生一个大漩涡，淹没最大的皮船，它的尾巴一拍就可以把人像柳叶鱼一般击碎。”

托瑞克不禁回头看了一下，“它们会猎杀人吗？”

“通常不会，除非是人先猎杀它们。”

“你们会吗？”

德特兰瞪他一眼，“当然不会！猎者是海洋母亲的圣物！更何况——”他补充说，“它们会报复伤害它们同类的人。”他沉重的脸突然陷入沉思，“有一个故事，那是发生在海啸之前，有一个鸬鹚族的人造成一头年幼猎者的死亡，他不是故意的，是出于无心的意外，那头猎者被困在男孩的海豹网里，他没看清楚就把鱼叉刺进去。”他说着摇摇头，“男孩大受惊吓，此后再也不敢坐上皮船，他的一生都和女人一起留在岸上。但就在过了许多个冬天之后，当他已经垂垂老矣，终于再也按捺不住对海洋的渴望，于是要求他的儿子用皮船载他出海。”德特兰说着舔了一下嘴唇，“但猎者早已等候多时，从此再也没有人见过他们。”

托瑞克想了一下，“可是，他并不是故意要杀害年幼的猎者，难道没有求和的方式吗？”

德特兰还是摇头。之后，他们沉默了许久。

风停了，他们进入一个雾蒙蒙的海港，看不到贝尔和阿斯瑞福，只听见德特兰的木桨在水里划动的声响。

托瑞克右手边一块光秃秃的岩石在滑动，上面栖息了一只海鸥。

“那边，”德特兰说，“就是那块礁石。”

在迷雾中，阿斯瑞福再度语出讥讽，“很快就轮到你了，森林男孩。”

托瑞克咬紧牙根，心想再怎么样也不能让他们看笑话，不能暴露自己胆战心惊的模样，尽管一颗心已经沉入海底。岩石的大小和皮船差不多，最高点比托瑞克也高不了多少，随便一个大浪就可以把他冲到海里，他想自己大概活不过一天，更别说是一整个月了。

他们通过了浓雾，托瑞克感觉到雾水滴在他的皮肤上，把他身上穿的奇怪新衣都弄湿了。

前头有个不明物体在水里快速摆动。

他一眨眼，不见了。

不，又来了，在他眼前冒出来，长着像狗一样的头，口鼻钝钝的，有着细须和一对好奇的大眼睛。

德特兰一看到它就笑了。“贝尔！阿斯瑞福！”他叫道，“你们看，守护灵来引领我们回家了。”

那头海豹翻滚过去，露出有点的苍白肚子，然后它又翻过身，用很像是手的脚蹼搔搔自己的口鼻，继而沉入海里，接着和皮船并排往前游。

原来这就是海豹，托瑞克心想，真是混合了笨拙和优美的奇妙组合。

守护灵顺利地带领他们回家，骤然降临的浓雾也瞬间消散。转眼间，他们再度置身阳光的照射之下。

“我们到家了！”德特兰说。他笑着高举船桨，洒下许多小水珠。

托瑞克一声惊呼，眼前的岛屿景致真是前所未见。

三个锯齿状的尖块突出海湾，没有森林，只有山丘和海洋。山丘几乎就是峭壁，侧边站满了海鸥，还有许多高处融冰造成的小瀑布倾泻而下。一直到山脚下才看到一小团绿色的风景，再往下则是广阔曲折的海湾，有着绵延的沙地，被斜照的阳光染上一片粉红。

沙地上有隆起的灰色帐篷聚集，袅袅炊烟升起，每个帐篷旁边都有一个挂了几艘皮船的架子。在他们下方的沙滩上种了两棵幼苗，绑在一起形成一道拱门，幼苗的颜色鲜红，托瑞克不安地想着那不知是何用意。

一阵人声嘈杂与海鸟喧哗从岸边传过来，他很震惊地发现悬崖上尽是海鸟：成千上万的鸟群簇拥在所有的岩石上，挤得满满的。海豹族的帐篷也是，看起来非常拥挤，他实在难以想象这样的生活，局困在高山与海洋之间的狭长地表。

“海豹群岛。”贝尔说着把他的皮船划到德特兰的皮船旁边，语调中充满了骄傲。

“总共有几个岛？”托瑞克问，因为他只看到一个。

贝尔露出怀疑的神情看着他，“除了这个，北方还有两个比较小的，鸬鹚族和海草族住在那边。但这个岛是海豹族的家，这是最大的岛，所以这几个岛屿据此命名为海豹群岛。这个岛不但是最大的，也是最好的。”

当然，托瑞克在心里挖苦着，凡是你们海豹族的都是最好的。

但当他们划得更靠近海湾时，他立刻忘了一切，这个海湾显得非常不寻常。深红色的水面，非常深的红色，实在不像夕阳所染。

然后他闻到一股熟悉的味道，咸咸甜甜的，在寂然无风的空气里显得如此浓郁，这怎么可能……

但就是。

海豹族的海湾都是血。

第十八节

海鸥的喧嚣似乎要刺穿托瑞克的耳朵，浓浓的血腥味勒住他的咽喉。

他看到小孩子在起着泡沫的红色浅水中划桨，女人在绯红色的水里清洗生皮，男人则在火焰跳跃的火堆前穿梭移动，在幼苗拱门前堆放硕大的肉片。放眼望去，所有的身躯、手脚、脸孔，全都沾满了暗红色，就像一场梦。

“有人猎到大猎物了。”阿斯瑞福说。

“入夏以来第一次。”贝尔说，“我们却错过了。”他讲得好像这都要怪托瑞克。

托瑞克这时才恍然大悟，所有这些肉都是来自同一只猎物。他看到一个比皮船更大的尾鳍，而他原先误认为幼苗的其实是一头鲸的肋骨。

他猜想那应该是一头鲸，但并非一头猎者，它没有牙齿，嘴边拖着一整排黑色粗毛。一个海豹族的男人用刀子割下那些毛，同时也剪掉了自己的长发，和鲸须一起放在脚边。

当托瑞克涉水踩过滑溜的血染碎石，发现眼前竟是一片喜气洋洋，所有的海豹族人都欢欣鼓舞。猎到这么大一头鲸，有好一段时间不必愁没有肉吃了。

贝尔跳离他的皮船，并叫托瑞克留在原地等候，“艾斯林会在宴会过后决定如何处置你。”

托瑞克孤零零地站在砂砾中，海豹族人的眼光全落在他身上，让他备感痛苦难熬。他和乌鸦族人在一起的时候始终是外人，而今面对和自己有血亲关系的海豹族人，处境却更加艰难。

他看到贝尔把货物卸下来，一个看起来饱受风霜的男子前来接应，他们长得很像，托瑞克猜想他们应该是父子关系。

他看到德特兰把皮船靠在一根架子上，一个兴高采烈的女人和小女孩过来簇拥着他，那女孩显然是他的妹妹，跳上跳下地吸引他的注意力，德特兰看起来有点不好意思，但显然也很高兴看到她。

阿斯瑞福还站在浅滩，一个比他还要矮的女人正滔滔不绝地指着他的鼻子骂，“你应该拿回两包鲑鱼皮！”她用手戳他的胸口，“你自己说，为什么少了一包？”

“我哪知道啊？”阿斯瑞福口中振振有词，“我明明两包都拿了，现在却找不到。”

贝尔在和他的父亲说话，伸手往托瑞克这边一指，然后他就跑上岸去找一个坐在火边的男子讲话。

日落后薄暮降临，海豹族开始准备宴会，托瑞克仍在等待，他的胸口发疼，一阵饥饿感袭来。

他发现大家根本懒得来绑他，因为看准他也没地方逃，高山的四周都是海岸，南端有瀑布直冲悬崖之下，北方则有一条小径直达最高的顶崖，峭壁的形势宛若一艘孤悬在大海中的巨船。除非海豹族人主动放他走，否则他不可能离开这座小岛，他会被困在这里，而森林里饱受恶疾摧残的氏族同胞们将一一死去……

天空转为大海般深蓝，食物的香味阵阵飘来，他看到许多煮东西的锅子挂在像是鲸骨制成的架子上，发色很淡的妇女们一边搅动锅里煮的东西，一边闲话家常，和海豹族男子不同的是，她们的蓝色波浪氏族刺青并不是在手臂上，而是在小腿上。

妇女的旁边有一群小女孩，一边咯咯笑着，一边挖着那些冒烟的小土墩，空中顿时弥漫着浓郁的肉香，托瑞克知道乌鸦族也会用闷烧的方式料理，但从未见过如此壮观的，像他整个人这么大的肉片被包在海草里，然后埋在烧热的石块堆里，最后再盖上更多的海草和砂石加以闷烧。

妇人们开始把食物分装到小碗里。托瑞克发现只有女人们在煮东西，男人们则忙着切割巨大的鱼身，他不禁感到纳闷：难道海豹族的女孩子都不出猎？倘若芮恩知道这种情况，不知会作何感想？

他饥肠辘辘地望着海豹族人聚集在火边用餐，还是没有人来领他。

一阵呢喃响起，就像是大海的叹息，所有族人都高举双臂，一个身影从圆圈里走出来，托瑞克认出是那个剪头发的男子，他背着一篮柳叶鱼，走到鲸腭拱门，奉献出整篮子的鱼。托瑞克猜想他是在感谢鲸把自己的生命献给氏族享用，然而他却没有回去享用大餐，而是往幽暗中的北边悬崖下走去，并进入一个山洞里。

当托瑞克几乎已经放弃希望时，德特兰来找他了，然后他们一起走到和营火有一段距离的地方，阿斯瑞福和贝尔也在那边。

一个女孩递给托瑞克一个重得出奇的碗，托瑞克差点把碗打翻，没想到那个碗居然是用石头制的。怎么会有人用石头做碗？实在是莫名其妙，这样到时候要怎么迁徙啊？

他忽然意识到，或许海豹族人并没有迁徙的习惯。

“吃啊！”德特兰递给他一个汤匙。

托瑞克看了一下碗里面，一块深红色的肉上面黏着一层厚厚的灰色油脂，还有一小片淡紫色的肉。肉块浸泡在浓稠的汤汁里，那汤散发着大海的腥味，里面还有半条柳叶鱼，和两个看起来像手指的淡色不明物体。

“怎样？”贝尔说，“难道你是嫌菜色不好？有得吃就该偷笑了！”

“你没有吃过海贝吗？”

“碗里面是什么？”托瑞克问道。

“红色那块是鲸的肉。”德特兰说，“上面带着鲸脂。”他用餐刀刺入自己碗里的淡紫色肉，“鲸的心脏。它非常珍贵、独特，我们每个人都有一块，这样就可以分享到鲸的力量与勇气。”他说着把肉放到嘴里，津津有味地咀嚼。

“我敢打赌你们森林里没有这种好东西。”阿斯瑞福说。

托瑞克不予理会，开始吃了起来。鲸的肉有很多筋，相当难嚼，鲸脂油腻无比，海贝根本没有味道，柳叶鱼倒是不错。

“你真的从没见过海豹吗？”德特兰说。

“德特兰，你何必浪费时间？”贝尔说。

但德特兰似乎觉得托瑞克的无知对他是一种冒犯。“海豹给了我们全部。”他热切地诉说，“衣服、遮蔽、皮船、食物、鱼叉，以及照明。”他停顿了一下，显然在思索是否遗漏了什么。

“那你们的皮外套呢？”托瑞克忍不住心中的好奇，“你们穿的那些透明的薄皮衣，那应该不是海豹吧？”

“它是啊。”阿斯瑞福说，“那是内脏的皮。”

“我刚说了，”德特兰说，“海豹给了我们全部，我们是海豹之民。”

托瑞克不禁皱眉，“照理说没有人可以猎杀他们的氏族动物，你们为什么会这样？”

他们三个人同时露出惊恐的神色。

“我们永远不可能这么做！”德特兰呼喊着，愤慨地敲打自己胸口的毛皮，“这才是我们的氏族动物！看清楚，这是环海豹！而我们猎杀的、我们使用的是灰海豹！”

托瑞克从来没有听过这种区分，他觉得这种说法并不合理，简直形同诡辩。当他这么想的时候，一定不由自主地露出了不以为然的表情，因为德特兰正愤怒地瞪视着他。

“早就告诉你不必浪费时间。”贝尔说着站起身来走向托瑞克，“来吧！时候到了，准备面对我们的领袖吧。”

海豹族的领袖艾斯林是一个很苍老的人，他形容枯槁，仿佛生命早已流干。他的一小束白发和胡须都绑了辫子，缀以蓝色的石板珠，双耳穿上了螺旋状的贝壳，耳垂因此往下拉长，甚至已经碰到肩膀。

贝尔强迫托瑞克跪了下来，然后对所有的海豹族人报出俘虏的名字，宣告他破坏法律的罪行。

此话一出，许多人发出惊呼，伸出手轻抚着鲸腭拱门。领袖一言

不发，只是用颤抖的手抚弄胡须，他血丝密布的双眼不时转动着，托瑞克分不清那迷蒙的眼神所掩盖的是智慧还是愚蠢。

终于，艾斯林开口了，“你说你是我们的亲人？”他讲话气若游丝，仿佛连吐气都将耗尽他的气力。

“我父亲的母亲是海豹族。”托瑞克说。

“他叫什么名字？”

“我不能说出他的名字，他是去年秋天过世的。”

领袖思索了一下，然后转头向旁边一人耳语，那人的脸庞始终隐藏在弥漫的烟雾中，但从他浓密的灰发和健壮的身躯看来，托瑞克知道他应该远比艾斯林年轻。他的无袖短大衣和裤套都很朴素，腰带却异常华丽，由生皮编织而成，宽度约有两只手掌，边缘饰以红黄相间的善知鸟喙。

善知鸟，托瑞克心想他应该是巫师。

“说出你父亲的母亲的名字。”

托瑞克如实回答。

领袖紧抿他干扁的双唇。

海豹族当中有人顿感吃惊。

“我知道这个女人。”领袖喘着气说，“她和一个森林男子在一起。但我不知道她原来有了儿子。”

“我们怎么可能会知道她的消息？”巫师头也不回地说，“我们又怎么知道这个男孩所言属实？”他说话很轻，所有的海豹族人无不用心倾听。

他的嗓音是如此不同凡响：非常轻柔低沉，却有着无限的魄力，就像大海。这是让众人倾慕的嗓音，有一瞬间，托瑞克甚至沉浸其中，完全忘了对方正在指控他说谎。

领袖点头，“这也是我的想法，田瑞斯。”

烟雾散去，托瑞克终于看清楚巫师的脸，至少是半边，因为田瑞斯仍未转过身来。他的相貌非常俊挺，轮廓很深，鼻子很高，嘴唇旁边布满笑纹，暗金色的胡须剪得很短，紧贴下腭的坚强线条。

托瑞克可以感觉到：这个男子才是海豹族里掌握实权的人，这个人才是决定他命运的人，他忽然想到了芬·肯丁。“我所言属实。”他说，“我是你们的亲人。”

“空口无凭。”巫师说，他转过身来，在光线的映照下，托瑞克看到他的左半边脸受过严重烧伤，一只灰色的眼睛从没有睫毛的洞口望出来，他烧干的头皮呈现斑驳的粉红色。只有嘴巴没有受损，他对托瑞克露出不怀好意的微笑，仿佛是在考验他会不会怯懦。

托瑞克紧握的双拳放在胸口，深深一鞠躬。“我承认我违反了你们的法律。”他说，“但那是因为我不知情，我父亲从未教导我关于大海的法律。”

海豹族的巫师田瑞斯倾斜他烧伤的额头，“那么，你到海岸做什么？”

“森林野马族的领袖告诉我，可以在海边找到我要的东西。”

“你要找什么？”

“一个药方。”

“什么药方，你病了吗？”

托瑞克摇摇头，把恶疾的事全部告诉了田瑞斯。

海豹族人无不大惊失色。

领袖垂下他布满皱纹的手。

很多海豹族人都发出慌张的呼声。

贝尔跳起身来，一脸怒不可遏。“你为什么没有警告我们？”他吼着，“万一你把恶疾带来了呢？”

托瑞克盯着他，“你也知道恶疾？你们以前也发生过？”

贝尔已经转过身去，脸上充满了痛苦。

“三年前发生过。”领袖忧愁地说，“贝尔的弟弟是最先不幸过世的，接着又死了三个族人，包括我的儿子。”

“但你们已经摆脱恶疾了？”托瑞克压抑着内心的兴奋，“你们

果然找到药方了？”

“只给海豹族人。”贝尔恨恨地说，“不会给你们。”

“可是，你们一定要把药方给我。”托瑞克叫道。

贝尔转身面对他，“一定要？你破坏了我们的法律，你触怒了海洋母亲，居然还有脸说我们一定要给？”

“你们不知道森林里的情况！”托瑞克说，“乌鸦族的人病了，野猪族、海獭族，还有柳族人也都病了。再过不了多久，就没剩多少人可以去狩猎了。”

“这和我们有关系吗？”领袖说。

海豹族人喃喃同意。

“仅仅因为——”田瑞斯开口说，“你说你是我们的亲人。”

“我本来就是！”托瑞克坚定地说，“我可以证明！我的背包呢？”

田瑞斯向阿斯瑞福使了一个眼色，后者赶紧跑进一个帐篷，不一会儿拿出了托瑞克的背包。

托瑞克急切地取出一个小包裹，里面有父亲留下的弯刀。“你看！”他并没有打开包裹，直接递给了巫师。“刀身是海豹族所制，我父亲的母亲给他的，他自己做了刀柄。”

田瑞斯静默地端详着那把刀。托瑞克看到他的左手已毁，看上去就像烧干的扭曲爪子，右手则是完好无缺，他伸出修长的棕色手指抚摸着刀身。

托瑞克的心脏怦怦跳着，屏息等待他开口说话。

领袖的眼神也盯着那把刀，并露出不悦之色。“田瑞斯，”他深吸一口气，“这怎么会？”

“是的。”田瑞斯喃喃地说，“刀柄是红鹿茸，嵌入一片海石的刀身。”他抬起头来，凝视着托瑞克，这让他不寒而栗。“你说这把刀是你父亲所制，他竟敢把森林和大海混在一起，他以为他是谁？”

托瑞克没有回答。

“我猜，”田瑞斯说，“他应该是一位巫师。”

托瑞克这时才想起芬·肯丁的警告，赶紧摇了摇头。

出乎他意料之外，田瑞斯的另一边嘴角也会抽动，“托瑞克，你并不善于说谎。”

托瑞克略为迟疑，“芬·肯丁告诫我不要谈起他。”

“芬·肯丁。”田瑞斯重复这个名字，“我听过这个名字，他也是巫师吗？”

“不是。”托瑞克说。

“那乌鸦族里也有巫师？”

“有，莎恩。”

“她可曾教你巫术？”

“没有。”托瑞克说，“我是一个猎人，我父亲也是。他教我狩猎和追踪，而不是巫术。”

田瑞斯再度注视他的眼睛。这一次，托瑞克感觉到他深刻的智慧，眼神充满了力量，就像一道阳光划破了浓密的云层。

巫师的表情瞬间柔和了起来，他对领袖开口说，“他说的是实话，他是我们的亲人。”

领袖斜眼看着托瑞克。

贝尔不可置信地摇头。

“那你们会帮助我吗？”托瑞克说，“你们会给我药方吗？”

田瑞斯转向艾斯林，“这应该由你来决定，领袖。”但他倾身向前，在老人耳边低语。

在田瑞斯和贝尔的搀扶下，领袖站起身来。“既然你是我们的亲人，”他喘息着说道，“我们就应该用族人的方式对待你。”他停下来喘口气，“如果我们当中有人违反法律，他就必须请求海洋母亲的宽恕，你也不例外。明天你将被带到礁岩上，并在那边待上一个月。”

第十九节

托瑞克回到森林边缘。阳光闪耀，海水一片湛蓝，美得令人眩晕，他正在沙地上和狼嬉戏打滚，笑得上气不接下气。

狼拼命扭动尾巴，挥舞着前爪，跳到空中转弯落下，一阵狂喜！狼落地的时候压到他的胸前，把他扑倒在地，开心地轻咬着他的脸。托瑞克抓住他的颈背，舔他的口鼻，用低声且急促的狼叫告诉他，这一段时间真的好想他。

狼长得好大了！他的两侧和后腿都是结实的肌肉，当他用后脚站立、把前掌放在托瑞克肩膀上的时候，已经和他一般高了。但他还是原来的狼，同样清澈的琥珀色眼睛，身上有一股可爱的香甜青草味，干净温暖的皮毛。最奇妙的是，他同时带着小狗般的调皮，却又充满着神秘的智慧。

狼用他带刺的舌头舔了一下托瑞克的脸颊，接着跑过沙地，一会儿他咬着一条海草回来，故意要看托瑞克敢不敢摸……

而今海草飘浮在冰冷的海水上，他们两个都拼命挣扎想要活下去。狼很害怕深水，他抬高口鼻浮出波浪，耳朵往后倾，深邃的双眼透露出恐惧。托瑞克不断尝试要游过去安慰他，然而四肢却像梦魇般沉重，只能任凭波浪把他冲得更远。

他突然看到狼的后方出现了一个猎者的巨大背鳍。

狼还没有发现，但是距离他很近，太危险了！

托瑞克想要发出尖叫警告狼，却怎么也发不出声音来。没有出口、没有陆地，放眼望去尽是无情的海洋，还有越游越近的猎者。

托瑞克一定要保护狼，绝不能让猎者吞噬他，这是毋庸置疑的，就像他确切地感觉到冰冷的波浪冲击着他的脸，就像他清楚地知道自己的名字。刻不容缓，他知道自己应该怎么做。

他深呼吸一口气，潜入水底，游动的速度异常缓慢，但他努力游到狼的底下。然后，他浮出水面，把自己挡在狼和猎者之间，现在狼在他身后了，至少还有一线生机。

托瑞克正面迎战那个巨大的黑色背鳍，他看到银色的波浪往后卷动，那颗巨大而浑圆的头破开一片绿水，正往他这边直冲过来，他的心中充满恐惧。

猎者张开巨腭，吞噬了他……

他在颤抖中惊醒。

此刻他正躺在海豹族的营帐中，旁边都是沉睡的族人，他的两颊滑下泪水。他抹去眼泪，渴望再度进入与狼在一起的梦境，然而，狼已经离他很远很远，而他的下一站，将是无情的礁岩。

他望着幽暗的帐篷，静静地躺着，在他的头顶上是拱形的鲸肋骨构成的帐篷支架，外面用海豹皮加以覆盖，正随着微风上下起伏，他毕竟是让鲸给吞下肚了。

他悄然起身，穿过身边睡着的人，贝尔转身厌烦地看了他一眼，但并未加以阻止。他们都心知肚明，他又能逃到哪儿去呢？

托瑞克蹒跚走到灰色的天光底下。在他的头顶上，云朵成群飘移到山头，继而缓缓从悬崖边落下，海豹族的营区寂然无声，连狗都没有。

托瑞克觉得口干舌燥，他沿着海岸走到一处圆石聚集处，瀑布从悬崖边急冲而下。从这个地方看海豹族的海湾不似昨夜那般单调，草地上有黄色的月见草和紫色的天竺葵，悬崖的山脚边则长着花楸和白桦，在夜色中透着光亮。

海豹族如此放任他观赏美景，简直比杀了他还要残忍，他感觉就像一条困在网中的鱼：明知逃不出去，却还是拼命地挣扎。

他跪在溪边，掬起一把沁凉的水。

就在此时，对面的圆石上赫然站着跟踪者，正注视着他。

他整个人动弹不得，任凭溪水从他的指间滑流。

“你想怎么样？”他用沙哑的声音问道。

眼前的生灵不为所动，他茂密纠结的长发覆盖住全身，只露出长长的爪子和双眼的闪光。

“你为什么要跟踪我？”托瑞克叫道，“你究竟想怎么样？”

他大叫一声往激流那边扑过去，但他早已消失在圆石和杜松矮树丛间。

那绝对不是幻想！当他弯腰检视他站立过的石块时，果然在苔衣上发现了脚印。

他的思绪千回百转，他竟然偷偷跟随他穿越海洋……

“你在跟谁说话？”他背后响起一个声音，回头一看，贝尔正满脸狐疑地看着他，“你刚才在说话，是谁？”

“没有。”托瑞克说，“我只是自言自语。”

他为什么要跟踪他？又是如何跨海而至的？

这时候他想起阿斯瑞福上岸时发现少了一包鲑鱼皮，一定是他搞的鬼，跟踪者清空其中一个包裹并藏匿其中偷渡。想到他竟然躲在皮船里一路尾随，和自己如此靠近，托瑞克就觉得浑身不自在。

“我不相信你说的话。”贝尔说，“如果你只是自言自语，为何一副做贼心虚的样子？”

托瑞克没有回答，但他确实心中有愧，**万一你把恶疾带回来了呢**？贝尔昨晚曾经这样质问他。当然他说的是恶疾而非跟踪者，问题是，这两者之间真的有差别吗？

托瑞克跳起身来，涉水过溪。“田瑞斯呢？”他急迫地说，“我有话跟他说。”

贝尔眯起蓝色的眼睛，“为什么？他不会帮你的。”

托瑞克不理他。他突然想到：这很危险，因为和巫师打交道永远是危险的，但或许可以让他免受礁岩之刑。“他在哪里？”他又问了一次。

贝尔把头转向海湾最北端的悬崖上方，“在峭壁上，不过他才不会理你。”

“会的，他一定会！”托瑞克说。

沿着山巅的小径非常险峻，有些地方托瑞克必须跪着，双手着地攀爬。

好不容易终于到达顶端，他发现自己站在一个狭长的岩层上，海角向前延伸出一片开阔的平坦高地，形状宛若一艘船，高高突出海面之上，中心矗立着一片花岗石，隐约像一条鱼。鱼石上放了一堆海蛋岩，只见海豹族的巫师盘坐一旁，口中念念有词。

“巫师，”托瑞克喘着气说，“我必须跟你谈谈。”

“小声一点儿。”田瑞斯头也不抬地提出警告，“注意脚步不要踩到线。”

托瑞克低头一看，整个峭壁的地面布满了银色的细线，有如一张网，没有任何斧凿的痕迹，却在灰色的岩石上磨出一条条细线，表面光滑到青苔不生、尘埃不惹。托瑞克看到上面画有猎者和鱼群、老鹰和海豹。有些在互相追逐，有些身影重叠，像是吞食了对方，它们全都忘情地跳着无尽的追猎之舞。

海豹族的巫师站起身来，烧坏的手上拿着三块海蛋岩，并将它们一一放到峭壁上。“你是来为自己的生命说情的。”他说。

“是的。”托瑞克说。

“但你冒犯了海洋母亲。”

“我是无心的。”

“她不管这些。”田瑞斯又放了一块海蛋岩在地面上，头也不回地继续说话，“过来帮我，把海蛋岩一个一个拿给我。”

托瑞克还想争辩，但随即闭上嘴巴乖乖听话。他们一起在峭壁上移动着，每当巫师伸手过来，托瑞克就把一块海蛋岩交给他，他们一度非常靠近悬崖边，托瑞克头晕地瞥见底下的海洋。

“她今天看起来很平静，是吗？”田瑞斯顺着他的眼光看过去，“但你是否知道她无穷的力量？”

托瑞克摇摇头。

巫师轻松地再放置一块岩石，腰带上的鸟喙轻轻碰撞。“为了

昨天我们宴会的那头巨鲸，那个猎杀鲸的男子必须剪掉长发，因为他杀害了海洋母亲的孩子。接下来的三天，他必须独居、禁食、远离女伴，一直等到鲸的灵魂全部回到母亲的身边，他才能回来。”他指着脚边的海蛋岩，“这就是我现在要做的，为那些灵魂指引道路。”他停顿了一下又说，“你必须了解一件事，托瑞克，海洋母亲的行事作风很严厉却又无法捉摸，不是你们森林的方式所能比拟。”

峭壁底下传来人声，托瑞克从边缘往下看，只见海豹族人已经纷纷起床活动。贝尔正在跟两个人说话，手指着峭壁这边。

“巫师，”托瑞克说，“有一件事我必须——”

田瑞斯举起一只手阻止他说下去。“她住在很深的海底。”他喃喃说着，“她比太阳更强壮。当她高兴的时候，就送出海豹、鱼群和海鸟让我们猎食；当她不高兴的时候，就把那些动物拴在身边不放。她的尾巴一扫，海上就起风暴；她吸一口气，海洋顿时陷落；她吐一口气，潮水瞬间上涨。”

他停下来盯着岸边繁忙移动的人影。“她毫无预警就可以杀人于无形，不管是出于恶意或怜悯。很多个冬天以前，海啸从西边而来，当时所能幸免者，唯有那些及时爬上峭壁的人。”他转向托瑞克，“风的力量很强，托瑞克，但海洋的力量远超过你我的想象。”

托瑞克不明白田瑞斯为何要告诉他这些。

“因为知识就是力量。”巫师仿佛看穿了他的心思。

托瑞克看了他一眼，“你就是在这里制造药方的吗？”

田瑞斯出人意料地笑了一下，“我正在想你什么时候会提起这件事。”

他走回到祭坛石旁边，拿起上面的一个蟹爪放到唇边，吹出一缕蓝色的轻烟。“制作药方，”他吐着轻烟诉说，“重点不在于地点，而是时间，一年当中只有一个时间适合，一个具有最强大力量的夜晚。你知道是哪一夜吗？”

托瑞克略为迟疑地说，“中夏夜？”

田瑞斯对他投以锐利的眼神，“你不是说不懂巫术？”

“我确实不懂。不过中夏夜是我的生日，所以就很自然地想到，而且那也是一年中变化最大的夜晚，大家都知道巫术——”

“是关于变化。”田瑞斯说，他再度露出微笑，“或者应该说是关于生命。木头变出叶子，猎物成为猎者，男孩长成男人。你的心思相当敏捷，托瑞克，我本来可以教你许多事情，只可惜你要去礁岩。”

托瑞克逮到机会开口，“这正是我要跟你说的，我不去礁岩。”

田瑞斯一动也不动，在明亮的月光下，那被火纹身的躯体显得僵直。“你说什么？”

托瑞克一鼓作气地说，“我不去礁岩，你要制作药方，我要把药方带回去。”

“**我要制作药方**？”田瑞斯重复他的话，语调中带着一丝寒意，就好像阳光突然隐没。“我为什么要这么做？”

“因为如果你不做，”托瑞克说，“你的族人也将会生病。”

他把跟踪者的事一五一十地告诉了田瑞斯，包括他已经混到海豹岛上，而且他怀疑就是食魂者派他前来散播恶疾。田瑞斯只是抽着他的蟹脚烟斗，一言不发地听着，托瑞克完全猜不透他的想法，只知道他心中必然闪过许多念头。

他忧心忡忡地看着巫师绕过祭坛，拿起最后一块海蛋岩朝他这边走过来。

“这一切都在你的计划之中吗？”田瑞斯说。

托瑞克吓坏了，“当然不是！”

“有一件事情你必须知道，托瑞克，我不喜欢有人跟我耍心机。”

“我没有耍心机！我完全不晓得跟踪者偷渡的事，我只是请求你

制作药方，因为——”

“只是？”田瑞斯打断他，“这不是我随便搅弄一下就可以制出的药方！必须花上三个月才能提炼成功！我必须攀登‘老鹰高地’才能找到当地绝无仅有的神力克树根！我必须在中夏夜织出一则自从海啸之后就失传的神奇咒语！”

托瑞克专注地说，“还有四天就是中夏夜了。”

田瑞斯瞪他一眼，“你就是不死心，是吗？”

“我不能死心！”托瑞克说，“氏族生病了。”

田瑞斯在手中转动着海蛋石，眼睛发出险恶的光芒，“你又凭什么说服我不把你放到礁岩上？不把药方留给海豹族人？”

托瑞克张开嘴巴，但随即闭上。他想不出来。

“记住一点，托瑞克。”田瑞斯警告他，“永远不要和一个巫师比毅力，尤其是和我。”

托瑞克抬起头来，理直气壮地说，“我以为巫师就是要帮助众人。”

“你哪里懂得巫师，你只是一个猎人。”

“乌鸦族人需要你！海獭族、柳族、野猪族，以及据我所知的所有的氏族，他们全都需要你！如果你把我放到礁岩上，那谁把药方带回森林？”

田瑞斯把最后一块海蛋岩放到脚边的地面上，“如果我制作药方，你就必须帮忙。”

托瑞克屏息等待他接下去要说的话。

“每到夏季，”田瑞斯说，“海洋氏族都会选在不同的岛屿举行中夏祭典，这次轮到鸬鹚族主办。我们很多人会在明天出发，其他人随后跟上，很快，营帐里就会空无一人。”

“我愿意做任何事！”托瑞克说。

他很惊讶地看到田瑞斯在笑，“真是轻率啊！你甚至还不知道是什么事！”

“我愿意配合。”托瑞克再度重申。

田瑞斯站着俯视他，那一瞬间他毁坏的面容竟因怜悯而微微抖动。“可怜的小托瑞克。”他喃喃说道，“完全不知道自己答应了什么，甚至不知道自己身在何方。”

托瑞克低头一看，终于看到田瑞斯用海蛋石排成的图案。

那是一个巨大的螺旋，他们正站在中心点，就像两只困陷在蜘蛛网内的苍蝇。

第二十节

芮恩找遍了海岸，但她完全无法理解托瑞克究竟去了哪里。

狼追踪托瑞克的气味整整一天一夜，毫不停歇地穿梭在林间，但总是及时回头引领她，免得她跟不上。

当他抵达宽水的入海口，他的热切已然转为焦急万分，他在沙地上哀鸣，不断地跑来跑去，然后他把头往后一仰，发出凄厉而恐怖的狼嚎。

一阵搜寻之后，她找到了两个营火余烬：一个比较大而杂乱的营火在岩石堆边，另一个比较小的营火肯定是出自托瑞克的手，还有他制作的双倒钩鱼线。但托瑞克究竟去了哪里？她遍寻不着踪迹，莫非他消失在大海中了？

那天晚上，她裹在睡袋里倾听着波浪的叹息，想着他究竟发生了什么事。难道是海洋母亲送来了一阵暴风，把他卷进海中溺死了？或是隐形人用绿色的长发把他拉入海底……

她睡得很不安稳，而狼彻夜未眠，在海岸边跑来跑去。

清晨时分，他还在海岸边。他不吃不喝，也不狩猎，连对悬崖上的海燕巢也只表现出些微的兴趣。这样也好，因为海燕的幼鸟会喷出恶臭的油状物，而芮恩不知道该怎么警告他。已经接近中午，芮恩知道不能再等下去了。“我要去找人帮忙。”她对狼说，明知他不会懂，但为了让自己心安还是必须问他，“你要不要来？”

狼的耳朵往她这边倾斜一下，但身体动也不动。

“或许有人见过他。”芮恩说，“狩猎队伍或是某个人。来吧，我们走！”

狼跳到岩石上，凝视着大海。

“狼，求求你。我不想丢下你离开。”

狼却头也不回，继续望着苍茫的海水。

这应该就是他的回答，她必须独自离开。她强忍着心中苦楚，扛起背包往森林走去。

在她的后方，狼再度抬起口鼻，仰天长啸。

一时之间，狼陷入了进退两难的境地。

他只知道自己必须留在这个可怕的地方，等待他的狼兄弟归来，但他其实也很想跟着“无尾女孩”回到森林里。

他讨厌这个地方，苍白的沙地刺痛他的眼睛，炙热的岩石烫痛他的脚掌，还有那些鱼鸟的聒叫声吵得他受不了。但最令他感到恐惧万分的是那只在他眼前沉睡起伏的巨灵，她有一种古老的冰冷气味，他甚至无需学习就全然领受，万一她醒过来……

狼不懂，“无尾高个子”怎么会去一个让他的狼兄弟无法追随的地方？他也不懂，他的气味为什么还纠结着另外三只无尾的气味，狼闻得出来那三只未成年的雄性无尾充满了愤怒，而且并不属于森林，他们属于眼前那片大海。

而今连“无尾女孩”也走了，用无尾笨拙的走路方式穿越林间。狼其实很不希望她离开，她有时候确实很惹人生气，但她偶尔也很聪明和善。他应该跟上去吗？但万一“无尾高个子”回来，却发现这里没有狼守候呢？

狼急得在原地绕圈子，拿不定主意。

芮恩没想到自己会这么思念狼。

她想念他靠在身边的温暖，还有他想吃鲑鱼片时不耐烦的低鸣，她甚至想念他惊吓野鸭时的狂热行径。

他没有跟上来，这不免让她心痛。当她跳过宽水的石块到对岸的白桦树林里，心中感到非常孤寂。已经不只一次问自己，她在恶疾笼罩森林之中究竟为族人做过些什么？如果托瑞克希望她一起来早就问她了，但现在，她却在追踪一个不希望她在身边的朋友。

她越往森林里面走，四周越是异常沉寂，隐约带着一种不安，一路上她没有听到任何一只歌鸫在吟唱，也没有树叶抖动。

这地方理应有人，她知道这部分的森林，在她九岁的时候，芬·肯丁曾经让她寄住在鲸族的营区，学习海洋的知识。她知道很多其他的氏族都会沿着海岸狩猎，像海鹰族、鲑鱼族和柳族，他们都会来分享春天的鳕鱼、夏天的鲑鱼，以及躲避冬季寒风的海豹和鲱鱼，现在这里却静得可怕。

再往前面一点，树木变得比较细瘦，她瞥见几个略显杂乱、用树枝盖成的大帐篷，它们看上去有点像老鹰的巢穴，她的精神为之一振。在诸多海洋氏族中，海鹰族是比较容易亲近的，他们相当自傲，但也很欢迎外人，而且并不排斥海洋和森林融合，就像他们的氏族动物海鹰，同时在森林与海洋中猎食。

可是，那些营帐早已荒芜，火堆已经熄灭，留下一股木炭的气味。芮恩跪下来碰触余烬，还是温的，她转而检视旁边的丢弃物堆，一些贝壳还有点湿。海鹰族人刚离开不久。

在她背后传来呼吸声，她匆忙转身。

声音来自那边的帐篷。

她拔出刀，走了过去，“有人在吗？”

黑暗中传来一声沙哑的嘶吼。

她顿时定住。

黑暗瞬间爆炸。

她惊呼一声，赶忙往后跳。

那个生灵往她身上扑过来，但忽然停住了。在昏暗的光线下，她看到他的手腕被强韧的生皮编织绳索给拴住了。

“你在做什么？”后面传来一个声音，一只强壮的手把她拉开。“你也生病了吗？”捉她的人大吼大叫，把她整个人转过来，“回答我！你生病了吗？你的手怎么了？”

“只是咬伤。”她结结巴巴地说，“那只是被动物咬伤，我没有生病……”

他不理会她说的话，转过她的头，约略检查她的脸和头皮，直到发现并没有溃烂，这才松开了她。

“我没有生病！”她重复说着，“这里发生什么事了？”

“和其他地方一样。”他低声嘀咕。

“恶疾。”芮恩说。

在营帐入口，一个生灵在地上翻滚，不断地咆哮，口水直流，东秃一块西秃一块的头皮发出反光，都是被他自己扯下头发的痕迹，他的眼睛布满脓汁。

另一个人望着他，流露出痛苦的神色。“他是我的朋友。”他说，“我不忍心杀死他，但或许杀了他还好过让他这样活着。”他说着转向芮恩，“你是谁？在这里做什么？”

“我的名字叫芮恩。”她说，“我是乌鸦族的。请问你是谁？”

“惕午。”他说着举起左手，让她看到手背上的氏族刺青：海鹰族的四爪印记。

惕午走过去拿一只靠在树枝边的鱼叉，“过不了两天，他就会把绳子咬断，到时候就只能听天由命了。”

“可是，他会伤害别人。”

惕午摇摇头，“到那时，大家都走了。”

“你们要离开森林？”芮恩说。

惕午看了他的朋友最后一眼，转身离开空地，往西边而去。

芮恩跑着跟上去。

“到鸬鹚岛。”他告诉她，“这次轮到鸬鹚族办中夏祭典，而且他们不像某些氏族，他们并不害怕我们的前来。”

当他们到达一个隐蔽的海湾港口，只见人们纷纷登上坚固的生皮独木舟，芮恩不禁问道，“那其他氏族呢？”

“鲸族和鲑鱼族在几天前就已经出发前往鸬鹚岛，柳族往南方去了。”惕午用锐利的眼神看了她一眼，“你呢？为什么没有和族人在一起？”

“我在找我的朋友，不知道你有没有看到他？他的名字叫托瑞克，瘦瘦的，比我高一点儿，黑色头发……”

“没有。”惕午简短地回答，转过身去帮一个女人拿行李。

“我看到过。”一个在独木舟上摆放绳索的年轻男子说。

“什么时候？”芮恩兴奋地叫道，“在哪里？他没事吧？”

“他被海豹族带走了。”他回答，“你再也见不到他了。”

“前几天，有三个海豹族的男孩子来过。”那位名叫凯欧的年轻人说，“他们带来一些打火石，以及海豹皮制成的衣服，但我没有心情交易，所以没有出面。”他说着皱起眉头，“鲸族的人跟他们做了交易，他们很想要海蛋石，因此并未告诉那些海豹族人关于恶疾的事，怕把他们吓走。”

“托瑞克呢？”芮恩忍不住插嘴，“你说你看到他们把他带走了。”

“我只见到一个男孩子坐在皮船上。”凯欧说，“他的肤色黝黑，就像你形容的，很瘦，看起来非常生气，脸上有伤痕，显然他并未轻易就范。”

芮恩听得握紧拳头，“他们为什么要带走他？”

凯欧耸耸肩，“谁知道那些海豹族？他们和我们不一样，他们从来就没有学会和森林和平共处。”

“我必须到他们的岛上。”芮恩说。

惕午嗤之以鼻，“不可能！”

“但你们要去鸬鹚岛，”她说，“鸬鹚岛应该离海豹岛不远吧？”

“你不懂。”惕午火大了，“我们从不招惹海豹族，不可能为你破例！”

“但我的朋友有危险！”

“我们全都有危险！”惕午一句话顶回去。

芮恩环顾身边每一张焦急的脸，不知道该如何说服他们。“有一件事你们必须知道。”她说，“我的朋友——托瑞克，他有一种特殊的能力，可以为常人所不能，他很可能会找到药方。”

惕午把双手交叉放在胸前，“你不要乱编故事。”

“我没有。听我说，我必须告诉你们关于他的事。”她知道这是在违抗芬·肯丁的禁令，但她已无暇顾及。“你们都知道去年冬天的事情吧？”她说，“你们听说过那只恶熊吧？”

此话一出，果然大家都停下手边的工作，聚集过来倾听。

“它杀了很多我们的族人。”芮恩继续说着，“它也杀了这边的人，是不是？两个柳族的人遇害。我们还听说，你们族里的一个小孩子被捉了。”

惕午面露惊恐之色，“为什么提起这些？说这个有什么用？”

“因为，”芮恩说，“我的朋友就是帮森林消灭恶熊的那个人。”

惕午盯着她，“你不是说他只是一个男孩？”

“我说他不只是一个男孩，不信的话，你可以去问芬·肯丁。你知道芬·肯丁吧？”

惕午点点头，“他受到很多氏族的景仰。”

“他是我叔叔，他会告诉你我所言不虚。”

芮恩很焦虑地看着惕午把其他人拉到一边去商量。不一会儿，他们回来了，“我很抱歉，我们不想得罪海豹族。”

“你们不必带我去营区。”她说，“只需要把我放在他们的岛上，我会自己过去。”

这时凯欧对惕午开口，“他们的营区西南边有一个小港湾，我们可以在那边靠岸，他们不会发现的。”

“我可以给她一些经得起风浪的衣服。”旁边一个妇人也说，“还可以帮她做海上旅途的净化仪式。惕午，她一个女孩子，我们总不能不理她吧。”

惕午叹了一口气，“你真会找麻烦。”他对芮恩说。

“我知道。”她回答。

正当她准备继续说下去时，在杜松树丛后面，她瞥见了一丝目光，有一双琥珀色的眼睛正望着她。

她的内心一阵雀跃。

她兴奋地转向惕午，“我还要拜托你一件事。”

“还有？”

“有一个朋友也必须和我一起去。”

海岸上顿时充满了欢笑声。

海鹰族虽然逃离了营区，死了两个族人，还留下一个病到发疯的狂人，但看到一只年轻的狼被海燕吐了满身的口水，还是让大家忍不住想笑。

“你应该不需要帮他净化了。”有人打趣地说，“看来他已经自己净化了。”

管他有没有被海燕喷口水，芮恩只想紧紧拥抱他，但她强忍住这样的念头，用沉着的方式欢迎他，轻轻抚摸他的身躯两侧。

狼轻轻摇着尾巴。他看起来很可怜，满脸都是臭油味，更糟的是，徒劳无功地抹了满脸的沙。他显然得到一个教训：千万不要去招惹那些海燕。

“我还以为你会喜欢强烈的气味呢？”芮恩对他说。

狼再度举起前掌，想要抹去那些讨厌的油垢。

惕午搬着一个包裹经过她俩身边。“如果你可以把他弄到我的独木舟上，”他对她说，“你就可以带他一起走，否则你就必须把他留在这里。”

“我不要留下他。”芮恩说。

“那就快，我们要走了！”

“走吧，狼！”芮恩说着跑向独木舟。

狼没有动，他拄着脚掌站着，颈背的毛直立，盯着在浅水中摇晃的独木舟。

芮恩的心往下沉。

就算她不懂狼语，也可以清清楚楚地明白狼的意思。

我不要上去那玩意儿，绝对不要，不要，不要！

第二十二节

托瑞克又梦到狼，但这次是狼在警告他：**嗷呜，嗷呜，危险！阴影！被猎！**

什么阴影？托瑞克问他：在哪里？

但狼渐行渐远，托瑞克没办法追上去，因为他被拉住了。

“让我走！”他吼着，握紧拳头企图挣脱。

“醒过来！”贝尔说。

“什么？”托瑞克张开眼睛，他身在海豹族的帐篷里，白天的阳光从门板缝隙透进来。

自从他在峭壁上和田瑞斯谈过之后，已经过了一天。整整一天的等候，海豹族的巫师终于说服了领袖艾斯林，不必把托瑞克送到礁岩上去等死，中夏祭典将近，森林里恶疾横行……

“谁是狼？”贝尔劈头盖脸地问他。

“什么？没有人。我不知道你在说什么。”

但贝尔可没那么好骗，“你甚至还没清醒就在说谎。”他厌恶地说。

托瑞克没有回答。沉重的梦境压在他的心头：**阴影！被猎！**这是什么意思？这是在警告他有跟踪者吗？还是另有所指？

“起来了。”贝尔说着踢了一下他的大腿。

“为什么？我们要去高地了吗？”

“那是明天，今天我要教你划皮船。”

“你？为什么是你？”

“你去问田瑞斯啊，这是他的主意。”从他的语调听起来，他和托瑞克一样不喜欢这个主意。“先吃点日餐，然后到岸边找我。我会带船。”

“为什么偏要找贝尔来教我？”托瑞克在岩石边找到正在采集海草的海豹族巫师，“为什么不找其他人？”他心想，其他任何人都好。

海豹族巫师牵动一边的嘴角微微一笑，“这就是我把你从礁岩之

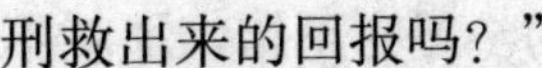

刑救出来的回报吗？”

“但在所有人当中，贝尔最——”

“他正是族里最会划皮船的高手。”田瑞斯说，“来，拿着篮子，好好看着，你还有得学。”

“但是——”

“这是巨藻。”田瑞斯抓起一条很长，状似皮带的棕色海草，“晒干以后就会变硬，像这个，”他说着拍了一下他的刀鞘。”把它放在甜水里煮过，然后泡在海豹油里，就可以制成绳索。你有没有看到我切割的方式？永远要留下它深扎在岩石里的根，这样它才会再长出来，这点非常重要。”

托瑞克固执地不发一语，海豹族的巫师停顿了一下。“你需要贝尔。”他说，“你也会需要阿斯瑞福，他是攀岩高手。德特兰跟着来，可以增加人手。”

“他们三个都要来？”

“托瑞克，你自己一个人做不到。”

“我知道，但我以为你会来。以前不正是你找到的神力克树根吗？”他喜欢海豹族的巫师，田瑞斯让他联想到芬·肯丁，而且他比较仁慈，没有那么高不可攀。

田瑞斯叹了一口气，抚摸着自己烧毁的半张脸，“那场火不仅烧伤了我的外貌，也毁损了我的肺。”他把巨藻丢到篮子里，“我去高地只会拖累你。”

托瑞克顿时感到惭愧，“我很抱歉，我并不知情。”

“我也很抱歉。”田瑞斯温和地说，“但我派他们去还有一个原因，他们是你的亲人，托瑞克，不管你喜欢与否，你都必须赢得他们的信任。”

“我才不在乎。”托瑞克说。

“你应该在乎。”巫师的声音很温和，却带着一股无可抵挡的威严，“真正的关键是贝尔，只要赢得他的心，其他人自然就会信服。

还有，托瑞克，”他露出一丝微笑，“倘若你的学习力不错，那就不成问题了。”

“错了，错了，错错错！”贝尔怒吼着，他用令人火冒三丈的敏捷身手划到托瑞克的皮船边。“双腿紧靠着船缘——又偏斜了，调整你的重心——不是这样，太多了。你这样会翻船！”

他靠过来，使劲儿把皮船拉正。“我说过！不要想用桨来稳住自己，桨不是这样用的！你必须用髋骨和大腿来调整平衡，而不是用手。如果你是出去捕鱼，就可能需要把海豹拉上船，那时候就得把双手空出来！”

“谁叫它那么不稳。”托瑞克口中喃喃抱怨。海豹族的皮船设计得吃水很浅，船身像刀子一般锋利，本身就非常容易倾覆，他觉得自己简直就像一只拼命攀附在嫩枝上求生的甲虫。

“不要怪罪皮船。”贝尔说，“是你自己没有能力驾驭它。”

“可是，它为什么非得那么浅？”

“如果船身再高一点儿，就必须花力气对抗风力。再试一次，不对，我说过，不要拍水，而是滑水！必须保持无声，寂静无声！”

“我正在努力。”托瑞克咬紧牙根说。

“还不够。”贝尔顶回去，“你们森林里难道没有独木舟？”

“当然有！”托瑞克想到野猪族的独木舟，还有乌鸦族可靠的鹿皮小舟。“但是它很平稳坚固，从来不会——”

“平稳坚固在大海上只会造成负担。”贝尔语带嘲讽地说，“圆底的船会制造出很多泡沫，海豹群在五十鱼叉远的地方就会知道前方有船，而那些不会晃动的船身只要一碰到涨潮就会淹没。不是这样，不对，必须划在波浪之上，而不是穿过波浪！你必须像一只鸬鹚那样，轻轻掠过水面……”

一个大浪打在托瑞克的船头，溅湿了他的全身。

岸边的小孩欢笑声不断。沙地上有一排皮船，上面还晾了一些海豹生皮，比较幼小的孩子坐在船里面玩，比较大的孩子则试划初学小舟，和托瑞克不同的是，他们不必担心翻船，因为初学小舟的船底有好几个平衡杆，两端分别绑着许多内脏皮制的气囊。

一开始贝尔也叫托瑞克试划初学小舟，是他自己觉得面子挂不住，而今，度过了筋疲力尽的一天，他还真有些后悔。贝尔是一丝不苟的严师，毫不容情地鞭策他，显然他恨不得立刻去告诉田瑞斯，托瑞克是一块不可雕的朽木。

现在可好了，他很快就可以如愿以偿。托瑞克浑身湿透，在烈阳的照射下头昏脑胀，大腿和肩膀都酸痛无比，只想躺下来休息，双手在疲倦中颤抖，几乎连船桨都拿不住了，更别说什么保持平衡。

更令人生气的是，贝尔在皮船上却是操纵自如，来去如风，手腕随便一扭就可以回转船身，还可以轻易站起来，如履平地。这还不是故意炫耀，纯粹只是精通船性，完全不假思索。

起风了，托瑞克努力不让自己沉落。只比他年长一点的贝尔划到他身边，轻巧地稳住船身，用船桨的一端抵住横杆，其他的部分留在大海中，并且空出两只手。“你必须做得更好。”他说着倾身向前，用桶把托瑞克船里的水舀出来。

“否则呢？”托瑞克说，“你要把我丢在后面不管？”

“没错，我很乐意这么做。”

“给我一个机会，我才练习一天而已。你呢？搞不好从六岁就开始划船了。”

“五岁。”他看了一眼浅水处的初学者，脸上浮现出一丝忧伤，“我弟弟开始学得更早。”

“再给我一次机会。”托瑞克说。

贝尔想了一下。“调头过来这边。”他说，“我跟在你后面。这次记住，不必一直想着每一个动作，专心望着海面，划得越快越好。”

托瑞克转过船身，开始划桨。

刚开始，他还是照样东倒西歪，一艘皮船活像是春天的兔子到处乱跳，波浪打得他脸发疼。

情势突然转化，不知不觉中，他似乎找到了划桨的韵律，船身平静地划水而过，不再溅起水花。随着每一个动作，他都可以感觉到底下的海洋，正在他的底下，而非与他正面对抗。他划得越来越快，忽然间，皮船飞了起来，轻轻划过波浪，有如海鸟般轻快自在。

“我会了！”他欢呼着。

贝尔划到他的身边，一丝不苟地注视着他。

“太棒了！”托瑞克叫道，“这真是太棒了！”

贝尔缓缓点头，这次是强忍着笑。

一阵狂风逮住托瑞克的皮船，直接往贝尔那边冲过去。

“转过去！”贝尔吼着，“快点儿，用力转过去！你快撞到我了！”

为了对抗强风，托瑞克赶紧划桨，没想到桨弯了，害他差一点整个人翻过去。，把桨拿出水面一看，竟然已经折断了。

托瑞克往这边倾翻过来时，贝尔大吼一声，“留神！”

“我转不过去！”

贝尔赶紧划桨，往前直冲，总算及时躲过撞击。托瑞克的船整个翻覆。

衣服的重量让他整个人往下沉，幸好贝尔及时赶过来拉住他的背心领口。

“你在搞什么鬼？”他气炸了，“你差一点害死我们两个！”

“那是意外！”托瑞克也是气急败坏。

“意外？你直接往我这边撞过来！”他气呼呼地把托瑞克的皮船翻过来，扶住船头好让托瑞克爬进去。

“我说那是意外！”托瑞克喘着气说，“我的桨断了！”

“那是不可能的！我们的桨是用最强韧的浮木制成的。”

“那这是什么？”托瑞克挥动剩下的断桨，“如果真的有那么强韧的话，为什么随随便便就折断了？”他忽然不说话，盯着船桨的断裂处，有人动过手脚，刻意只切开了一半，好让桨可以继续使用，但随时都会断裂。

“怎么了？”贝尔问道。

托瑞克想到了跟踪者，但也可能是其他人干的：贝尔、阿斯瑞福、德特兰，或其他的海豹族人。

他不发一语地把断桨递给贝尔，贝尔的观察力很敏锐，一下子就看到了切痕。“难道你认为是我搞的鬼？”他说。

“不是吗？”

“当然不是！”

“但是你巴不得看我失败，这是你自己说的。”

“那是因为你会拖累我们，或惹出麻烦，到时候还得花力气救你。”

“我才不会。”托瑞克讲得斩钉截铁，尽管并没有充足自信，“贝尔，我们的目标是一致的——就是药方。”

“我凭什么相信我的族人会有危险？”贝尔语带嘲讽，“就因为你能言善道，设法为自己开脱礁岩之刑？”

托瑞克盯着他，“你说这话是什么意思？”

“我不知道你在峭壁上跟田瑞斯说了什么动听的故事？”贝尔说，“但我知道像你这种小懦夫为了活命会不择手段。”他把断桨丢还给托瑞克，“所以你才轻易认定我会使这种卑鄙的手段，因为你们在森林里就是这么玩的。”

当他们拖着疲惫的身躯上岸时，贝尔的污蔑之言仍在托瑞克的脑中撞击。这位年长的男孩走在他的前面，把皮船靠在架子上，彼此仍是话不投机半句多。

你自己一个人做不到，田瑞斯是这么说的，**你必须赢得他们的信任。真正的关键是贝尔。只要赢得他的心，其他人自然就会信服。**

他说得没错，托瑞克很清楚这点。他必须向贝尔证明：自己并非只会耍心机的小人。

他想到了：倘若可以证明跟踪者确实在岛上，贝尔应该就会相信他。

找出踪迹，他告诉自己，这么一来，贝尔就无话可说。而且这并不难，托瑞克或许不懂得划船之道，却是一流的追踪高手。

当他走到海湾的南端，夜幕将至，短暂的蓝色幽光勉强算是黄昏。他把皮船留在海滩上，跨过溪流，开始沿着海湾进行追踪，燕鸥在他的身边盘旋，不时飞到眼前，但他置之不理。

这个时间相当适合追踪，幽暗的光线反而可以突显出阴影，同时他很庆幸那些海豹族人正在准备夜餐，没有人发现他漫步到海岸边，免得又被问东问西。

松软的泥地上并没有脚印，但草地上有某种小动物的后脚痕迹，会是跟踪者吗？生物在行走的时候多少会带走草地上的水分。

这是相当高难度的追踪，等于是在追踪露水的痕迹，但托瑞克运用父亲生前教他的方法，把头侧到一边，用眼角的余光端详。

经过一些错误的判断与尝试，他终于追踪到一串往海里延伸的帽贝岩块，岩块再过去的海湾边有一丛白桦树林。出乎他意料之外的是，脚印并没有往树林去，而是留在岩石上。他发现有一小块被磨损的苔衣，还有一股臭气，显然跟踪者由此跑过一堆腐烂的死海草。

终于，在先前涨潮所留下的一小块沙地上，他找到了一个完整清晰的尖爪脚印，非常新鲜，甚至还没有被蚂蚁或沙虫爬过。

你自己看吧，贝尔，他忍不住在脑袋里大吼。

他的左侧传来一阵笑声，转头一看，他就站在那边，一个棕色的驼背身影，全身覆盖着宛如海草的长发。

托瑞克的兴致正高，完全忘了害怕这回事。这正是他所需要的证

据，如果可以捉到他，那就足以让贝尔哑口无言，乖乖认错。

那个小小的生灵转身要逃。

托瑞克冲上去追捕。他脚底下的海草很滑，脑海中出现警告声：倘若跌落海里，就算捉到跟踪者也是于事无补。

他走到岩块之间的裂口，回旋的海水像喷泉般涌出，裂口有点宽，没有办法直接跳越，跟踪者却一跃而过。他站在另外一边，带着恶意的眼神回望，仿佛在说：我看你敢不敢跳？

“哼！”他喘着气说，“你以为我是笨蛋吗？”

跟踪者露出一口黄牙，嘶的一声就飞奔到幽暗里，尖锐的爪子划过岩石。

托瑞克追上去，跑到裂口边缘，那边的海草比较干，没有那么滑。他随即想到，奇怪，为什么在这么湿的地方会有一片干的海草？

但为时已晚，脚下的海草滑动，他整个人跌落海里。托瑞克，你果然是个大笨蛋！这摆明就是一个陷阱，而且还是最简陋的那种！

被冰冷的海水和纠结的海草所困，他不断踢腿，让自己浮出水面，以便寻找最适当的脱困点。从岩石边观察并不觉得潮水很大，而今置身其中，却感觉异常沉重。应该不至于很难脱困，顶多受一点挫折，而跟踪者当然早已逃得无影无踪。

他拨开脸上的海草，四处摸索双手可以着力的地方。海草比他想象的还要强硬，他无法顺利拨开，也没办法伸出手来触碰岩石。

因为那根本不是海草。他终于惊觉，那是巨藻编织而成的绳索，一个猎捕海豹的渔网。你竟然掉入了一个海豹网，托瑞克，你终究还是中了跟踪者的圈套。

潮水将他的身体冲向岩石，他几乎不能呼吸，渔网绑住他的双脚，令他几乎无法顺利打水飘浮。网的上方似乎是绑在岩石边，网底借着重物往下拉，那应该是石块，他必须非常努力才能让自己的头和肩膀浮出水面。

现在这副窘况不免遭受贝尔耻笑！他在心里挖苦自己，如果他们

发现我掉在营区的海豹网里挣扎，一定会笑掉大牙！

如果他的刀还在就好了，那就可以切断渔网逃生，但海豹族人还是不够信任他，依然没收着他的武器。他必须呼救，忍辱偷生！

“救命啊！我在这里！来人啊！”

海风呼啸而过，燕鸥在空中尖叫，波浪拍打着岩石。

没有人来，没有人听得见他的呼救。

打水实在很累，而且很奇怪，波浪似乎一直上升，现在已经淹到他的下巴。

这时候他终于意识到自身的处境有多危险，这是生死攸关的事情，他被困在海豹网里，呼救声根本传不到营区，而且刚好遇上涨潮。

很快速的涨潮。

第二十二节

潮水涨得很快，托瑞克必须奋力抬起下巴，以免惨遭灭顶。

潮汐不断把他的身体往后拉，然后带他往前面的岩石冲撞，海水抑制了他的呼吸，那充满咸味的潮水紧裹住他的颈部，海洋永不停歇的呜咽充满他的脑海，她已经捕捉到他，而且不肯放开手。

他试图放空自己的脑袋，暂时不要去想海洋母亲，只想着该如何逃生。网子不可能没有缝隙，既然他可以掉进来，就可以逃出去，然而，他就是无法找到出口。

渔网织得很密，连他的拳头都无法穿过，而且绳结硬得跟石头差不多，要用早已冻僵的手指打开绳结无异于痴人说梦。巨藻非常硬，不可能用手撕开，也不可能用牙齿咬断，“它们必须够强韧，才能捉住成年的海豹。”德特兰在日餐的时候曾经告诉过他，果然如此。

如果刀子在身边就好了……但现在，有什么可以替代的呢?

他再度被冲往岩块，身子撞到那些突起的帽贝，他感到异常地疼痛。

帽贝！它们的边缘相当锐利，不是吗？只要能够拔下一块，或许……

潮汐将他往后拉，然后再度往前冲击。当他踢腿浮出水面，海洋无尽的讪笑在他耳边回响。

不要听她的声音，他告诉自己，倾听你自己，倾听你耳里的血液，听什么都好，就是别听她……

他仍在踢水以便浮出水面，他把拇指和其他两根手指伸出网眼，捉住最近的一个帽贝。

帽贝紧紧依附着岩石，托瑞克无法拔下，他咬紧牙根用力抓住贝壳，却徒劳无功，它几乎已经成为岩石的一部分。

这时他想起曾看过一只黑白相间的鸟啄食岸边的帽贝，海豹岛上也有类似的鸟，德特兰叫它们“蚌壳捕食者”。托瑞克想到鸟儿是用尖喙去啄帽贝：迅雷不及掩耳，让它没时间闭合扣住岩石。

他找到另一个帽贝，用同样的手法攻击，看准了就用拳头打过去。这招奏效了，可惜帽贝从他的指间滑落，回旋着往下沉，穿过渔网，没入水中。

海洋的笑声再度穿透他的脑海，**你赢不了的！认命吧，认命吧！**

不，他在脑海中怒吼，还早呢！

怒吼却突然转为呜咽，太早了，他还没有找到药方，还没能守护氏族的安全，还没来得及和狼重逢，还有芮恩和芬·肯丁。

如果没有石块把渔网往下拉的话，他或许还有一线生机。

一想到这点，就好像有人打了他一巴掌，只要能够摆脱石块，潮水就会化为助力，他就可以利用海洋的力量，让她把自己冲回到岩石上。

那么你何必浪费时间去捉帽贝呢？他气愤地想着：快潜到水里去应付那些石块！

他深呼吸一口气，潜入水里。

置身海洋的世界，周遭全是旋转的混乱黑水和阴郁的海草，不禁令人感到惶恐不安。他找不到绑住石块的绳索，他甚至搞不清楚上下左右。

他浮出水面，用力吸气。波浪再度上涨，现在他必须用力抬起下巴，才能避免吃到水。咸水刺激着他的嘴唇、喉咙，以及他的双眼，他感觉到双腿异常沉重，思绪在冰冷中溃散。

“救命！”他呼喊着，“来人啊！”他的呼救到最后变成凄厉的咯咯声。

光线暗了下来，他几乎什么都看不见，眼前只剩下模糊的岩石轮廓，深蓝色的天空点缀着淡淡星光，似乎也逐渐离他远去。

溺水，这是最糟糕的死法，海洋母亲一点一滴吸干你的生命，剥离你的灵魂，由于没有死亡面具的指引，你的灵魂将永远失散分离，重聚无望。溺死的人注定沦为水鬼，永世流离失所，痛恨与妒忌着世上一切的事物，恨不得毁弃一切生灵……

一个波浪冲过来，他咳出满嘴的海水。

我是超越悲怜与怨恨的，海洋母亲仿佛在他的耳边呢喃：**超越良善与邪恶**。**我比阳光更强壮，我是永恒的，我是海洋**。

他实在太累了，无法持续打水，他必须停下来，就算一下子也好，他只想休息。

他终于沉落，海洋母亲紧紧拥抱着他，抱得很紧很紧，直到他的胸口发疼……

黑暗中出现一丝银色的闪光。

一条鱼，他模糊地想着：很小的鱼，会是柳叶鱼吗？

越来越多的鱼，一整团发亮的鱼群，准备前来分食眼前这个即将死去的大个子生灵。

他继续往下沉，银色的光点在他身边围绕，宛若一条闪烁的银河，他在海洋母亲的怀抱里慢慢瓦解……

他顿时腹痛如绞，就好像五脏六腑都要移位，突然间，他感觉不到那窒息的拥抱，没有冰冷与黑暗，他不再觉得被往下拉，也不觉得咸水刺痛喉咙，他甚至觉得自己脑海里的血液已经不再流动。他轻飘飘的，仿佛一条小鱼——就像一条鱼，他既不感到冰冷，也不感到温热，他已经和海洋融为一体。

而且他竟然可以看清眼前的一切！不再幽暗模糊，岩石堆、飘浮的海草、环绕他的柳叶鱼，皆如此生动鲜明，尽管所有的景象似乎都拉长了，透着一种奇特的失真感。不知道为什么，他已然变身一条鱼，他感觉到每一条细瘦的身躯从他身边游过，水中会有细致的涟漪，他感觉到鱼群对他极度的好奇，他感觉岩石堆那边有波浪涌现，波浪底下传来海洋母亲沉重的叹息。

毫无预警的，鱼群受到了惊吓。像闪电的击落，鱼群和托瑞克同时陷入恐慌，有东西在深处准备猎杀，非常庞大的……

那是什么？托瑞克问道，努力想要理解鱼群的恐惧，因为他已能感同身受。究竟是什么在猎杀我们？

鱼群没有回答，只是转身游回到深海中躲藏，避开那伺机捕食的

猎者，留下托瑞克一人。他再度感到一阵剧痛……

他又变回了托瑞克，眼看的柳叶鱼群消失在黑暗中。

他的胸口再度像要炸开似的，热血在他的耳边沸腾，不及细想刚才究竟是怎么一回事，他盲目地踢着双脚打水，抗拒着海洋母亲致命的拥抱，鱼网却紧紧缠绕着他，不肯放他走。

就在这个时候，白色的水柱把他冲到旁边，某个不明物体挤到他身边，强而有力的牙齿咬破渔网——**他自由了**……

然后，有手从上面伸过来，想要把他拉出水面，但那双手不够强壮，他又往下滑落，帽贝划伤了他的手掌。

他用尽最后一丝力气踢腿，稍微浮出了水面，及时让那双手把他拉上岸。

海洋母亲一声轻叹，终于放他自由了。

托瑞克躺着喘息，就像一条上岸的鱼。他感觉到脸颊抵着粗糙的帽贝，齿间犹挂着海草，那是他吃过的最美味的东西。

“你在做什么啊？”那声音听起来异常熟悉。

他翻过身，跪着爬起来，吐了不知多少海水。“溺——水啊！”他没好气地说。

“这谁看不出来？”那声音听起来既气又急，“但你究竟在做什么啊？为什么不快点儿爬出来？”

托瑞克抬起头来，“芮恩？是你吗？”

“嘘！会被听到！你站得起来吗？快！跟我来！”

托瑞克挣扎着站起身来，独自思索究竟发生了什么事。他的身躯摇晃着，如果不是有芮恩捉住他的手腕，恐怕早就跌回水里。芮恩一路扶着他朝白桦树林走去。“这里！”她低声说，“那边有一个隐秘的海湾。”他们一起蹒跚着穿越巨大的圆石堆和杂乱的白桦树，终于抵达山丘阴影下的一片白色沙滩。

托瑞克双膝跪坐在沙地上。“怎么……你怎么找到我的？”他喘着气说。

“不是我。”芮恩说，“是——”

一个身影从圆石后面跳出来，把托瑞克整个人压倒在沙地上，用粗糙的舌头热情地舔舐着他。

“是狼！”芮恩说。

第二十三节

他们的重逢充满热情，甚至带着暴力。狼激动地摇晃尾巴，不断亲吻托瑞克的脸颊，托瑞克本身也像极了一只狼，舔舐狼的口鼻，把脸埋在他温暖的皮毛里，低声而热情地呢喃一些芮恩听不懂的狼语。

眼前的一切顿时让她感到自己的多余，经历过刚才的生死关头，她的心情仍未平复，眼前依然浮现托瑞克在水中飘浮的身躯，脸孔朝下，黑发在波浪中旋转。她真的以为他死了。

当她走到圆石后取出隐藏的弓箭，背起先前采集的一篮帽贝，双手仍不由自主地颤抖着。“你还走得动吗？”尽管她无意打扰，却忍不住唐突地开口。

托瑞克仍跪在沙地上与狼相拥，回过头来看她，陌生的眼神仿佛并不认识她。他满脸伤痕，一头湿淋淋的长发，看起来也真的很不像她所认识的朋友托瑞克。

“我真的不敢相信！”他的声音在泪水中抖动。

“托瑞克，我们必须马上离开！这边离营区太近了，随时会被发现！”

但她看得出来，他根本就没在听。

“快点儿！”她说着扶他起来。

山丘很陡，长满了青苔和红莓，所以很难攀爬，幸好他勉强可以走，总算让她稍感放心。狼雀跃地跟在他们的身边，昂首跨步，摇着尾巴，偶尔跳起来用口鼻碰触他的脸。

他们走累了，就在山脊处略作停歇。

“你是怎么找到我的？”托瑞克双手抱膝，喘着气说。

“我在海岸边搜索。”芮恩说，“突然间，狼发出一声咕哝就开始跑。”她顿了一下又说，“托瑞克，究竟发生了什么事？你怎么会连岩石都爬不上去？”

“我掉到捕海豹的渔网里了。”

“渔网？”

“我企图挣脱，却无能为力。原来是狼把网咬开的，他救了我一

命。”

芮恩不禁思考：那是一种什么样的挚爱，足以给狼偌大的勇气，跳进他恐惧至深的水里？“他很讨厌大海。”她说，“我费了好大的力气，才把他弄上皮船。”

“你用了什么方法？”

只见她从背心里拿出一条绑有松鸡骨哨子的皮绳。

托瑞克细细端详着那只哨子，“换言之，如果我没有在几个月前把哨子给你，你就没办法把他带在身边，而我很可能就会溺死。”他抚摸着狼的身体两侧，狼紧靠着他，咧嘴皱起口鼻。

芮恩再度感觉到自己的多余。关于托瑞克离开乌鸦族以后的遭遇，她一无所知，她有好多话想告诉他，关于恶疾，还有托卡若思。“走吧！”她说，“我的帐篷就在前面。”

他们攀上山脊，惊动了一对乌鸦，它们愤慨地呱的一声飞走了。当托瑞克看到眼前的景色，不禁叫了出来，“这里竟然有一座森林！”

他们面对一个形势陡峭的山谷，就像是一把斧头划破群山，底下有一道很狭长的湖泊，旁边的斜坡长满了柳树、花楸和梣木。

“树并不是很高。”芮恩说，“但至少有树。海豹族似乎从不到内陆来，所以很容易躲藏。不过，我昨天在湖边发现人迹，我想应该是男人或男孩。”

“我真想念森林。”托瑞克凝望着树林。

“我也是。”芮恩说，“我想念鲑鱼，还有驯鹿的气味。这里的夜晚好亮，在森林里不会有感觉，但这里……我睡不着。”

“我也是。”托瑞克喃喃说。

“那是我的帐篷。”芮恩说，领着他往下走到隐藏的峡谷，里面长满了羊齿植物、绣线菊和泡沫般的黄色小花，有条小溪从中流过。她在东岸挖了一个洞，前面有一个小火堆，一棵花楸树在旁张开臂膀，恰好形成遮阳的屏障。

“你先在火边烤一下，把身体弄干。”她对他说，“我来煮一些帽贝，不会很久。”

她照例先把弓箭挂起来，然后坐在火堆旁准备煮汤。火堆几乎没有冒烟，因为她用了梣木，并且事先剥掉了树皮。她先放一块石板在火边加热，时间差不多了，就滴点水在石板上测试温度，石板发出呲呲声，表示已经够热了，她先用溪水冲洗帽贝，然后才摆在石板上烹煮。

“你怎么解决吃的问题？”托瑞克蜷缩在火边，狼依偎在他身边。

“大部分时间都是吃海鸟的蛋。”芮恩说，“偶尔也打猎，但只有小型猎物，这里似乎并没有麋鹿或红鹿。湖里面当然会有鱼，但捕鱼很容易泄露行踪，这就是我去海湾的原因。”她说着停顿了一下，“我是没关系，但是我很担心狼。乌鸦会引他去吃一些腐尸，那不足以温饱，而且他根本不肯接近海鸟，因为先前被海燕吐过口水。”她说着露出淡淡的微笑，“他当时好惨。我好不容易找到一块石碱草帮他洗干净，他当然不喜欢。”她忽然住口，觉得自己太多话。

托瑞克在火边皱起眉头，“芮恩，我真的很高兴看到你。”

芮恩看着他，“那就好。”

帽贝煮好了，她拿出刀子刮下石板上的帽贝，放到大片的藜叶上。她先叉了一只贝肉在花楸树枝里献给氏族守护灵，然后将其余的贝肉分成三等份，把三分之一的贝肉放在离狼不远的草堆上，然后开始教托瑞克如何去掉黑色的内脏，吃里面鲜美的橘色贝肉。他仔细看了帽贝好几眼，才开始用餐。

他先前脱掉了背心，挂在花楸树上晾干。她发现他瘦了好多，而且小腿上有一个缝得很糟糕的伤痕。“应该要拆线了，”她对他说。“等一下就处理。”然后他问起她手上的疮痂。

“只是咬伤。”她说着把受伤的手靠在自己腿上，她不想这么快就提起“托卡若思”的事情。

狼已经吃完他的帽贝，眼睛还盯着托瑞克的那份，托瑞克就让给他吃。然后他把下巴靠在膝盖上休息，“森林现在怎么样？”他问，“情况很糟吗？”

“很糟！”芮恩说。她告诉他有许多氏族纷纷远走，还有那个被留在海鹰族营区里的病患。

托瑞克的眉头皱得更紧，“你知道吗？我梦见狼，梦到他在警告我，‘阴影！被猎！’他在梦里是这么说的，我想。”

“他指的是恶疾吗？”芮恩说。

“我不知道，我来问他。”托瑞克低下头，发出一声轻柔的呜咽，狼立刻跳起来，仿佛感到耳朵刺痛，然后他扬起尾巴，舔舐着托瑞克的嘴角，并发出呜咽，回答他的问题。

“他说什么？”芮恩不安地问。

“一样。‘阴影！被猎！’不知道是什么意思。”

芮恩把刀放到灰烬里清理，“这就是你离开的原因吗？因为他在梦里警告你。”

“什么？”托瑞克说。

“所以你不告而别？甚至没有跟我说一声。”她忍住不透露心中的不满。

“我离开，”他沉着地说，“是为了寻找药方。我不告诉你是因为，如果你一起来将会身陷险境。”

芮恩瞪着他，“我已经身陷险境！我们全都是！现在也是！还有什么比恶疾更可怕的？”

他迟疑了一下，“跟踪者”。

“那是什么？”

“我不知道。他很小，很脏，有爪子。”

“托卡若思。”芮恩低声说。

他一下坐起身来，“森林野马族的人也是这么说的，他就叫做‘托卡若思’？”

她点点头，“你离开之后，莎恩告诉我的，所以我才会来找你。她说他们是森林里最让人恐惧的生灵。”

“他们？”托瑞克说，“你是说不止一只？”

她还是点头。

他想了一下。“他躲在阿斯瑞福的皮船上偷渡过海。”

“他在这里？”芮恩叫道，“就在岛上？”

“我说了，他躲在阿斯瑞福的船上。既然可以偷渡一只——”

“或许也会有很多只。他们也可能躲在海鹰族的独木舟里，或是其他氏族的船里。”

两人同时静默，陷入沉重的思考。

“不过，你确定他在这里吗？”芮恩问。

“我很确定。”托瑞克咬着牙说，“我亲眼看到。就是他设计让我差点溺死的。”他略作停顿，“我本来想找到证据，脚印或什么的，好给海豹族瞧瞧。”

“好给海豹族瞧瞧？为什么你会想这么做？”

“他们在帮我制作药方。”

“他们在帮你？我不懂。他们把你打了一顿，还把你当成俘虏。”

“他们后来放了我。”他告诉她来龙去脉，关于他一路上如何在森林里被跟踪，后来离开森林深处被海豹族的人活捉，然后说服他们免去自己的刑责。“我很确定是托卡若思引起恶疾的。”他说，“奇怪的是，他并没有把病传给我，有点像是他一直在考验我，我无法确定。”

芮恩还在思考整个情况，“你是说，你并不是俘虏？”

“我说了，海豹族的人在帮我制作药方，他们还教我怎么划皮船，嗯，至少试着要教。我们明天要去‘老鹰高地’。”他看了一眼东边透出的天光，“我是说——今天。”

芮恩伸手拿了一片树叶，放在嘴里咀嚼，“我还是觉得不对劲。

他们先打了你，然后又要帮你？”

“他们也需要药方。”

她觉得难以置信，“说到这个药方，我的确听说过神力克树根，但它从没被用在巫术中。”

“所以呢？”托瑞克不以为然，“田瑞斯自然知道怎么做。”

“谁是田瑞斯？”

“他们的巫师。芮恩，他们以前也曾有过恶疾，就是他治愈大家的，他一定行的！”

“就算他行，我们要怎么阻止食魂者送出更多的托卡若思？”

托瑞克盯着她，然后站起身来四处走动，接着又回到火边。“这些托卡若思，”他说，“他们究竟是什么？”

芮恩打了个寒战，然后深呼吸一口气，一五一十地转述了莎恩的说明。

他听得面无血色。

“莎恩说他们已经不是小孩子了，他们是厉鬼，只是厉鬼。”芮恩说。

“就像那只杀死我爸爸的熊。”托瑞克说。

狼站起身，走过来依偎在他身边，他摸了摸那毛绒绒的身躯，然后走到火边跪坐下来。“当我被困在渔网中，”他说，“发生了一件很奇怪的事。”

“我曾感觉到一种绞痛，很深的痛，在我的身体内部。我以前有过类似的感觉，就在莎恩进行治疗仪式的时候，那种感觉就好像整个人快被拉散了。”他吞了一下口水，“这次困在网里，我觉得自己好像是一条鱼。”

“什么？”芮恩说。

“我感觉，我可以感觉到水中之物的形状，就和鱼一样。”他凝视着火光，“然后，有东西惊吓了鱼群，它们感觉到深海中有一只猎者，而我同样感觉到了，芮恩，就像我也是一条鱼。”

芮恩困惑极了，“什么鱼？你在说什么？”

狼突然发出呜咽声，在火光的边缘踱步，然后站立，嗅着空气里的味道，尾巴整个膨胀。芮恩知道这表示有威胁。

她跳起来，伸手去拿弓。

托瑞克早已站起身来，穿上背心。

远远的地方，有一个男生在呼喊托瑞克的名字。

“是贝尔。”托瑞克说，“我要走了，不然他会起疑。”

“谁是贝尔？”芮恩说。

“他就是贝尔。”托瑞克无奈地说，“就是他在森林里逮到我的，但是他现在——”

“那你还要回去？”

“芮恩，我必须回去，还有三天就是中夏夜了。”

“但是，你不一定要走海路到高地！走陆路也可以，这点我很确定！惕午的母亲是海豹族，她很熟悉这座岛，我曾经请她在沙地上画给我看，我们现在就可以出发……”

“托瑞克。”又传来呼唤他的声音。

“你根本就不能信任他们！”芮恩很着急。

“我信任他们的某些人。”他说，“我想。”

“这是什么意思？”

“我只知道，”他忽然开始火大了，“我的朋友都会受到伤害，甚至遇害，只要是跟我在一起。欧斯拉克就是一个例子，还有那头野猪。你最好和狼一起留在这里。”

“托瑞克，我不要。”

“把他带在身边，千万不要让海豹族的人发现你们。”

“你执意和他们去高地？”

“芮恩，我不得不去。”

她心中闪过许多念头，“那我们就走陆路过去，我和狼，你或许会需要我们的支持。”

托瑞克正视她的眼睛，知道这是最后的底线，只好点头。

“托瑞克！”贝尔叫道。

匆忙之际，托瑞克单膝跪地，额头紧靠着狼的头，喃喃说了一些芮恩听不懂的话。狼用鼻子碰触他的脸颊，呜咽着。

然后托瑞克就站起身来，爬上斜坡，顺着来时的路走回去。“躲起来！”他对着后面的芮恩说，“还有，要提防托卡若思。”

芮恩不安地环顾四周，她真不希望他走，独留自己在这寂寞的山谷中。

但他已经走了，寂静地没入树林，就像一只狼。

第二十四节

“托瑞克！”贝尔吼着，“托瑞克！你在哪里？”

托瑞克匆匆跑下山丘，冲往白色沙滩，他并没有看到贝尔，但他听得出来，他正在穿越白桦树林。

他在疲惫中蹒跚前进，走过沙地，靠在圆石上喘息。他浑身疼痛僵硬，并且焦急万分，能够见到狼和芮恩，真的太好了！却也带来更大的恐惧，万一他们有什么不测，自己该怎么办？

在鬼魅般的薄暮中，海滩隐约发出亮光，他看到自己穿越白桦树林时的零乱脚印，更可怕的是还看到狼和芮恩的脚印，如果贝尔发现的话……

在白桦树林的缝隙间，他捕捉到火把的闪光，贝尔往这边来了，他动作最好快一点儿。

正当他准备往前跑，两个身影出现在林间，只听阿斯瑞福说，“早就跟你说过他会逃，他根本就不敢去高地，才会跑到树林里躲起来。”

托瑞克退到圆石后面偷听他们说话。

“或许。”贝尔说，“但也可能是遇到麻烦了。”让托瑞克大感惊讶的是，贝尔的口气听起来很担心，“我没有看到他上岸。”

“那又如何？”阿斯瑞福说，“你没必要照顾他。我知道你觉得应该，因为他比较小，但是贝尔，他并不是你弟弟。”

“这点我知道。”贝尔回嘴说，“我只说应该确定他平安回来。对初学者来说，水是很危险的，尤其是现在，倘若鸬鹚族的人所言属实。”

“但愿那不是真的。”阿斯瑞福说。

托瑞克从圆石后面走出来。“但愿什么不是真的？”他大声说着，一边朝他们走去，一路上刻意抹去先前的足迹。

“你发生了什么事？”贝尔叫道，他和阿斯瑞福一样拿着巨藻编成的海豹油火把，在闪烁的火光中，他的脸靠过来，“你去哪里了？”

“寻找证据。”托瑞克说，“证明我没有说谎。”

贝尔的脸靠近，“编个好一点的理由，你失踪了一整晚。”

“我被困在海豹网里了。”

“海豹网？”阿斯瑞福很生气地叫道，“现在可以确定你在说谎了。我们不会把海豹网设在离营区这么近的地方，这附近根本没有海豹！”

“或许没有。”托瑞克说，“但却发生了，我带你们去看。”

但愿没有被潮水冲走，他领着他们穿越白桦树林来到海滩，忽然间，他想到一件事，就带他们继续往前走到沙地那边。

“你不是说有海豹网？”贝尔说。

“是啊。不过也有脚印，我先带你们去看。”

很幸运地，潮水并没有冲走托卡若思留下的痕迹，脚印在火把的映照下，依然清晰可见。

贝尔靠过去看，“这是什么东西的脚印？”

托瑞克略为迟疑，“很坏的东西。”

“我找到网了！”阿斯瑞福在岩石堆那边喊着，他把渔网拉出来，“可是怎么会有人在这里设网？”这时候他们也已经跑过来看。“这么近根本就不会有海豹。”

“他们不是要猎捕海豹。”托瑞克说，“而是要对付我。”

阿斯瑞福仍是对他怒吼，“你乱说！”

“不，我不认为他在说谎。”贝尔说着仔细检视渔网，他一手拿着火把，用另一只手把渔网翻过来看，“这是行家干的。”

“你怎么知道？”托瑞克说。

这位比较年长的男孩抬起头来，“设置海豹网时要用一条线固定上半部，以便绑在岩石上，下半部则悬垂在水中。必须确定上半部只有一角绑死在岩石上，如此一来，当海豹游进来的时候，就会拉动网子的其他角落，结果被网子整个包住。”

“确实很有效。”托瑞克说着仿佛又回到了水中，双脚被巨藻

缠住……

“你看这个！”贝尔指着两排挂钩说，它们像尖牙般长在网两边，“一旦海豹被网罩住，就再也无法逃脱了。”

贝尔站起来，“那你又是怎么逃脱的？”

托瑞克略为迟疑，“帽贝壳，我拔了一个帽贝壳把网子割开的。”

贝尔看他一眼，再看看手中被撕裂的渔网，不可置信地抬起眉毛。

托瑞克毫不退缩地直视着他。他并不喜欢骗贝尔，但他对贝尔的信任还没有到讲真话的地步，唯有如此才能保护狼和芮恩的安全。

“我怎么挣脱并不重要。”他说，“重要的是你要相信我，岛上有一个邪恶的生灵，就是他带来了恶疾，我们必须尽快找到药方。”

贝尔用拇指抚摸着自己的下嘴唇，然后开口说，“好吧，先前是我错了，我想你说的是真话，或至少部分属实。不过，告诉我，为什么有人想要害你？你究竟是谁？”

托瑞克避重就轻地回答，“我和你一样不知道他的意图。”

“你确定吗？”贝尔说。

“很确定。”他说着停顿了一下，“对了，你和阿斯瑞福刚才在说什么？你提到了鸬鹚族。”

阿斯瑞福和贝尔互看一眼。

然后贝尔说：“今天在两族之间的海峡发生了点事，有一群鸬鹚族的捕鱼团遭受攻击。”

“攻击？”托瑞克说。

“被猎者攻击。”贝尔说。

“一头落单的。”阿斯瑞福说，“背鳍有凹痕。”

托瑞克想到那天，许多巨大的黑色背鳍在布满海鸟的水面上绕圈子，他想到柳叶鱼的恐惧……

“你要知道，这是很罕见的现象。”贝尔说，“一头猎者怎么会离开它的族群？雄性猎者会出去求偶，但也只有在冬天。根据鸬鹚族所言，那头并不是在求偶。”

“有人遇害吗？”托瑞克说。

贝尔摇摇头，“它撞毁了三艘皮船就潜水离去，没有再出现。他们的巫师认为，那些渔人得以幸免于难是因为他们并不是它要找的目标。”

“也许它的目标是你，森林男孩。”阿斯瑞福说。

“为什么？”托瑞克故意表现出深受冒犯的样子，“只因为我在大海里追踪鱼钩？”

“不要惹他，阿斯瑞福。”贝尔说，他转向托瑞克，“田瑞斯并不认为如此，他说很可能更棘手。”他看了托瑞克一眼，“你有什么要告诉我们的事情吗？有吗？”

托瑞克摇摇头。

“换个方式说好了。”阿斯瑞福说，“你确定要和我们一起去高地吗？”

“我当然确定。”托瑞克说。但当他看着黑暗的波浪冲击岩石，他的心一点都不笃定，或许他真的做错了什么，只是自己不知道。

“只要我们没有做错什么，”贝尔说，“那应该就很安全。我们会沿着礁岩和海岸之间的水路前进，为了预防万一，田瑞斯还替皮船做了伪装符咒。”他往营区那边看，“吃点东西吧，我们很快就要出发了。”

他和阿斯瑞福往营区那边走去，托瑞克跟在几步之后。他仿佛又回到水里，看着柳叶鱼逃逸，他想起狼在梦中的警告：**阴影！被猎！**

被猎，或许是猎者？

莫非这才是狼的意思？

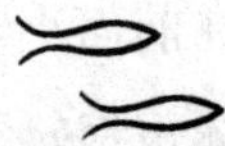

托瑞克走了很久以后，芮恩仍坐在火边思考他所说的一切，包括

他的梦境，她真希望当时可以问清楚一点。

芮恩很了解梦境，因为她自己的梦境偶尔会成真，她年幼时还因此被吓到，为了驱走恐惧，芬·肯丁央请莎恩教她梦境之事。乌鸦族的巫师引导她去探寻梦境底层的意义。“梦境的意义往往不是表面那样。”她说，“你必须旁敲侧击，就像在露水间追踪形迹。”

阴影！被猎！

这是指恶疾吗？还是托卡若思？或者都不是，或许是指托瑞克提过的猎者？

想到这里不禁让她打了个寒战。在渡海的旅途中，海鹰族人一直很忧心，因为从海草族那边听说有一头落单的猎者在海中游荡，带着怨怒。她却忘了告诉托瑞克，相逢的时间是如此短暂……

风吹动花楸树枝，她的手紧握住刀鞘。今夜很温暖，风很强，树林呜咽着，她看到周遭有许多大圆石，很可能都躲着一只托卡若思。

她跳起身来，留在这里于事无补，只是自己吓自己。要到岛屿的西端和“老鹰高地”至少要走上一天，她现在就应该拔营了，要比那些皮船先出发。

一旦作出决定，心里就觉得踏实。她把营火踩熄，开始整理行囊。

当她抬起头来，很惊讶地发现狼早已站在小径上等候多时，早在她知道该怎么做之前，他就已经先知道了。

同样的情况发生过好几次，这就是托瑞克所说的“狼的感应”，芮恩经常觉得不可思议，尤其是今晚更让她惶惑不安。这提醒了她，有些关于狼的事情她将永远无法触及，而置身于托卡若思阴魂不散的强风山丘中，这个想法并不是让人很舒服。

她扛起背包走上一条狭长的野兔路径，往沟谷深处而去，地势非常隐蔽，不必担心被发现。狼在前面小步跑，不时停下脚步捕捉空中的气息，他的尾巴很放松，身体也很轻盈，背脊低低的，芮恩的恐惧也因此逐渐退去，她再度陷入思索。

我觉得整个人快被拉散了，托瑞克这么说，**我成了一条鱼**。

这比托卡若思的事更让她不安，而托瑞克显然也很不安。

突然间，她停下脚步。**我成了一条鱼**。这唤起记忆中的某件事，但究竟是什么？

她知道这件事和恶疾有关，但当她越极力去想，记忆偏偏越沉入脑海深处……

呜嗷！

狼的警告把她拉回到现实。

他一动也不动地站着，凝望着底下的湖泊。

芮恩赶紧压低身子躲在杜松树丛里。

有东西正在湖面上划动，是一艘皮船。

光线太暗，看不清楚里面的人。芮恩只看出那是一个男人，也或许是一个男孩，留着海豹族惯有的长发。他默默地往东边海豹族的营区划去，或者说，几乎是静默的，偶尔会传出木桨碰撞船身的声音。

他转头的方式让人觉得鬼鬼祟祟，尽管距离有四十步之遥，芮恩仍然屏息以待，一直看到那个人消失在湖泊东边，才从树荫底下走出来。

她知道湖水会流进一条小溪，而溪水将流进深不见底的沟壑，直通海豹族的海湾港口。沟壑的形势太险峻，溪水非常地湍急，不可能涉水而过，既然如此，那艘皮船又在这里做什么呢？要到达海湾的唯一途径就是惕午教她的那条路，穿越白色沙滩。

她看着那个人把皮船扛上岸，藏在白桦树丛里，然后就消失在林间，往那一小片白色海滩的方向而去。这就表示，他应该是一个海豹族人，或至少是相当熟悉这座岛的人。

芮恩咬紧牙根，不确定应该怎么做。她很想跟过去一探究竟，探查那人究竟是谁，在做什么勾当？但她也必须赶在托瑞克之前出发，否则就无法及时抵达高地。

一想到高地，她再无迟疑，那些海豹族的人一点都不值得信任，

她不能让托瑞克孤身涉险。她必须往西边走，或许当天色再亮一点，就可以发现那人一路上留下的踪迹，从而知道他的意图。

当她站起身来，赫然发现狼已经不见踪影。狼总是这样无声无息，应该只是去打个小猎，但她真希望他并未离开。

她尽可能走路不出声音，一边摸着她的氏族皮毛，寻求内心的保护，一边开始往西走。

狼很担心。当他跑向那些皮毛苍白无尾的营帐，几乎没有闻到那条河对岸匆匆奔跑的田鼠气味，也没有听见“无尾女孩”穿越树林的声音。他一心只想确定他的狼兄弟平安无事，一旦他确定之后便会立刻跟上去找她，然后要点东西吃。

“无尾女孩”总是很大方地和他分享猎物，但一小块野兔肉根本不够塞牙缝，他饿得可以吃下一整头獐鹿。但在这一片从来没有狼群出没的怪异土地上，似乎没有任何獐鹿，也没有马和麋鹿。至于那些鱼鸟，最好离它们远一点儿，因为如果你靠得太近，就会被吐口水。

狼迈开大步，努力忘记自己的饥肠辘辘，跑上山脊，在那边可以闻到山谷飘送而来的丰饶气味，对面则有他的乌鸦朋友飞过，往海那边而去。那嘎吱作响的白色土地搔着他的脚掌，咸草的刺鼻味道让他忍不住打喷嚏，不过，“无尾高个子”的气息越来越强，狼轻松地循线走近营帐。

他躲在阴影中竖起耳朵倾听，四处嗅着气味。“无尾高个子”距离太远了，看不到他的身影，但狼仍然可以清楚地听到与闻到他，尽管他的狼兄弟和其他无尾都不知道他就在附近。

他嗅了长长的一口气，理出很多不同的气味，然后他沮丧地摇摇头，这些无尾真是太复杂了：其中一个苍白皮毛的家伙讲话很像朋友，但内心隐藏了可怕的饥渴；而“无尾高个子”不愿说出真正的感觉，甚至对自己的狼兄弟也隐瞒心事。

正当狼站在那边举棋不定时，远处传来了嚎叫声，如此遥远，他差一点就没有听到。那叫声感觉很像是一只狼嚎，但声音本身并不像，在每一声嚎叫之间夹杂着许多拍击的声响和高亢的尖叫声。

狼之前也听过这种嚎叫，当他坐在那漂浮的生皮上旅行时，还有前一个白天时。那是来自大海底下，出自那些和狼一样成群出猎的黑色大鱼。

狼知道此刻所听见的叫声来自一条在海上流浪的落单黑鱼，满怀着愤怒与悲伤。狼恐惧地垂下双耳，夹住尾巴，他知道面对这样的一条大鱼，自己是完全无助的，形同目盲的小幼狼。

当然“无尾高个子”并不是无助的，最奇怪的是，他并不知道这点。

先前当他们相依偎在火堆旁边时，狼就已经惊讶万分地感应到了。

“无尾高个子”不知道他自己是什么。

第二十五节

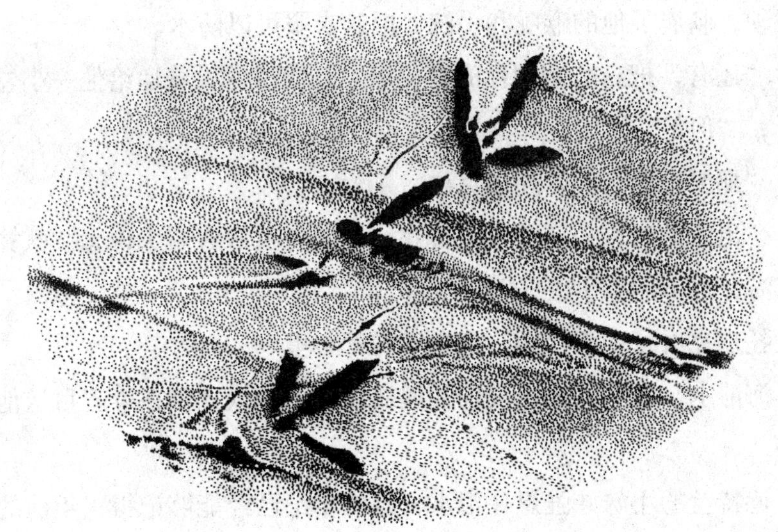

“我告诉贝尔不要在你的船上放任何行李。”田瑞斯一边帮托瑞克把皮船放到水面上一边说，“你需要养精蓄锐。你看起来很累，一夜没睡吗？”

托瑞克摇摇头。他很想告诉海豹族巫师关于海豹网和托卡若思的事情，却苦无时间，大家都已经准备登上皮船了。

天气很热，大海看似平静无波，但托瑞克忍不住一直想起柳叶鱼群的恐惧，害怕那划过波浪的黑色背鳍。

田瑞斯仿佛看穿了他的心思，“我已经在你的船身上放了伪装符咒，猎者不会知道你的到来。”

“我真希望你也能来。”托瑞克说。

田瑞斯露出微笑，“我也是。”他用完好无缺的那只手碰触托瑞克的肩膀，“要小心。”说完就走回海滩。

德特兰走过来，拿着一件内脏皮制的透明外套，“你会需要这个。”他说。

“谢谢。”托瑞克说。当他把衣服套到背心上时，感觉这种内脏皮很硬，刺痛了他的喉咙和手腕，但这衣服可以防水。

“还有，把这个塞到你的背心里。”德特兰说着递给他一小卷鲸肉干，“但是，不要吃。”

“那要干什么？”托瑞克说。

“出海的时候一定要带点食物。”德特兰皱着眉头说，“就算不幸落海，也不能空手去。”

托瑞克看了一下鲸肉，把它塞到背心里。

海滩上，那些尚未出发前往鸬鹚岛的海豹族人都在等着目送他们出海。

德特兰的小妹妹强忍住泪水，她的年纪已经能够记得三年前的恶疾，在那之后她就变得非常恐惧失去家人，一天到晚检查每个人的手有没有溃疡，弄得大家都不知道该拿她怎么办。

阿斯瑞福的母亲很镇定，只是拍着她的胸口，叮咛着第十遍的

“小心。”

贝尔的父亲塞了一小包东西到儿子手里，贝尔喃喃说声谢谢，父亲的蓝色眼睛泛着泪光。

看到他们父子情深的画面，托瑞克不禁触景伤情，但随即想到自己还有狼和芮恩，也就稍感安慰。

当这位较为年长的大男孩走过来检查他的皮船时，托瑞克问贝尔，“那是护身符吗？”

贝尔点点头，“那是我捕到的第一只海豹的肋骨，爸爸把它绑在鸬鹚的食道上，万一不幸遇到暴风雨，它就会把我带回岸边。”他看了托瑞克一眼，“你戴了什么护身符。”

“我没有。”托瑞克说，“不过当我还在森林的时候，我有我爸爸的弯刀和我妈妈的药罐。”

贝尔看起来若有所思，然后就跑回海滩的营区，不久之后拿了一个小小的生皮包裹回来。“你的护身符。”他说，“田瑞斯说可以还给你了。”

托瑞克打开包裹，里面是那把蓝石弯刀和药袋，鹿茸挖空制成的药罐仍在袋中。“谢谢你。”他喃喃致谢，但贝尔早已转身走开，并没有听到。

没有进行任何仪式，他们就出发了。起先托瑞克为了保持平衡，双手完全不得闲，但当他们在陆岬转弯时，他冒险回头望了一眼，只见田瑞斯正站在鲸腭拱门底下目送他们离去。托瑞克心中感到一阵不安，在那一瞬间，海豹族的巫师仿佛已然被猎者吞噬。

他们顺着风往西边航行，一路上有许多鲱鸥和海雀为伴。一阵微风吹起，海面激起阵阵涟漪，宛若一个历尽沧桑的老妇的脸庞。

“她很平静。”德特兰说着把船划到托瑞克的身边。

托瑞克还是无法安心，尽管有田瑞斯特制的伪装符咒，他仍忍不住四处张望，担心那巨大的黑色背鳍随时会冒出水面。每次只要有鱼刚好跃过他的后方，或有鲱鸥的影子滑过桨叶，他就会吓一跳，一路

担心那头鲸的神出鬼没，很可能就在自己的皮船正下方。

他们划了整个早晨，太阳逐渐从晴朗无云的天空落下，海岸线在身边往后退。托瑞克很惊讶自己还能跟上他们，但没多久，划桨的固定节奏开始让他头晕目眩。

他睡眼朦胧地看着自己的身边，几乎就在他的正下方，他看到了一个小小的黑暗影子正在升起，很快地，变得越来越大。

他顿时惊醒，皮船摇摇欲坠，他很想出声警告，喉头却好似被勒住。

一个滑溜溜的灰色圆头在他的桨边破水而出，嘴边的细须抖落许多水滴，然后，那只海豹打了个哈欠，露出非常尖锐的两排牙齿，并且抬起头来，用温和好奇的眼神看着他。

托瑞克这才松了一口气，但仍心有余悸。

海豹也吐了口气，鼻孔撑得开开的，灰色软毛上有许多颜色较深的环状花纹，难怪它这么友善，因为很肯定他们不会出手猎杀它。

贝尔也看到了，不禁咧嘴而笑，并把皮船划过来，“是守护灵啊！现在真的可以确定我们会平安了！”

海豹慵懒地躺在水面，尾部的脚蹼弯到肚皮上，看着他经过，接着轻轻“喔噗”一声，它阖起鼻孔，继而潜入波浪底下。

或许是因为有守护灵一路相伴，他们并没有发现那头鲸的踪影，而且划得顺畅无比，快速往前进，到中午时分，他们停靠在一个小海湾里休息。

现在是退潮，沙滩上都是海草，还有“蚌壳捕食者”的三趾脚印。贝尔和阿斯瑞福生了火，然后就去补充水壶里的水，德特兰则教托瑞克怎么捉贝壳虫。很快地，他们已经收集了一堆棕色的贝壳，在木炭上烹煮。托瑞克觉得这次的鲜贝稍微比较美味，不像第一次那么难以入口，或许是他已经逐渐习惯了这种食物。

除了鲜贝之外，他们还吃了阿斯瑞福采集的海中植物茎，吃起来脆脆的，有点像很咸的绿色的冰，如果不是大家都在吃，托瑞克根本

毫无兴趣，他宁愿回森林吃那些流出黏稠甜汁的药蜀葵球根。他们用餐的时候并没有交谈，托瑞克这才忽然发现，自己居然和四天前追捕他的一群男孩相安无事地坐在一起吃饭。

下午时分，他们一路往西划，托瑞克开始觉得手臂和大腿很酸。他经常打瞌睡，每每在木桨即将滑落之际惊醒，但其他海豹族男孩依然继续划着，淡淡的发色迎风飘扬。

当他听到远处传来海鸟的喧嚣纷乱，就知道已经没机会再停下来休息了。他眯起眼睛抵抗着刺眼的阳光，只见前方有一片岩壁高高突出海面，尖尖的形状宛如一头猎者的背鳍。在岩壁顶端，他看到一些暗黑的斑点正缓缓绕着圈子。

老鹰，他心想。

“你真的要爬上去吗？”托瑞克扭着脖子仰望高地。

“我以前就爬过了。”阿斯瑞福故作轻松地耸耸肩，但脸色苍白如纸。

“一次。”贝尔喃喃说，“你爬过一次，但并没有一路爬到老鹰的巢穴。”

他们此刻正站在高地山脚下的一排狭长的岩石上，石堆沿着悬崖边缘延伸出海，宛若一只巨爪。他们把皮船停靠在岩爪上。如此一来，贝尔这么说，“如果他不幸掉落，也不至于把船压坏。”

“老鹰高地”是托瑞克见过的最高悬崖，由于饱受无数寒冬的摧残，高地的侧翼呈现生鲸肉的暗红色，而且布满了鸟粪，臭气刺激着他的喉头，鸟鸣的喧闹更让他头痛欲裂。

他以为海豹湾的悬崖已经挤了够多的海鸟，没想到这里更是群鸟割据：在最低的岩石上，鸬鹚鸟群紧密相依，几乎难以分辨彼此，再往上一点是海雀的盘踞地，三趾鸥和鲱鸥在更上方，而在最顶端的险崖，布满了巨大散状的老鹰巢穴。

“有些鹰巢已历经几百个冬天之久。”贝尔喃喃说，“其他的至少也有五十年。”尽管环境非常嘈杂，他却还是轻声细语，托瑞克明白他的用意，他们不仅必须小心老鹰，高地本身也正在苏醒，而且很可能会抖落那些侵扰的不速之客。他的脚下尽是碎裂的石块，这只有一个可能，那就是山崩。

但根据贝尔所言，海豹族人偶尔也会攀爬高地，尤其在猎物稀少的时期，无法在营区附近采集到足够多的蛋类。因此岩壁上每隔一段距离就会出现短短的石桩，一直向上延伸到最低的鹰巢，高到令人抬头一看就头晕。

那就是他们的目的地，但托瑞克看不出上面有任何植物生长，更别提田瑞斯所说的神力克树根，“小小的，像手掌那么高，紫灰色的叶子，钩状的根，就像老鹰的爪子。”

托瑞克的脖子很酸，伸手揉了一下。“是谁放了攀岩的石桩？”他问道。

“我祖父的祖父。”贝尔说，“后来悬崖发生位移，我们也重新换过石桩。”

“我们通常不会爬到鹰巢那么高。”阿斯瑞福说。

“而且现在的时机很不好。”德特兰说，“它们正在筑巢，一定会觉得阿斯瑞福对它们意图不轨。”

“但愿它们有智慧，能够明白他并无恶意。”贝尔说。他从腰带的袋子里拿出一块干掉的灰绿色树茎，“拿去！”他把树茎剥成四份分给大家。

德特兰和贝尔吃了起来，但托瑞克觉得这东西很可疑：“这是什么？”

“悬崖草。”贝尔说，“吃了以后就不会头晕。”

“我以为只有阿斯瑞福要上去。”

“没错。”贝尔说，“但就算只是往上看也会头晕，往下看的时候也一样。”

树茎很苦，但确实很提神，托瑞克才刚吃下去就立刻感到神智清明。

看着德特兰帮阿斯瑞福绑上厚重的巨藻安全带，并检查背后的大木钩，贝尔则拿着一捆绳索绕过他的肩膀，并测试了一下绳索末端的挂钩，托瑞克顿时觉得自己很没用。

“那我要做什么？”他问道。

阿斯瑞福对他咧嘴一笑，几乎像在做鬼脸，“如果我掉下来就接住我。”

“别碍事就好。”贝尔喃喃说。

托瑞克咬紧牙根，他们都不让他帮忙。

强忍住内心的沮丧，他看着贝尔收回手臂，并扔出绳索，挂钩往上飞去，然后稳稳掉在约十步高的石桩上。阿斯瑞福接住另一端挂钩，扣在自己背上，然后德特兰捉住另一边的绳索，把它拉直。阿斯瑞福开始攀爬，用石桩支撑着自己的手和脚，德特兰则全神贯注地准备拉住他，以防万一。

当他靠近绳索另一端挂钩所扣住的石桩时，他发现旁边有一片壁架，就小心站了上去，一只手紧靠着岩壁，另一只手解开安全带的绳索往下扔，砰的一声掉到地面，托瑞克及时轻巧地跳开。贝尔拿起绳索再度往上扔，这次钩到了更上方的石桩，这个动作必须非常小心，否则恐将打到上面的人。阿斯瑞福需要随时保持良好的平衡，才能伸手拿到那个在空中摆荡的挂钩，重新扣到自己的安全带上。

当他爬得更高，受到惊扰的海鸟纷纷飞离悬崖，不悦地振翅盘旋。有几次他的脚打滑，从岩壁上掉落，幸好有安全带和德特兰强而有力的肌肉，才让他免于摔死的厄运。

当德特兰和贝尔正在绳索两端挥汗如雨，托瑞克却只能袖手旁观，恼怒自己一点忙都帮不上。好不容易，阿斯瑞福快要爬到顶端，最后一段高度，已经高到贝尔无法再帮他丢挂钩，他自己丢出绳索，故意不丢太高，以免无法控制平衡。现在，他终于即将抵达鹰巢。

托瑞克用手掌遮住眼睛上方，仰头看到一只背部隆起的暗黑身影飞离险崖，它张开那对老鹰特有的、巨大钝角的双翅，以螺旋渐近的飞行方式，朝阿斯瑞福飞过去。

一只孤鹰在山顶盘旋，芮恩想到托瑞克就在那边，赶紧加快了脚步。

尽管太阳已经逐渐西沉，小径还是很热，幸好湖边吹来了徐徐凉风，很舒服。狼很快就折返回来，这让她松了一口气，但他非常热切地奔往西边，也让她跟得备感吃力。一直到现在，他还是没有慢下脚步，尽管他总是回头等她。

她心想，不知他是否知道托瑞克就在西边，还有，不知他是否也察觉到她在湖边发现的皮船踪迹。她并没有再发现那人的形迹，只在湖边的灌木丛中发现了第二艘隐藏的皮船，或许是备用的，但从这些线索来看，她还是无从得知那人在岛的内陆做些什么。

“如今海豹族人不会到内陆。”愓午是这么跟她说的，“他们以前会，但现在他们变得比较严格区分森林和海洋。”

“难道都没有人住在西岸吗？”芮恩当时问道。

愓午摇头，“西岸属于海鹰，远远就可以看到它们的家：一块红色的高峰，状似猎者的背鳍。”

芮恩在中午的时候就看到了山峰。而现在，她已经走过湖泊，就站在山脚下。

从这边是无法攀爬的，一整片不牢靠的碎石斜坡，连红莓都无法生长。在她的左手边虽然有许多散乱杂生的花楸树，但南边的山脚下可能会有路，还有海边，她必须往那边走才能找到托瑞克。

但她很惊讶地发现狼并不想走那边，他一直往北边走，先是消失在一小片白桦树林间，然后又冒出头示意她跟过来，他似乎一点都不担心，反而很兴奋。她决定跟着他走。

穿过树林之后，她爬上一个斜坡，没多久就气喘吁吁，而且身上都是刮痕，终于能够脱离黑色沙石的海滩，爬到一个岩石斜坡上，其实也是不错的。继续往北边前进，海滩忽然中断，悬崖直切海面，底下是一堆散乱的圆石，而在其中，有一群尖叫的海鸟聚集，正围绕着某个死去的庞大生灵。

腐尸，芮恩心想，看着狼跑下斜坡直奔海滩。难怪他那么兴奋，现在他终于可以大快朵颐了。

既然都已经走到这里，她决定跟过去一探究竟。

风向改变了，送来腐肉的腥臭。当她走到下面，脚踩着木炭色的沙石，她看到狼在海滩另一边，正在驱赶争食的海鸟。乌鸦和海鸥俯冲而下，但他轻盈的身躯巧妙地避开了攻击，乌鸦比较识时务，停在岩石上静待最好的时机。

然后她发现已经有人早她一步，就在狼的脚印旁边有一个男人的足迹，用走的，而不是跑的。不管那个划皮船的人在这里干什么，他显然是从容行事。

当她走得更近，腐尸的腥臭扑鼻而来，熏得她不得不掩面改以嘴巴呼吸。在阳光的强烈照射下，她看不大清楚圆石间的死尸是什么，只见一个很大的浑圆头形，上面覆盖了很多鸟粪，还有狼，正饥肠辘辘地撕咬着暗红色的肉。

当她走近，他移到另外一边，试图拉开彼此的距离，他的意思是请她给自己较多的进食空间。但眼前这幕却让她忘了所有的礼仪，啊，不，她心想，这不可能。

狼抬起头来对她怒吼一声，继而发出不确定的哀鸣，并摇了一下尾巴，他的意思是说，他喜欢她，但她不应该太靠近他的食物。

她蹒跚地往后退，看得够清楚了。

那是一头年幼的猎者，被困在一个巨藻编织的网内，并惨遭一把斧头砍死。凶手竟随意弃置它的尸肉，任凭海鸟分食，而且还拔光了它的牙齿。

芮恩顿时觉得作呕，跪坐在沙地上出神凝望，那小小的黑色背鳍已经被鸟啄得惨不忍睹。竟会有人犯下如此可怕的恶行。

然后，她想起海草族的警告，海上有一头落单的猎者出没。

难怪它会如此怨怒，她想。

第二十六节

在高地上，阿斯瑞福遇到了麻烦。

他就站在鹰巢下方的壁架上，但是背后的安全带却卡到一块岩石上，他无法挣脱。

“他可以把它切开。”德特兰仰着头说。

“那还要安全带做什么？”贝尔说。

托瑞克说：“如果他真的卡住了，那么……”

“那么他就下不来了。”贝尔回他，“我们早就想到了。”

“我的意思是，”托瑞克说，“我可以爬上去帮他。”

“什么？”德特兰和贝尔异口同声。

“那边还有一排石桩，再往旁边一点那些，只要我可以摸到。”

“是啊，只要……”贝尔说。

托瑞克看着他，“你应该还有多余的安全带和绳索，我比阿斯瑞福轻。我一直很注意看他怎么攀爬。”

贝尔死命地盯着他，就好像第一次认识这个人，“你真的愿意？”

“我们需要树根。”托瑞克淡淡地说，“而且，”他又加了一句，“你还有更好的办法吗？”

攀登第一个十步的高度还不算很难。安全带先绕过托瑞克的肩膀，然后绑在他的腰上，背部有一个大木钩扣连到绳索的末端，快速检查一下两个挂钩都没有问题，那是用坚固的云杉木制的。

德特兰的手仍紧拉着阿斯瑞福的绳索，因此就由贝尔拉住托瑞克的绳索，看着他爬到第一个壁架上。

“不要往下看！”贝尔警告过他，“也不要往上看。”

托瑞克马上就忘了。当他在等贝尔第二次将挂钩往上扔时，忍不住抬头看了眼阿斯瑞福，真的好高，高到无法想象，还有阿斯瑞福的上方，岩石裂缝突出，显现出纷杂交错的树枝，那是鹰巢。但是，老

鹰到哪里去了？

他试了两次才接到挂钩，并且经过一番笨手笨脚的摸索，好不容易才扣到自己的背上。然后，他感觉到绳索的拉力，那是贝尔的讯号：可以开始爬了。

石桩很稳，但太宽了，不是很好抓，他打滑了两次，安全带顿时拉紧，以免他掉落。岩壁的热度很高，攀爬前他已经先脱掉了内脏皮外套，即便如此还是大汗淋漓。所有的壁架和岩缝都布满了海鸟的黏液，臭味熏得双眼痛，而且没多久就把他的手脚弄得黏糊糊、脏兮兮的。

他先前看阿斯瑞福扔绳索好像并不是很难，现在自己来才知道并不容易，试了几次以后，他还是成功了。当他攀爬的时候，系在腰间的父亲的弯刀不时碰撞大腿，并且可以感觉到药袋的重量，里面有她母亲的药罐，这些都让他感到心安。

身在岩壁上，有点景致错置的感受，他不时看到粉红色的苜蓿在微风中颤抖，一只海雀的幼鸟转动它瘦弱的脖子看着他。大部分鸟群在他靠近时都会飞开，但也有一些鸟试图把他赶走，三趾鸥对他尖叫振翅，当他爬过一个挤满海燕幼鸟的壁架，差一点儿就被喷得满脸口水。

就在他开始怀疑自己是不是永远也爬不到了的时候，他已经爬到一个和阿斯瑞福等高的壁架上。

那个海豹族男孩离他大约有一个手臂远，四肢着地背对着托瑞克，肩膀的带子被勾到一块突起的石块上，难怪他没办法自己挣脱。

阿斯瑞福尴尬地往后看了他一眼，“很高兴见到你啊，森林男孩。”他想要装出轻松愉快的笑容，但没有成功，他满脸通红。是因为疲倦还是羞愧，托瑞克分不清。

“我想我应该可以帮你松开。”托瑞克说。他开始沿着一条岩壁上的裂沟走，从自己脚下的壁架，往阿斯瑞福站的那块壁架走去。

“小心那些老鹰！”阿斯瑞福提醒他。

托瑞克冒险往上一看，差点没摔下悬崖。就在他的头顶上，鹰巢直通云霄，庞大的树根交错，边缘长满苔衣，简直就和乌鸦族的帐篷差不多大小。从里面很深的地方传来微弱的幼鸟鸣叫声，但是并没有看到它们的双亲。

“它们在哪里？”他不禁喃喃说。

“在高处盘旋。”阿斯瑞福说，“我想它们知道我卡住了，但对你恐怕就不会客气了。”

托瑞克吞了一下口水，回头看他刚才离开的那个壁架，他的绳索还好好地绑在最后一个石桩上，在壁架高一点的地方。最重要的是，只要绳索不断，只要安全带不破，只要石桩不裂……

只要，只要，只要——他不耐烦地告诉自己，快点把事办完。

他又沿着岩缝往前站了一点，但就算伸直了手，还是碰不到阿斯瑞福的安全带。

他想继续往前，却被自己身上的绳索拉住，他拉了一下绳索，通知贝尔多放一点绳索给他，却没有反应。

“他不能再给你了。”阿斯瑞福说，“绳索就这么长。”

托瑞克往下看，晕眩中看到两张目不转睛的脸，只见贝尔正在摇头。

他想了一会儿，然后脱掉安全带，让它悬在最后一根石桩上。现在，如果他真的跌落，将是万劫不复。

“你在干什么？”阿斯瑞福吓得魂不附体。

“不要让那些鸟靠近我。”托瑞克说着往前靠近。

他再度伸手去摸阿斯瑞福的安全带，这次手指碰到了。

一个影子从岩石上扫过，一只鲱鸥嘎的一声飞过，他及时躲开。阿斯瑞福吼着扔出一块石头，没打到，海鸥飞走前还是喷了他们俩一身。腥臭的白色黏液从托瑞克的头发流到脸上，差一点儿就流到眼睛，他吐了一口脏水，再度伸出手。

这次他抓到了阿斯瑞福的带子，他的手指因为海鸟的黏液而滑溜，无法把安全带从石块上拉出。“往后一点！”他呼叫，“让它变松一点。”

阿斯瑞福尽量把身子往后靠。

托瑞克扭动身子，差一点掉落，但立即稳住，终于把安全带从岩石间松开。

阿斯瑞福依然四肢着地，震惊地张大嘴巴。他转过身，和托瑞克四目交接。“谢谢！”他衷心地说。

托瑞克匆匆点头，“树根，你拿到树根了吗？”

阿斯瑞福摇头。

“什么？”

“我碰不到。”他满脸愧色，“我选错了石桩，爬到最后是死路，应该要走你那边的路径才对。”

托瑞克又冒险往上看，右手边有一条短短的道路，那是一条很深的倾斜岩缝，弯弯曲曲地通往鹰巢的正下方。就在那边，在鹰巢的阴影处，有一团油亮的暗紫色树叶——神力克树根。

他想要回去先前所站的壁架，好把安全带穿上，但既然绳索已经不够长了，他也无法绑着安全带爬到鹰巢，他必须就这样上去。

“我应该可以办到。”但他自己也不确定。

他的手臂和双脚都酸痛难当，却还是必须努力捉住岩石，沿着岩缝往上攀爬。他又热又累，海鸟黏液的臭味更是令他作呕。

他脚下的岩缝松动，幸好他及时往上移，眼睁睁地看着岩缝边缘的碎石与岩壁分离，纷纷掉落到底下的圆石堆，险些击中德特兰和贝尔。

他这才想到应该事先喊出警告，但呼喊很可能会触怒悬崖，高地似乎已经受不了他们这些闯入者。

他继续沿着岩缝往上，把手伸向神力克树根。

“小心！”阿斯瑞福在底下低声说。

悬崖上响起恶意的“卡嘎，卡嘎”，一个影子火速飞向他，他环

顾四周，只见一只老鹰俯冲过来，致命的爪子扑向他的脸，他的双手需要攀爬，根本无法护住头部，唯有整个人紧贴着岩壁。混乱中他瞥见一对金色的凶恶眼光和一条黑色的尖舌，听到那对远比皮船更宽的翅膀发出的飕飕声……

一块石头击中老鹰的胸口，它尖呼一声回转飞离。

托瑞克往下看阿斯瑞福，只见他已经找了另外一块圆石放在弹弓上。

托瑞克看不到那只老鹰飞去哪里，或许已经被吓走，但他不认为它会轻易罢手，很可能还在空中盘旋，准备展开下一次的攻击。

在他的上方，岩壁裂缝逐渐加宽，变得比较好攀爬。当他到达顶端松一口气时发现，岩缝的深度足以让他的右膝着地，他整个人靠着烈日下的酷热岩石，空出手来取下自己的刀。

天空暗了下来，耳边传来更多的振翅声响，更多有如敲击声的警告呼喊。这次来了两只老鹰：一对伴侣守护着巢中的幼儿。

“我并不是要伤害你的孩子！”托瑞克大声叫道，在亮刀的同时忘了压低音量。

老鹰完全不理会他的申诉。当他的手摸到神力克树根，用刀子切割时，他就有心理准备，随时可能会被扫下悬崖。

阿斯瑞福精准的射出几个圆石阻止它们的攻击，但老鹰伴侣仍不放弃，整个崖顶充斥着它们义愤填膺的鸣叫。

“快点！”阿斯瑞福叫道，“我的石头很快就会用完！”

终于把树根割下来了。树根很小，并不比他的手指长，淡绿色，上面有些小点。托瑞克凝视着它，一时之间难以想象，这种其貌不扬的树根竟可以让所有氏族的人免于恶疾的蹂躏。

“我拿到了！”他对阿斯瑞福叫道，并把树根塞在背心里，把刀子放回腰带的刀鞘，开始沿着岩缝朝他先前解下安全带的壁架过去。

在他脚下，岩缝边缘松动，而且掉落，他赶紧把身子缩回去，紧贴在岩壁上。“小心！”他大叫，一块和他身材差不多大小的岩石裂

开，滚下悬崖，连同他的安全带在内。

托瑞克紧抓住岩壁，不可置信地看着自己的安全带缠绕在落石之上，险些击中阿斯瑞福，继而缓缓地飘下，掉落在圆石之上，距离德特兰和贝尔只有几步远。

海鸟的杂音渐渐远去，托瑞克现在只能听见自己的呼吸声和零星掉落的碎石声。

老鹰在他上方的更高处盘旋，它们知道他再也不会去惊扰幼鸟。

在他底下的阿斯瑞福抬起头来，和他四目交接。

他们都知道，但都不愿意说出来，托瑞克现在已经没办法离开悬崖，除非是在完全没有安全措施的情况下徒手攀岩下山，但那肯定是死路一条。

阿斯瑞福舔了一下嘴唇说，“爬到我这边的壁架。”

托瑞克想了一下，随即摇摇头，“没有空间。”

“可能有，我们可以共用安全带。”

“不可能同时承受我们两个人的重量，到时候只会一起死。”

阿斯瑞福不发一语，他知道托瑞克说得没错。

“你拿着树根。”托瑞克突然说。

阿斯瑞福正要开口抗议，托瑞克已经先开口，“这是最理想的做法，你也知道。你可以从这里下去，把它拿去给田瑞斯，他可以用来制药，可以救所有的人。”

他的口气非常坚定，但他的内心风雨飘摇，某一部分的他不敢相信自己在说什么。

他尽可能弯下腰，然后把手往下伸，再松开手里的树根。阿斯瑞福接住，把它塞到背心里。“你要怎么办？”他问。

托瑞克也在思考着各种可能，他觉得自己的脑子异常清楚，或许是因为悬崖草的防晕功效，或许是他一时之间还没反应过来。

贝尔和德特兰所站立的那块岩石就在他的正下方，狭长的形状，后面就是海，如果他跳下去的话，很可能会掉到海里面。

“你可以试着爬下来。”阿斯瑞福说。

“你就在我的正下方啊！”托瑞克说，“还有贝尔和德特兰呢，万一我掉下去，会把你们都害死的。”

阿斯瑞福吞了一下口水，“但是还有其他……”

“小心你的头。”托瑞克说着跳下了悬崖。

第二十七节

托瑞克掉入发光的绿水，穿过发亮的绿光，他一点都不害怕，只是万分庆幸自己没有撞到岩石。

在历经悬崖的酷热之后，海水的冰凉猛烈地撞击着他的胸口，但他几乎不曾感觉到痛，因为他正落入一座森林。

金黄色的巨藻在阳光的映照下发出闪光，重叠的叶影随着海水的韵律摇曳。海草的根陷入黑暗，柳叶鱼穿梭在飘动的藻叶之间，像极了林间的燕子。

此时，守护灵穿越巨藻而至，用它的尾鳍向他扫来，然后头上脚下地望着他。它圆圆的大眼睛和缀满水珠的细须看起来真的好友善又很好奇，可爱的模样让托瑞克忍不住想大笑。

潮水把他冲到更冰冷的海水里。突然间，他感到腹部一阵剧痛，无暇思索究竟是怎么一回事，也无暇感到恐惧，痛苦瞬间即逝。现在他不再感到冰冷，他觉得浑身暖和舒畅，全身轻飘飘的，简直就是如鱼得水，在这美丽的粉绿色世界中自在悠游，根本不想离开。

但是，他还是需要空气。

他心不甘情不愿地踢腿，以便浮上水面吸气，他回旋着向上方游出，破水击起一阵银色泡沫。就在他探出头时，赫然惊觉波浪之上的世界是如此崎岖生硬，他不禁紧闭住鼻孔，转过身潜回美丽的绿光中，他以超乎自己想象的惊人速度潜入深海的巨藻林间。

巨藻林间有东西在漂浮，他好奇地游近察看。

是一个男孩，很瘦，昏迷中，在水流间翻滚，身上缠绕着巨藻。托瑞克心想，该不会是阿斯瑞福也坠海了吧，或是德特兰和贝尔。但那男孩的卷曲长发比海豹族男孩的发色更深，当水流冲开发丝时，他瞥见一张消瘦的脸上张着一对灰色的眼睛，而且他的两颊上画有蓝黑色相间的狼族刺青。

一阵恐惧袭来，他顿时明了，他正在看着自己。

他的思绪宛如受惊的鱼群，这是怎么回事？难道我死了？所以守护灵才会出现，来带我走上死亡的旅程吗？

然后他稍微清醒，别傻了，托瑞克，这个守护灵是一只海豹，而你明明是狼族的啊！你的守护灵至少也应该是一只狼吧！

但若我没死，他异常惊恐地盯着那个漂浮的男孩，**这究竟是怎么回事?**

他潜得更靠近自己，然后停住，用自己的前蹼把水推回去。

他的前蹼?

确实是他的前蹼，这是毫无疑问的，因为他可以像操纵自己的手一样把它们张开、合起，同时他看到它们上面的灰色短毛在水中浮动。

他转过身来，头下脚上地游着，惊讶地发现自己居然可以在深海的黑暗中看清眼前的景致，原来那些紫色的海星一路爬到了海底。此外，他甚至可以听到鱼群小口咬食巨藻的声响，还有螃蟹在岩石上前进的清脆叮当声。

最神奇的是，他可以透过嘴角的细须去感觉。他的细须非常敏锐，甚至可以感应到最小的鱼在水中跳动所产生的波纹，大海就像是层层的网，包裹住无数细微的鱼群踪迹。他同时也感觉到巨藻在水中摆动的强大而缓慢的振荡，他头下脚上地悬在水中，试图理解那些感应的玄机。

然后，他听到从远处传来隐约的歌声。

那是长而诡异的尖声鸣叫，加上狂暴的咔嗒声，那是一首愤怒与失落的悲歌，从广阔的大海向他传来。

他顿时感到毛骨悚然，从嘴角的细须到他的短尾巴无不饱受惊吓，他感觉到水中巨大的骚动，那庞大的生灵正以惊人的速度接近……

毫无疑问，他心中塞满恐怖的确定感。

猎者来了!

他再度感到一阵抽搐，腹痛如绞，然后他突然又变回了托瑞克。他在水中冷到发痛，无法呼吸又近乎目盲，因为置身太深的海底，他

从眼角的余光看到了银色的脚蹼，是守护灵疾游到深海中寻求庇护。

猎者来了！

托瑞克用尽全身力气踢腿浮上水面，他的身躯像被沉重的梦魇压住，游得异常缓慢，但他终于还是破浪而出。

一边大口呼气一边咳嗽，他在波浪起伏中看到那些布满帽贝的圆石堆，同时松了一口气，因为他发现在水流的推动下，自己已经相当靠近悬崖脚下的石爪。他拼命往那边游，或许可以赶在猎者出现之前……

往后一看，他发现阿斯瑞福已经爬下悬崖，在那边跳上跳下的呼喊。更让托瑞克惊恐万分的是，他看到贝尔和德特兰正划着皮船出发，准备前来营救他。难道他们不知道自己现在的处境远比托瑞克更危险吗？因为他至少还有机会及时游到石爪那边，而他们若是坐上皮船，恐将难逃猎者的攻击。

“**不要！**”他大叫着，“**快回去！快离开水面！**”

他们听不到，或以为他在呼救？

他尽快往前游，再度呼喊，“快离开水面！猎者来了！猎者来了！”

这次贝尔听到了，但他非但没有回转皮船，反而加速划向托瑞克，一脸困惑不解地摇着头。托瑞克这才惊骇地发觉，周遭的海面平静无波，完全看不到任何黑色的背鳍，贝尔不明白他何以提出警告，**他看不到猎者**，他不知道猎者已经来了。

“回去！”托瑞克还是大喊，“猎者来了！”

现在贝尔懂了，回转皮船并对着德特兰叫道，“回去！回去！”

波浪把托瑞克推到石爪上，他抓住海草，借力把自己拉出水面。一声“喀嘘”的喉音巨响从他的背后冒出来，一道水注直冲天空。

当他倒在岩石上的时候，匆匆瞥见那黑色的巨大鲸头冒出水面，接着就是那高耸的凹痕背鳍，近得可以清楚地看到它弧形的背部线条。当那巨大的浑圆鲸头经过时，他遇上猎者深不可测的幽邃双眼，

然后它就消失了，从他身边扫过，直接往皮船那边游去。

等他们听懂托瑞克的警告已经太迟，贝尔就快划到岩石堆了，阿斯瑞福在那边不断呐喊打气，但德特兰远远落后，鲸已经看准了他。

托瑞克跌跌撞撞地站起来跑向他们，跳过岸边的皮船，并在海草上滑倒。但猎者比他快上好几倍，他只能眼睁睁地看着它接近德特兰，瞬间转弯，巨尾甩中皮船末端，整艘船就这样飞了起来。

德特兰惨叫一声，掉落在岩石堆中，然后滑落水里。在黑色背鳍加速靠近的时候，阿斯瑞福和贝尔疾奔过去想要帮忙，就在千钧一发之际，猎者突然扭转回头，潜入波浪，消失得无影无踪。

阿斯瑞福和贝尔把德特兰软绵绵的身躯从水里拉出来，把他放置在岩石上。

托瑞克浑身颤抖，无法呼吸，紧张地检视海面，什么都没有。只有白色的泡沫在猎者游经之处的波浪上晃动。

在很远的地方，他看到一个黑色背鳍冒出海面，不管鲸究竟在寻找什么或谁，显然它并没有找到。托瑞克这才转身去帮助其他人。

阿斯瑞福跪在地上，用牙齿咬开水壶的塞子，贝尔倒了一些药粉在岩石上。德特兰紧闭双眼平躺着，他的脸苍白得吓人，嘴唇发青，当托瑞克走近这个海豹族男孩时，发现他还在呼吸，这才稍感放心。

贝尔看了托瑞克一眼，“你还好吗？”

托瑞克点点头，然后转向阿斯瑞福，“神力克树根还在吧？”

阿斯瑞福摸了一下背心，但并没有说话。

德特兰的皮船摔成碎片，他的脚也是，托瑞克看到白色的胫骨刺出血肉。

“为什么是我？”德特兰叹息，“它为什么要对付我？”

贝尔用手抚慰他好朋友的肩膀，“我想它要对付的并不是你，否则你早就死了。”

“不过，鸬鹚族的人说对了一件事，”阿斯瑞福说，并把水壶送到德特兰嘴边，“它确实在追捕某个人。”

“但究竟是谁？”贝尔说。

然后他转向托瑞克，问了一个托瑞克自己也想知道的事：“以海洋母亲之名，你是怎么知道它来了的？”

第二十八节

芮恩心想：托瑞克跪在那受伤男孩身边的时候，脸色是如此苍白。

她躲在三十步远的圆石堆里，用颤音发出信号：红尾鸟的歌声。她选择用红尾鸟是因为那是森林才有的鸟，他一定会注意到。

他却没有反应，这不免让她震惊，像托瑞克这么敏锐的人竟然会错失信号，他肯定是饱受惊吓。

那天晚上很闷热，有一种风雨欲来让人喘不过气的感觉。当她好不容易在悬崖山脚边的花楸树和圆石间找到通路，早已满头大汗，她到达的时候，猎者刚离开不久。

托瑞克和海豹族男孩似乎都不明白它为什么攻击，只有她知道。她依稀仍可闻到那股腐尸的恶臭，听到狼饿得大口咀嚼的声音，他一定吃得非常投入，因为当她离开海滩时，他甚至连头都没有抬起来。

太阳西沉，蓝色的中夏幽光降临，她在圆石间守候，急着想告诉托瑞克那只被残杀的小猎者，但她也很怕被海豹族人发现。

接着又有一个海豹族人划着皮船而至：一个穿着内脏皮外套，脸部严重烧伤的人，他接管了一切。矮小的海豹族男孩从背心里拿出一个东西交给他，那人很慎重地把东西放入脖子上所系的药袋里，芮恩猜想那一定就是神力克树根。然后他用皮船的碎片帮受伤男孩包扎固定腿，并分派其他人一些任务。

让芮恩吃惊的是，托瑞克一看到那个烧伤男子出现，脸上立刻散发光彩，当那人命他前去找一些木材生火时，托瑞克立刻照办，这也让芮恩感到一丝嫉妒。

“如果没有浮木，一般树木的枝干也可以吧？”他问道，声音从岩石那边传过来。

烧伤男子点了点头，托瑞克就开始跨越岩石。

芮恩此时忘了嫉妒，再度发出信号，或许他这次会听到。

她看着他弯腰捡了一块浮木，然后漫步到海边，接着回头开始往圆石后方来。

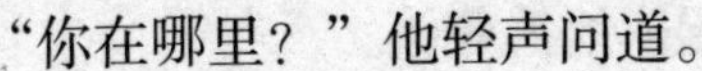

"你在哪里？"他轻声问道。

"花楸树。"她低语，"这里，不，再往前一点。"

当他走到她前方，她一把拉住他的背心，把他拉到一片有刺植物后面，以便隔开其他人。"终于，"她用气音说，"我一直等，一直等。"

"狼呢？"他突然说。

"在隔壁海湾进食。这就是我……"

"你最好也收集一些木柴。"他喃喃说，"我不能空手而回。"

"什么？哦，那当然。"近看之下，她发现他的脸色还是很苍白，而且不肯正视她的眼睛。"托瑞克，你还好吗？"

他摇摇头，"你呢？"

她没回答这个问题，"听着，我知道那头猎者为什么会攻击。"她告诉他关于那头被残杀的小猎者，还有那个划皮船的淡发男子。"难怪它会如此怨怒。"她说，"那头幼鲸肯定是它的亲人，那个划皮船的人捕捉到它，还拔光它的牙齿，然后放任它腐坏。"

"但是，怎么会有人犯下这等罪行？"托瑞克说。

"我不知道，但一定和某种符咒有关。虽然很难想象会有人做得出这种邪恶之事，破坏氏族的法律——残杀一个猎者……"

"复仇。"托瑞克喃喃地自言自语，"没错，就是这样。它听起来除了愤怒之外，更加的悲痛。"

芮恩大惑不解，"你说谁？"

他的脸因为痛苦而抽动着，"当我在水中的时候，那实在是……我不知道——我没办法——"

"托瑞克，你难道还没看出来吗？"她打断他，"那个划皮船犯下罪行的人，**他是一个海豹族人！**"

"什么？你在说什么？"

"事情非常非常不对劲，海豹族脱不了干系！谁知道，或许就是他们引起恶疾的！或许这就是他需要猎者牙齿的原因！"

托瑞克往后退一步看她，不可置信地摇着头。

“你难道从来不曾怀疑过？”她接着说，“为什么他们都没有生病？而你已经在岛上这么多天，托卡若思也一样。”

“那并不表示什么。”他喃喃说。

“那他们为什么派一些男孩子来取树根？如果真的觉得情况紧急，为什么不派成年人来办这件事？”

“因为阿斯瑞福是攀岩高手，而且——”

“你真的相信吗？”

托瑞克迟疑了，然后摇晃了一下身子，“自从他们知道恶疾的事情，海豹族人就一直想办法在帮忙。”

“托瑞克！”

他转向她，“田瑞斯让我免于礁岩之刑！阿斯瑞福帮我赶走老鹰！德特兰和贝尔为了救我而被猎者攻击！贝尔在三年前恶疾来袭时痛失他的弟弟！”

“你何必这么急于为他们辩护？”

“你何必这么急于陷他们入罪？”

“因为那个划皮船的人发色很淡！因为他的行踪显示他就是那个杀害猎者的人！”

“但是几乎所有海洋氏族的人发色都很淡！还有，你自己说听到那人划桨还会发出撞击船身的声音！如果你对海豹族有基本的认识，就会知道他们划船不会发出声音！谁知道你看到的是哪一族？很可能是鸬鹚族，或你的朋友海鹰族。”

“反正不会是你的朋友海豹族。”芮恩挖苦地说。

“他们不是我的朋友。”他大声反驳，“他们是我的亲人。”

她不禁一阵颤抖。

他冷冷接过她帮忙收集的木柴，添加到自己的柴堆上。“我得回去了。”他说着转过身，甚至没有看她一眼。

芮恩顿时感到恐慌，“你都没有在听我说话吗？”

“芮恩，已经快中夏了，我们只剩一天回营。”

“走海路？暴风雨快来了，何况海上还有一头准备复仇的猎者。”

“田瑞斯有制作伪装符咒，他说……”

“反正田瑞斯说的都对。”

托瑞克不回答。

“如果我说的没错，”芮恩说，“你现在回去的话不仅自己有危险，还会危及所有的氏族，因为你完全不听我的话。”

托瑞克转身离开。

夜深了，悬崖上的海鸟群相当慌张，有很多已经离开巢穴往内陆飞去。暴风雨将至。

托瑞克只睡了很短的时间，拖着疲惫的身躯，准备和田瑞斯及贝尔一起出发。阿斯瑞福和德特兰先留在这里，好让他们三人以最快的速度回到营区，避开坏天气，及时赶在中夏夜的时候制作药方。

在营火的另一边，德特兰服了田瑞斯的安眠水之后睡得很沉，阿斯瑞福和贝尔也已精疲力竭地睡去，田瑞斯则坐在火边抽着蟹爪烟斗。

朦胧中托瑞克用双手摩擦脸，他真的很累，但他知道自己睡不着，和芮恩发生争吵让他的心里很难过。当然，以前他们也常吵嘴，但从来没有撕破脸，他觉得两个人之间的友谊好像破裂了，并不是因为彼此说的狠话，而是因为自己在水中发生的奇事。

他曾经是一只海豹。他听到只有海豹才听得到的声响，感觉到只有海豹才感觉得到的事物，但他当时也是托瑞克……

田瑞斯在石块上拍打烟斗，把他吓了一跳。

巫师的嘴角露出一丝歪邪的微笑，托瑞克也勉强挤出一丝笑容。田瑞斯悄然而至，只简单表示他“感觉被需要”，托瑞克说不出心中

的感谢。他看着巫师皱起眉头装烟草，以他烧坏扭曲的手拿着烟斗，用完好的另一只手填充飘香的烟草叶。

“贝尔告诉我水中发生的事。”他说着用一根燃烧的树枝点燃烟斗，他吸了几口，在烟雾中眯着眼睛，“为什么不告诉我详情？你怎么会知道猎者来了？”

托瑞克略为迟疑，“我没办法解释，我自己也不懂。”

田瑞斯抬起眉头，“但你知道的肯定比你告诉贝尔的多。或许我可以帮上忙。”

托瑞克的下巴靠在膝盖上，盯着跳跃的火焰。“海豹，”他喃喃说，“它们用细须感应事物，声音从水中传来。”

从眼角的余光，他发现田瑞斯整个人紧缩起来。

“当时我和守护灵在一起。”托瑞克接着说，“它也听到了，不，它感觉到了猎者的声音从很远的地方传来。”他说着吞了一下口水，“所以我才知道的。”

田瑞斯不发一语，托瑞克抬起头来。

只见海豹族的巫师浑然忘了手上的烟斗，一脸的震惊。

“这代表了什么？”托瑞克低声说。

烟斗从静止的手指跌落，滚到火堆里，田瑞斯好似没看到，只是踉跄着站起身来，摇摇晃晃地走到水边，背对着托瑞克，就这样站了许久。当他回到火边，仿佛变得更加苍老，却显得异常兴奋，“告诉我全部。”他说。

托瑞克深呼吸一口气，然后对他全盘托出。

说出来以后如释重负，他从来不知道心中有秘密是如此沉重的负担，然而巫师的神情却也凝重到吓人。

当他说完，两人陷入一片寂静。

田瑞斯用完好的手抚摸胡须，“以前发生过吗？”

“我想……是的。”

“你想是的？”田瑞斯的口吻异常尖锐，“这是什么意思？”

“我掉到海豹网里时，旁边有柳叶鱼群……但是只有一会儿。”

“只有一会儿？有多久？”

“一些心跳时间，我不知道。”

灰色的眼睛刺穿他，似乎要看透他的灵魂。

“怎么了，为什么会这样？”托瑞克结结巴巴地说，“我有什么不对劲？”

田瑞斯想了一下才说，“没有，你并没有不对劲。”他看了一下其他人，确定他们尚在睡梦中，然后把身子挪近托瑞克。“这是……”他没说下去，摇了一下头。

“是什么？告诉我！”

田瑞斯叹了一口气，“啊，该怎么解释呢？”说着拿起一根棍子拨弄火堆，扬起一些火花冲上天际。“世界上的一切事物，”他开口说，“都有一个心灵。猎者、猎物、河流、树木，它们并不是都可以言语，但都可以倾听与思索，这些你应该都知道。”

托瑞克点点头，不知道他接下来要说什么。

“每个生灵的三个灵魂，那些造成心灵的灵魂，是根植在身体里。”他又拨弄了一下火堆，“或许名字灵魂偶尔会出走，当你生病或做梦时，但通常不会走远，很快就会返回。”他说着把棍子丢到一边，把双手放到火上，仿佛要从火焰里拉出什么，“但每过一千年，会诞生一个生灵，与众不同。”

尽管火堆很暖，托瑞克却开始觉得浑身发冷。

“这个生灵的灵魂，”田瑞斯接着说，“可以离开他的身体，远比任何巫师在治疗病患时所能离开的时间都要久，这个生灵的灵魂可以做更远的旅行。”他停顿了一下，“他们可以进入其他生灵的身体里，透过这个身体去观看、凝听、感觉，同时却保有自己。”他的双拳从火堆上方缩回到膝盖，转身注视着托瑞克受惊的眼神。“这个生灵，”他低吟着，“就是一个**心灵行者**。”

托瑞克觉得无法呼吸，“不！”

那双灰色的眼睛并未移开。

“不要！”托瑞克说，“这根本就说不通！如果灵魂都离开了，身体不就死了吗？那我不就死了？这就是死亡啊，不是吗？”

田瑞斯用充满怜悯与理解的眼神望着他，“但是托瑞克，当心灵行走的时候，并不是所有的灵魂都离开了身体。‘纳路亚克’——世界灵魂始终留守，它们从未离开，直到死亡的那一刻。会出窍行走的，只有名字灵魂和氏族灵魂。”

托瑞克开始浑身颤抖，他从来没有听说过所谓的心灵行走，他一点都不想知道这类事情。

田瑞斯把他完好的手放在他的肩膀上，轻轻摇晃他一下，“也难怪你会害怕，心灵行走是最神秘的现象，我们所知甚少，完全是靠巫师代代相传的记载，其中难免有曲解与猜测。”他又停顿了一下，仿佛在思索托瑞克还能承受多少，“我们只知道，即便是对于一个心灵行者来说，这仍是一个非常艰难与危险的现象。”

而且剧痛难当，托瑞克心想，犹记那腹痛如绞的虚脱感受，就好像内在深处的一种剥离。

接着他想到一件事，重新燃起一线希望。“可是这不对！”他很热切地说，“我不是心灵行者，而且我有证据！在森林的时候，我在树上被一头野猪攻击，险些就被它撞下树来，我惊恐至极，**却什么也没有发生！**我没有感觉到那种腹痛如绞，而且我完全不知道它是什么感觉！”

海豹族的巫师摇着头说，“托瑞克啊，托瑞克，并不是这样的。你想想看！你多少知道一点巫术，就算是一个普通的巫师，当他想要治疗病患，也需要一些辅助品才能释出自己的灵魂，这有很多方法，包括出神状态或释灵药水，有时候可能只是透过禁食或憋住呼吸。这同样适用于心灵行者，只是害怕，就像你在面对野猪攻击时的情况，并不足以释放你的灵魂。”

托瑞克回想前几次发生的情况：在治疗仪式中，是莎恩所点燃的释灵烟雾；在海豹网里，他濒临溺死；和守护灵在一起时，也几乎是灭顶之灾。一切开始变得合理，这反而让他更害怕。

“此外，”田瑞斯说。托瑞克很惊讶地看到他脸上露出半边微笑，“幸好你的心灵没有行走到野猪的身体里，它的灵魂对你来说恐怕太过强硬，恐怕你一不小心就此困住，永无回返之日。”

托瑞克双腿一软跌靠在岩石边，站在那边发抖。他一点都不想与众不同，偏偏造化弄人。正是因为这样，父亲才一直带着他离群索居吗？为什么他在临死前会说：**我还有好多事情没有告诉你**。

“这是诅咒！”他的牙齿打颤，“我不想与众不同。这是一个诅咒！”

“不是！”田瑞斯过来站在他的身边，“这不是诅咒，而是天赋！你现在可能不这么觉得，但时候到了，你自然会了解！”

“不！”托瑞克说，“我不要！”

“听我说，”海豹族巫师动人的嗓音因为过度兴奋而微颤，“你不费吹灰之力就办到了，甚至连练习都没有，却是最聪明的巫师修炼一辈子所达不到的境界！为什么？我认识过一个魔奇师，他很优秀，整整努力了六年，六年的出神状态和释灵催化剂，最后他终于成功了，虽然只有几个心跳的时间，他却已经认为自己是最幸运的人了！”

“我不想要！”托瑞克说，“我从来就——”

“但是托瑞克，这就是巫术的真正目标！”那张英俊而半毁的脸顿时溢满兴奋的光彩，“学习巫术的目的并不只是用彩色的火花愚弄世人！”他激动地说，“你想想，一旦学会运用之道，你将可以做多少事情！你可以发现多少秘密！你可以掌握所有猎者和猎物的心声，你可以拥有多大的权力……”

“可是我根本不想要！”托瑞克叫道，这时候火堆另一边的贝尔在睡梦中翻身。

“我不想要。”托瑞克略为平静地重复说道。他从未感到如此恐

惧与困惑，他一辈子都只是托瑞克，但现在田瑞斯却告诉他，他是另外一个人。

他望向那冰冷起伏的大海，心中渴望有狼相伴，好向他倾吐心事，但他要如何让狼理解这一切？他甚至不知道如何用狼语说明心灵行走的现象，对他来说，或许这才是最难以承受的事情：这将使他和狼之间产生偌大的隔阂。

“我现在该怎么办？”他对着冰冷的大海说。

田瑞斯再度将手放在他的肩膀上，“你必须按照原定的计划。”他平静地说，“我来叫醒贝尔，准备整装出发。我们先把神力克树根带回营区，然后，在中夏夜，也就是下一个夜晚，我们把它带到峭壁，你帮我制作药方。这就是我们要做的。”

他的声音非常平稳，宛若强风中屹立不动的橡树，从而让托瑞克心中产生一股力量。“是的。”他说，“这并不会改变我应该做的事。对不对，田瑞斯？”他转头仰望巫师的脸。

“是的。”田瑞斯说，“这并不会改变什么。”

第二十九节

终于把饥饿赶走，狼现在可以放心去找“无尾女孩”和“无尾高个子”了。但就在他大快朵颐吃着那腐鱼的美味软肉时，黑暗已然降临，不是真正的黑暗，而是“世界灵”生气时把整个天空遮住的那种黑暗。这次它并不是在追捕狼，有危险的是那些无尾。

他在炙热的黑色大地上奔驰，然后再度经过上下起伏的斜坡，跑到“无尾女孩”等候他狼兄弟的地方，他嗅到“无尾高个子”也来过，而且和“无尾女孩”发生争斗。争斗！狼不敢相信他所嗅到的气味：张牙舞爪！

他立刻找到火堆，旁边有两个苍白皮毛的无尾在睡觉。然后他惊恐地发现，他的狼兄弟已经到了海面，坐上其中一个漂浮的生皮船。

狼难过地发出呜呜声，跟着圆石上的“无尾女孩”气味往前走。她很聪明，回到了河边，那边比较不会遭受“世界灵”的威胁，而且可以拉一个漂浮的生皮船出来使用。她逆风而行，狼很容易追踪到她的气味，现在他知道该怎么做了，他必须跟着她，她也在寻找“无尾高个子”。

天空发出一声怒吼，风开始呼啸过整个山谷，雨开始倾泻而下。树木弯腰，鱼鸟像落叶四散，狼仍在奔驰，飞跑过岩石，小溪愤怒地从山峰疾流而下。

就在他奔驰之际，迎面冲击到另一个气味，他急忙停了下来，抬高口鼻，深深嗅了一口气以便确定。

他的爪子顿时紧张，寒毛直立。

他嗅到了厉鬼。

“抓住我的手！”田瑞斯吼着，在皮船里冒险把身子尽量往前，把手伸向托瑞克。

托瑞克挣扎着在波浪中冒出头，努力想抓住那只伸直的手，抓到了，但一个大浪袭来，又把他冲走。

他不断在冲撞的黑暗中翻滚，他看不到，也不能呼吸。

大海将他丢出了波浪，玩弄着他。内脏皮外套让他得以漂浮，他就这样随波逐流，大口吸气。

田瑞斯不见了，贝尔也不见了。天空像玄武岩般漆黑，破天而下的闪电亮光，只映照出怒不可遏的海洋。

“田瑞斯！”他吼着，“贝尔！”但他的呼喊随即被暴风雨淹没。

朦胧中他看到自己翻覆的皮船在波浪中被抛掷，他想游过去，但大海阻挡他的去向，他用两只手及时抓住皮船。“田瑞斯！”他大声呼叫。

但巫师已经走了。

突然间，皮船猛烈扭转，他被撞到一个岩石上。他扭曲着身子，一只手紧抓着皮船，另一只手伸出去攀附岩石。海水把皮船吸去，把他拉离岩石，他只有一个心跳的时间可以抉择。

他放开了皮船，把自己拉上岩石，眼睁睁地看着船被卷入黑暗。

饱受暴风雨的摧残，他浑身颤抖地紧紧攀附岩石。

他完全不知道自己身在何方，如果他是被丢到岩岸，那他或许还有生还的机会。如果不是，倘若这只是汪洋中的一块孤立礁岩，那他的麻烦就大了。

稍微摸索了一下他的暂时避难所，他立刻发现这块岩石并不比海豹族的帐篷大，而且被重重波浪所包围。

他陷入恐慌之中。

贝尔走了，田瑞斯也走了。他搁浅在汪洋中的一块孤岩上。

暴风雨已经停歇，就跟它来时一样突然。

当芮恩抵达湖泊的东岸，她放下木桨，湖水拍打着岩石，阴影中的芦苇几乎没有受到任何骚动。

她不敢去想象托瑞克在大海中会遭遇怎样的情况。为什么他就是不肯听自己的话走陆路，偏偏要跟着那个巫师和海豹族男孩涉险渡海？

她疲倦地把那艘暂借的皮船拉上岸，拿出自己的背包和睡袋，然后藏在圆石后面。她不确定自己是否可以找到海豹族的营区，但她觉得现在应该只需要弓箭。

当她抬起头来，发现天空并没有暴风雨过后应有的晴朗，脏污的白云从山峰那边倾流而下，迷雾在湖面上升起，并笼罩着她。她从未见过这样的情景。

她开始奔上斜坡，跑向另一边的白色小沙滩。她攀上山脊，眼前的景象不禁让她发出惊呼。海洋已经被一整片黄色迷雾遮蔽，阵阵海雾充满恶意地朝她这边翻滚过来。

这怎么可能？她自言自语：**这不可能**。

然后她想起来今天是中夏夜，而在中夏夜，任何事都可能发生。

她筋疲力尽、浑身湿冷，半滑半跑地奔下杂草蔓生的斜坡，最后双脚跪在粗糙的白沙上。

任何事都可能……

或许海豹族的巫师说对了，托瑞克真的是一个心灵行者。

在高地的时候，她躲在圆石后面，同样一时难以接受巫师告诉托瑞克的话，只觉得那不可能是真的，这其中必然有诈。

但在经历过艰难的长途旅行后，她反复思量，终于知道那是真的。

托瑞克是一个心灵行者。

一个心灵行者。

她听说过这样的生灵，但那只是芬·肯丁在很久以前的冬夜讲过的故事：关于乌鸦如何学会在风中稳住身躯，第一棵树如何降临到世间，第一个氏族，以及第一个心灵行者。

现在她蜷缩在白色的小沙滩上，以无法解释的方式认知到心灵行

者托瑞克乃是这一切的关键。托卡若思——恶疾——药方。但她还是没办法找出这些事情之间的微妙关联。

托瑞克攀附着岩石，他浑身湿冷，饥肠辘辘。虽然暴风雨已过，他却困在迷雾中，不知身在何处。迷雾可能要好几天才会散去，但他显然撑不了那么久。

然后他想起德特兰在出发前给他的一小卷鲸肉干，那味道很咸，而且，如果吃了就没有食物献给海洋母亲，但他已经无暇顾及。

吃了肉感觉舒服多了，他想到另外一件让自己觉得好过些的事情：神力克树根并不在他身上，而已经交给田瑞斯，或许田瑞斯可以顺利把它带回去，让氏族重获生机……

一个波浪打过来，几乎把他击落水中。

专心，他告诉自己，你必须离开礁岩，回到陆地。

他别无选择，迟早要游泳渡海，但他已经体力透支，深知自己无法在水中支持很久。他需要可以漂浮的辅助物。

皮船已经没了，桨也没了，他有的只是身上的衣服和父亲的弯刀，母亲的药罐仍稳稳放在药袋里，袋中还有少量的红土，只够画死亡面具，但他还不想死。

更多波浪冲击岩石，他爬得更高，紧包着内脏皮制的外套。

内脏皮外套。

他想到自己在暴风雨中落水就是靠它漂浮，他想到海豹族的小孩子在浅水中嬉戏，初学小舟正是靠两端绑着充气的内脏皮袋来维持平衡。

他把套头的外套脱下来，割掉颈部的带子用来绑紧其中一个袖口，以及颈部和腰部开口，然后他从另外一个袖口开始吹气。

吹气让他感到头晕，但经过好一会儿的努力，他已然拥有一个还算有弹性的安全气囊，把它绑在皮带上应该有助于漂浮。至少在他没

力气游泳时，不会那么快沉下去。

周遭的海水旋转，迷雾翻腾，海豹岛在某个地方，问题是，该往哪个方向?

他只看到无垠的黑水，没有海鸟，没有浮木，没有银色的水流指引陆岬的所在地。他没有看到太阳，无从知道自己该往哪一个方向游，他只知道自己很可能游向离陆地更远的大海。

这时候，远方传来狼的嚎叫声。

托瑞克捕捉到他的气息。

声音再度传来，一声很长的狼嚎，接着是几声尖锐而短的吠叫：**你在哪里**?狼呼喊着。

托瑞克用手圈住嘴唇，以狼嚎叫的方式回答：**我在这里!**狼随即传来回应，微弱但清晰，穿透迷雾，跨海传送到他身边。

托瑞克再度嚎叫：**呼唤我，狼兄弟，呼唤我!**

饥饿、疲惫、寒冷，这些他都忘了，他甚至不再害怕鲸，因为狼就在他的身边，以呼声为他指引方向，他一定不会辜负托瑞克的众望。

海水冷冽，但他不让自己有所顾虑，把气囊绑在背上，他滑下了礁岩，跳进了迷雾笼罩和鲸出没的海洋。

孤身处在迷雾中的白色小沙滩上，芮恩听到了狼嚎，全身顿时冻结。

那听起来像是——没错!是狼和托瑞克!她不管到哪里都可以认出他的嚎叫声!那就表示他没事!

他一定会去海豹族的营区，这让她觉得更有勇气前往。

在浓雾当中，她的视线不超过两步远，她像盲人般伸出双手摸索，跌跌撞撞地穿越白桦树林和圆石，前往海豹湾。

树林走完了，她什么都看不到，没有营区，没有海洋，没有声音。除了不远处沙砾堆传来的小波浪声。狼嚎已经停止。

她离开树林，蹒跚寻找海豹族的营区。

不远处有刮擦声和模糊的惊呼声，一艘皮船被放下的声音，然后，就在她还来不及转身之际，一个高高的身影从迷雾中窜出，朝她撞过来。

他们同时跳开，彼此发出警戒的呼声。

“你是谁？”男孩叫道。

“托瑞克在哪里？”芮恩叫道。

两人都吓得目瞪口呆。

芮恩认出眼前的人是那个和托瑞克一起离开高地的高挑海豹族男孩贝尔。

“你是谁？”他眯起眼睛说。

“我是芮恩。”她故作镇定地说，“托瑞克在哪里？你们把他怎么了？”

他的眼光先聚集在她的弓上，然后才回到她的脸上，他的双肩颓然下垂。“暴风雨，”他喃喃说，“我们被冲散了，我看到他的皮船翻覆。”

“你在说什么？”芮恩说。

他揉着眼睛，她看得出来他相当疲累。“田瑞斯伸手要拉他，我也是，但我们不能……田瑞斯还在外面找他。”他看起来真的心急如焚，如果他不是海豹族的话，芮恩也会对他感到同情。“我听到奇怪的嚎叫声。”他说，“我从未听过这种声音。”

她很想告诉他，但随即硬下心肠，他还是不值得信任，就让他继续以为托瑞克失踪好了。但她不相信托瑞克已死，她明明听到托瑞克和狼一起嚎叫，这就表示他们很安全。

另一艘皮船在雾中登陆，一个男人下来，把船拿到海滩，正是海豹族的巫师。

他满脸关心地跑向海豹族男孩，看到芮恩，先是吃惊地往后退，

然后才又往前到男孩身边。“我找不到他。”他说，和男孩一样，同样是一副心力交瘁的模样，让芮恩不禁开始怀疑：莫非自己真的错怪了海豹族。

“这位是谁？”海豹族的巫师把眼光转向芮恩问道。他的语气很和善，声音相当平稳坚强，仿佛风平浪静的海洋，但他的身上散发出某种讯息，让芮恩忍不住对他提高警觉。

“我是芮恩。”她说，“我来自乌鸦族。”

“那你在这里做什么，来自乌鸦族的芮恩？”他问道。

“我是来找托瑞克的。”她其实并不想据实以告，但他的嗓音有一种让人不得不服从的魄力。

“我也是。”他忧愁地说，“来吧，我们到营区商量对策。”

他一边走路的时候，一边脱下了内脏皮外套，芮恩这才看到他那壮观的巫师皮带，听到那些善知鸟喙缀边发出的清脆声响。

她停住了。

那个声音听起来非常熟悉，在记忆中激起涟漪。那正是她在湖边看到的，那个划皮船的人经过时所发出的声响。

海雾粘附在她的皮肤上，她的心跳开始加速，事情之间的关联越来越清楚：托卡若思、恶疾、食魂者……

海豹族的巫师转身，问她怎么了。

她抬头盯着眼前这张英俊却严重半毁的脸，一股热血冲到脑门，她在心里想着：**海豹族中有一个食魂者，海豹族中有一个食魂者，他的名字叫田瑞斯，他要对付托瑞克**。

“你变得非常苍白。”田瑞斯以他优美温柔的嗓音说道。

“我……我只是很想找到托瑞克。”她说。

“我也是。”他说着嘴角浮现一抹微笑，那是个充满温暖的微笑，但芮恩随即碰触到他冷酷的灰色眼神，她满心惊恐地发现，他必定已经察觉自己的心思，他知道她已经识破一切。

“来吧！”他说着伸手拉住她冰冷的手指，“我们去找些东

西吃。”

然后他看到她手上的结痂，脸上露出怜悯之色，“哦，我可怜的孩子，这是怎么了？”

她还没来得及回答，他已经转向那个海豹族男孩，“你看，贝尔，这个可怜的小东西已经染上了恶疾。”

贝尔盯着她的手，吓得抚摸自己身上的氏族动物皮毛。

“不是，我没有！”芮恩急忙抗议，想要挣脱那只紧抓住她的强壮手臂。“那不是恶疾，那是一个——”

“你不必担心。”海豹族的巫师说着紧握住她的双手，“从现在开始，就由我来照顾你。”

第三十节

托瑞克醒来的时候，狼正在舔他的鼻子。

他累得不想睁开眼睛，只是把身子挪近，脸紧贴着那柔软的皮毛，他觉得出奇的温暖与安全，而且如此沉静。没有海鸟，没有风，只有海洋的叹息和狼的心跳紧靠着他自己的心跳。

舔，舔，舔。

他模糊想起自己总算循声游到岸边，狼从背后把他推到沙地，并且不断舔舐着他，然后就抱在一起睡着了……

舔舐逐渐变成梳理的轻咬，然后不耐烦地轻推他的下巴。醒来！

他张开眼睛。

脸颊下是海滩的细沙，狼的胡须搔着他的眼皮，除此之外什么都没有。雾太浓，他甚至无法分辨海洋与天空。

他睡了多久？

药方。

他猛然坐直身子，心脏狂跳。他在哪里？田瑞斯在哪里？中夏夜了，难道已经错失良机？浓雾遮蔽了阳光，难以分辨时辰。

他站起身来，血液直冲到耳边，他全身僵硬酸痛，喉咙干到刺痛。

不远的地方传来滴水声，他蹒跚穿越浓雾，走到一处野草丛生的浅滩溪流，他跪下来掬了好几捧带沙的溪水，硬是吞了下去。

狼小跑步到他身边，他的脚掌在沙滩上没有发出任何声音。托瑞克仍然跪在溪边，用鼻子磨蹭他的颈背，衷心说了一声谢谢。

狼摇着尾巴，舔了一下托瑞克的嘴角。我的狼兄弟。

托瑞克觉得好多了，站起身来环顾四周，他的视线仍在不出两步远的距离内，不过这片沙地非常眼熟，一片白色、粗糙细碎的贝壳。或许真的是天神庇佑，他已经接近海豹族的营区……

他听到右手边传来海洋的拍浪声，于是慢慢走过沙滩，突然间白桦树和散乱的圆石轮廓在迷雾中浮现。他跑过去。

他身后的狼发出低声的咆哮。

托瑞克转过身来。

狼把头压得低低的，嘴唇因为发出咆哮而往后翻动。

托瑞克把刀子拿出来，趴在地上用急促的咕哝与哀鸣说着：怎么了？

狼只是继续咆哮，竖起颈背的毛。

托瑞克感觉自己颈部的汗毛也在刺痛，但他看不出眼前有任何不对劲的地方，在浓雾上方，仍可以看到白桦树林的顶梢平静无风。

我必须往前走，他告诉狼。

狼还是咆哮，警告他不要往前。

托瑞克从来没有忽略过狼的警告，现在似乎也不应该，但他无论如何必须找到田瑞斯。**我必须往前走，**他又说了一次：**请你跟我一起来！**

让他大失所望的是，狼仍是咆哮着往后退。

托瑞克心中充满了疑虑，但还是站起身来，自行进入林间。

当他走到一半的时候，就被一只强壮的手抓住了手臂。“你终于回来了！”田瑞斯叫道，“感谢海洋母亲，你平安无事！”

托瑞克往后面看了一眼，但狼已经走了。

“我们以为你溺死了！”田瑞斯拉着他穿越树林。

“你吓到我了。”托瑞克说。

“很抱歉。”田瑞斯说，“来，我们走！时间很有限，我们必须到峭壁上。”

“你的神力克树根还在吗？”托瑞克说，他们一路跑过沙滩。

“当然在！”

“贝尔呢？他上岸了吗？”

“对，他没事，他在看守——他没事。”

托瑞克停住脚步，“看守谁？”

田瑞斯的脸色一沉，“她病了，托瑞克。我们只好把她关起来。”

“谁？”托瑞克说，“谁病了？”

“那不重要。”田瑞斯说，“走！不要浪费时间。”

“究竟是谁？”托瑞克坚持要问，但他心中已经有了答案。

“托瑞克——”

“是芮恩吗，是不是？田瑞斯，拜托，让我见她。”

田瑞斯叹了口气，“但是要快。”他跑步带托瑞克到空荡荡的海豹族营区，走向当时那个捕鲸者独自守夜的海湾洞穴。“我们把她放在以前关病患的地方。”当他们接近的时候，他如是说。

洞穴口是一片用鲸骨做成的门，外面再挂上海豹生皮。贝尔手里拿着一根鱼叉，站在洞口守卫，当他看到托瑞克的时候，显得非常高兴。托瑞克一言不发地走过他身边。

透过门和洞口之间的一个缝隙，他看到芮恩在里面走来走去。光线太暗，看不清楚她的模样，但他看到她杂乱的头发和愤怒的表情，以及手臂的那个溃疡，像一块冰冷的大石压过来，他的心不禁往下沉。

她一看到他，脸色立刻散发光采，“托瑞克！哦，感谢神灵！快把我放出去！”

“芮恩，我不能。”他说，“你病了。”

她不敢置信，“你居然相信他们的鬼话？我当然没有生病！”

田瑞斯站在后面，把手放在托瑞克的肩膀上。“他们都是这么说的。”他喃喃诉说，“不过别担心，贝尔会照顾她，我保证绝对不会让她饿着。”

她一看到巫师就整个人畏缩退后，“不要靠近我！”然后她转向托瑞克，“我没有生病！”

“田瑞斯说得对。”贝尔的手紧握着鱼叉，甚至连关节都发白了，“我弟弟就是这样。”

“芮恩，”托瑞克把双手放在海豹生皮的门帘上，“我一定拿药来给你。我保证，你一定会……”

“我不需要吃药！”她气急败坏地说，“为什么你就是不相信我？”她说着用手指着田瑞斯，“就是他！**他是食魂者！**”

“到最后他们会怀疑所有的人。”贝尔说。

“你为什么不相信我？”芮恩叫道，“你叫他亮出记号！看他敢不敢给你们看他的刺青！他是一个食魂者！”

田瑞斯伸手碰触托瑞克的手臂，“托瑞克，我们必须走了，否则她和其他人都会没救。”

“不要，托瑞克，不要去！”芮恩嘶吼着，“他会杀了你！托瑞克！”她整个人贴在门上。

贝尔用肩膀抵住门。“走吧！”他对托瑞克说，“我会确保她平安出来的。”

“你会好起来的！”托瑞克边走边回头说，“我保证！你一定会好起来的！”

“托瑞克！”她尖叫着，“快回来！”

托瑞克耳边回荡着芮恩的叫声，跟着田瑞斯走到雾中。

“快点！”海豹族的巫师喃喃说道，“太阳已经绕转一圈，我可以感觉到。”

芮恩的呼喊逐渐远去，他们开始往峭壁的小径上走，不久之后，托瑞克只能听到自己的呼吸声，以及流水滴落岩石的声响。他的心中一直忐忑不安，自己竟然在刻不容缓的时间里同时忽略狼和芮恩的警告。

身后传出磨爪声。

他旋即转身，狼？

置身一片漩涡般的苍茫中，前头带路的田瑞斯已经消失在迷雾中。“田瑞斯！”他叫道，“等等我！”

更多磨爪声出现，然后，有个小小的驼背身影逃越小径。不是狼，是托卡若思。

托瑞克往前跑，“田瑞斯！小心！有托卡若思！”

突然间，脑门一阵剧痛，他已身受石块的攻击。

托瑞克惊醒。

他的头隐隐刺痛，肩膀也很痛，有人脱掉了他的背心，把他放在冰冷的石板上。有人把他的手腕绑在一起，把他的手臂高举过头，并勾在一块岩石上，绑得很紧，他无法挣脱，虽然他或许可以用脚后跟把身子往上提，然后应该就可以解开手腕，然后……

有人抓住他的脚踝不让他动，那人的爪子很尖，而且有刀子，当他想要踢开的时候，那人就用刀子抵住他的小腿。

雾在他的四周回旋，混杂着木头燃烧的蓝色烟幕。他听到火堆的啪啪声，还有杜松果的香味，但听不到海浪声，他一定是在悬崖上。

在他的脚边，一对属于厉鬼的眼睛正盯着他，那张脸上满是树叶的刺青。

恐惧占据他的全身。他在峭壁上，躺在祭坛石板上，一只托卡若思正看守着他。

然后第二只托卡若思从烟雾中冒出来，一个女孩子，脏污的头发垂到膝盖，四肢都是瘀伤，手脚的指甲都是黄色的，长着又尖又长的爪子。

她静静地靠过来，当她油腻的头发扫过他的肚子，他不禁浑身起鸡皮疙瘩。她枯瘦的手指把他父亲的刀从他腰带的刀鞘中拔出来。

“你想要怎么样？”他低声说。

静静地，她用双手举起刀子。

“你想要怎么样？”

静静地，她把冰冷的弯刀摆在他的胸口上。

雾中响起一声轻柔的叮当，两只托卡若思立刻跪倒，蜷缩在地上。

一个身影从雾中走出来，每走一步，腰带上的善知鸟喙就发出叮当声。

托瑞克的感觉就像从悬崖掉落，所有的仁慈，所有的温柔……都是一个谎言。狼是对的，芮恩是对的，他错了，大错特错。

海豹族的巫师也已经脱掉背心，露出左半边严重烧伤但结实苗条的身躯，他的手臂抹了树泥，掩盖住氏族刺青，他的脸也抹上灰泥面具，托瑞克惊恐万分地想着：他已经在哀悼某人的死亡。他并没有带护身符，只在脖子上戴了一条皮绳，挂着一块红色干缩的东西，他赤裸的胸膛并没有记号，只见心口处有一个醒目的黑色刺青，那是一支捕捉灵魂的三叉耙子，那正是食魂者的记号。

“你是……”托瑞克说，“食魂者。”

“七个当中的一个，托瑞克。”他的嗓音是唯一没有改变的，依然如此优美，如此冷静有力，就像晴空万里下的大海。“但有了你的协助，”他沉静地说，“我将超越他们，我将成为最伟大的。”

托瑞克缓缓摇着头，“我不可能帮你。”

田瑞斯面露微笑，“你别无选择。”他转头叫唤一只托卡若思，声音顿时变得非常严厉与残酷。

男孩拿着一个几乎和他一样大的篮子跑上来，女孩则跑到峭壁的狭长小径，托瑞克看到她正在路边砍树，并用木块建造一堵墙。

男孩托卡若思还没有把托瑞克的脚踝绑起来，所以如果可以一直跟田瑞斯讲话，或许会有机会逃脱，或许他可以呼叫狼……

问题是，然后呢？田瑞斯在火边有矛和鱼叉，两只托卡若思也都有配刀。三对一，这种局面就算狼来了，能有胜算吗？“你的朋友不会帮助你。”田瑞斯说，仿佛已经看透他的心思，“其中一个在看守另外一个。这就是其中的奥妙，你不觉得吗？”他从篮子里拿出一些白色的圆锥体，把它们排在祭坛的四周，这一次他似乎完全不介意踩到地面的银色打磨线条。

托瑞克必须一直跟他说话，这样才有时间思考对策。“恶疾，”他说，“原来你就是散播恶疾的人。”

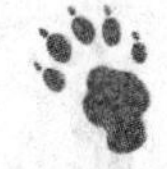

“我没有必要散播。”田瑞斯说着往后一站，观赏着自己的作品，“我只需创造。我的托卡若思深具潜入帐篷的厉鬼本事，而我……嗯，我很善用毒药。”

“但是，为什么？”

“说来有趣，”田瑞斯说着继续排列，“我在三年前开始实验，但不是很清楚如何运用，我只知道我需要一个武器。”他摇摇头，“有时候连我也无法预知所有的未来。”

托瑞克觉得作呕，“那贝尔的弟弟……”

田瑞斯耸耸肩，“我需要测试它的效果。”

“那这个夏天，所有的氏族……为什么？”

海豹族的巫师抬起头来，灰色的眼睛闪闪发亮，“为了引你出洞，看你究竟有多大本事。”

毕竟还是让芬·肯丁说中了。

“果然奏效。”田瑞斯说，“虽然并不是完全如我所预期。我原先并不知道你是谁，我只知道森林里某个人具有特殊能力，我以为那应该是一个拥有伟大巫术的人，可以为他的人民根除恶疾。”他说着不禁得意洋洋，“没想到你竟然会这么做，你自己来找我！还求我制作药方！这真是天意啊！”

“药方，”托瑞克说，“那也是你的诡计？”

田瑞斯轻蔑地哼一声，从腰袋中取出神力克树根，随手丢到火里。“没有药方。”他说，“都是我编出来的。”

火焰转为艳丽的紫色，两只托卡若思跑过来，兴味盎然地观看。

田瑞斯对他们投以鄙夷的眼光，“有时候，当一个巫师未免太过容易，简直就是无聊，只需要一点染色的火花。”他粗暴地踹女孩一脚，把她踢到一边，她发出野兽般的嘶声，然后仓皇跑回去。

让托瑞克大失所望的是，男孩跑回来绑他的脚踝，他用力踢着，男孩托卡若思就用刀子抵住他的小腿，让他不要乱动。

“现在，你已经顺利引我出洞了。”他对田瑞斯说，“接下

来呢？”

田瑞斯低头凝视着他，脸上充满了痛苦与渴望，“当我发现你的能力，真是难以置信。一个男孩居然拥有这样的能力，可以驯服猎者、束缚猎物，可以统治氏族……”他摇摇头，“真是暴殄天物”。

然后他倾身向前，托瑞克闻到灰泥的刺鼻味道。“很快地，”他喃喃说道，“这种天赋将成为我的，我将取得你的能力，成为一个心灵行者，我将成为有史以来最伟大的巫师……”

“不可能！”托瑞克沙哑地说，“你要如何办到？”

“中夏夜，”海豹族的巫师缓缓说道，“这是巫术最强的夜晚，同时也是你的诞生夜。真是因缘际会，太棒了！所有的征兆都指向这点，全都在告诉我该怎么做！”

他温柔地伸出一只手，拨开托瑞克前额的一撮头发，“记得我告诉过你中夏夜的特性吗？一切都是关于改变。”

托瑞克想吞口水，却口干舌燥。

“树长出新叶，”海豹族的巫师说，“男孩成为男人。”他倾身靠过来，热气呼到托瑞克的脸颊，耳语着，“**我要吃掉你的心**。”

第三十一节

狼做了一只狼从来不会做的事，他抛弃了他的狼兄弟。

他实在太惊讶了，“无尾高个子”居然漠视他的警告，他既惊且怒，以至于决定遗弃他。

因此当“无尾高个子”自顾自地跑到苍白皮毛的营帐去，狼就跑上山脊，怒气冲冲地折断树枝，啃了一块枯木，一直到气消为止。

现在他站在小溪的旁边喝水，想起自己还是一只落单的幼狼时，是他的狼兄弟找到了他。“无尾高个子”分享了他的猎物，给他一些充满嚼劲的脚蹄玩，而且，当狼的脚掌在小径上受伤时，“无尾高个子”用前掌抱着他跑了很长的路。

一只狼不会抛弃他的狼兄弟。

狼发出苦恼的吠叫奔回营帐。他爬上山脊，又爬了下来，悄然无声地穿梭在白桦树林，然后走到石堆上。

他没办法看到营帐，因为大海的气息已经吞没了一切，但他还是可以嗅到，他还可以听到“无尾女孩”在山脚的一个小洞里来回踱步。她很生气，担惊受怕，还有那个海豹族的人在对她咆哮，可是狼不知道为什么，除了他们之外，营帐是空荡荡的。

事实上，那里太静了，他嗅到旅鼠在地道里蜷缩发抖，他听到鱼鸟在悬崖上把尖嘴藏在羽毛里。一切都在屏息以待，饱受惊吓，不敢妄动。

狼抬起口鼻捕捉气息，他闻到很多鱼，还有很多无尾离去后残存的气味，他闻到那些肥胖而友善的狗在海里游泳，有些则笨重地爬上岩石，他还闻到了其他的气味，那是厉鬼的腥臭。

当他往前走的时候，腥臭气也越来越强，他拱起颈背，当他还是一只幼狼时，这样的腥臭就让他害怕。现在它却唤醒了奇异的渴望，比血液上冲更深，甚至比山巅的牵引更强……

但“无尾高个子”在哪里？寂然无风的空气中夹杂着许多气味，狼却无法捕捉到他最想寻找的那个气息。

现在“无尾女孩”正在和那个海豹族的人互相咆哮，当狼奔向他

们的时候，他看到那个海豹族的人拿了一些肉要给“无尾女孩”吃，**那是嗅起来有厉鬼腥臭的肉！**

狼感觉到“无尾女孩”很饿很想吃，他必须阻止她！但万一，连她都像“无尾高个子”一样不理会他的警告呢？万一她根本不懂他说的话呢？

狼低下头来悄然往前，很慎重地移动每一步。他想到了，有一个讯号“无尾女孩”每次都懂。

那就是怒吼。

当海豹族男孩把碗放在地上时，芮恩立刻对他怒吼，“我不饿！”并再度重申，“**我没有生病！**”

“你吃就对了。”男孩说着退出洞穴，拉上海豹生皮的门帘，留下一些缝隙让空气流通。

芮恩不喜欢那个海豹族男孩，但她宁愿他没有走，独自待在洞穴里真的很可怕。她可以感觉到三年前的病患所受之苦，石墙上依然渗着他们当年的绝望。

但你并没有生病，她提醒自己，你只是又累又饿，又担心托瑞克。

她决定再度和海豹族男孩沟通，“你知道猎者为什么攻击吗？”

沉默。

“因为你们的巫师杀了它的幼鲸。我发现了尸体，他设了一个海豹网，只有你们族人会制作的那种渔网，他还取走了幼鲸的牙齿。你说这像是一个好人会做的事吗？”

没有回答。

她咬紧牙根说，“我知道是他！我听到他的船划过湖泊时，腰带所发出的叮当声。”

还是没有回答，但她知道他正在听，她可以听到他在门帘另一边呼吸的声音。

“猎者的牙齿，”她继续说，“只有巫师才会用到那种东西。”她停顿了一下，“如果我猜得没错的话，正是他制造了恶疾，也就是说，是他害死了你弟弟。”

一下子，双方陷入难堪的沉默。“你怎么会知道我弟弟的事？”

“我知道很多事情。”芮恩再说一遍，“他杀了你的弟弟。”她接着说，“我知道失去兄弟的痛苦，不久前我也经历过。”

“不要再说了！”海豹族男孩说。

“你回想看看，”芮恩说，“就在你弟弟发病之前，田瑞斯曾经上去悬崖顶，对不对？去施行巫术。”

“那又如何？”他回答，“他本来就是巫师，不然要做什么？”

“他施行巫术，然后你弟弟就病了。”

那只是她的猜测，但是相当精准。她听到对方深呼吸一口气。

“他施法是为了带来猎物。”海豹族男孩喃喃说，“他施巫术是为了带来猎物……”

“他这样告诉你的吗？”芮恩说。

她听到他在沙地上走来走去的声音。“不准再讲话！”他忽然说，但他的语气已经动摇。

“你知道我说对了。”她说。

“**我说不准再讲话！**”他大吼。

“你为什么就是不听！”芮恩对他吼回去。

海豹皮门帘晃动，她知道他在捶打。

之后他们都没有再讲话。

那碗肉的气味弥漫整个山洞，芮恩迟疑了，然后弯腰检视：烟熏的鲸肉加上杜松果，闻起来真的很香，但若她吃了，那个海豹族男孩会以为她已经屈服。她把碗放下，在山洞里走来走去，不时把碗拿起来看。

正当她准备吃一块看看时，海豹族男孩发出了一声惊呼，瞬间狼已经从缝隙冲进来，直接跳向她，把她扑倒，也把那碗肉打翻，狼

把她整个人压在下面。他在怒吼，黑色的嘴唇往后拉，露出白色的尖牙，她想尖叫，但他的前掌沉重地压在胸口。他是怎么了？

“狼！”她惊呼，“狼，是我啊！”

“我来了！”海豹族男孩叫道，把门帘拉到一边，拿着鱼叉进来。

以迅雷不及掩耳的速度，狼从芮恩的身上跳开，旋即转身面对他。

“不要！”芮恩叫道，“不要伤害他！他一定是生病了，或有其他原因！”

海豹族男孩不理会，用鱼叉刺向狼。

狼跳开，咬住了鱼叉的握柄。

芮恩看出这是逃脱的绝佳机会，洞穴门是开的，可是狼怎么办？

只见他轻易地躲开鱼叉的攻击。

她赶紧起身往外奔逃。

在她后方传来海豹族男孩的吼声，不像痛苦，而是愤怒，她回头瞥见狼已经跳开洞口，逃得没有踪影。

她太紧张了，无暇确定，转身跑入浓雾中。

雾比先前更浓了，她完全不知道置身何处，也不知道该去哪里寻找托瑞克。

她被一块木头绊倒，然后踹跚撞到一个挂满鲸肉的架子，赶紧用手捂住嘴巴，免得发出尖叫。她很害怕随时会看到海豹族男孩冒出来，或是托卡若思，或是食魂者。

突然间，北方有火光在高空闪烁。

她停住。

托瑞克曾经说过，制作药方必须在悬崖上举行仪式。尽管那所谓的药方铁定是食魂者所设下的陷阱。

她正准备往火光的方向跑去。

后面响起一个声音，她想躲避，但为时已晚，一只手把她拉了回来。

悬崖上已经找不到田瑞斯，那仁慈的海豹族巫师，他的面具已经彻底烧毁，只剩下灰烬与苦痛。

食魂者口中喃喃念着咒语，蹲在祭坛边，在托瑞克的胸口画一些符号。他的画笔是一把海豹须绑在老鹰的胫骨上，颜料是黑色的臭泥浆，托瑞克猜想那肯定是被残杀的年幼猎者的血，而在他周围那些苍白的圆锥体就是它的牙齿。

有人摸他的脚踝，是男孩托卡若思回来了，继续把他的脚绑好。托瑞克用力踢着，他知道如今唯一的生路就是等待最好的时机挣脱。

“不要动！”田瑞斯喝道。他一直在咬着某种充满腐臭味的糊状物，让他的眼白变得很黄，舌头变得很黑，他看起来已经完全不像个人。

从眼角的余光，托瑞克捕捉到某个隐秘的骚动。

在那里，就在女孩托卡若思用木块堆墙的地方再过去一点。狼！

托瑞克心中只感到恐惧。三个对抗一个，如果狼想要帮他，一定会白白送命。

“呜嗷！”托瑞克叫道，想要警告他不要往前，“呜嗷！呜嗷！”

狼竖起耳朵，但并未撤退。他发现女孩托卡若思还没有堆高的木墙有缝隙，但那就在悬崖的边缘。

回去！托瑞克想要小声告诉他：**你帮不了我的！**

幸好田瑞斯和托卡若思都没有发现狼，他们三个全盯着托瑞克。

“你在说什么？”田瑞斯问。

托瑞克的脑筋动得很快，把头扭向那些环绕祭坛的牙齿说，“那些牙齿是猎者的吗？那是做什么的？”

田瑞斯眯着眼睛看他，“下咒。”他说着把画笔放到血中沾染。“当你把你父亲的弯刀给我看，我开始怀疑你就是那个人，但我必须确定。”

"就因为这个，猎者必须惨遭杀害？"

"我何必在乎？他们动不了我。"他用毁坏的手碰触挂在喉咙处的护身符，"我有伪装符咒。"

托瑞克想到德特兰，当贝尔照顾他的伤腿时，他痛得咬牙切齿的凄惨模样。而这一切都只是因为田瑞斯必须"确定"。

狼从缝隙那边钻了过来，千钧一发地走在悬崖边。

托瑞克赶紧继续和田瑞斯说话，"你说我是'那个人'。这是什么意思？"

那张半毁的脸一沉，"那只熊——"

"是我造的。"田瑞斯面露狰狞地说，"是我捉到厉鬼，是我把它困到熊的身体里。你却摧毁了它。"

一瞬间，托瑞克完全忘了狼的事情，"你骗人。那个造出恶熊的人是个跛脚，一个残废的浪人。"

田瑞斯抬起头笑了起来，他笑着站起身来，绕着火堆装出一副很可怜的跛脚模样，"这有何难？不过我得承认，装到后来我也腻了。"

是田瑞斯，他造出了那只熊，那只熊杀了爸爸……

托瑞克忆起他和爸爸共度的最后那夜，他们扎营的林间空地，爸爸的脸，他正笑着听托瑞克讲笑话。爸爸的脸，伤重垂死的神情……

"那是什么？"田瑞斯嗤之以鼻，"泪水吗？"

"你杀了他！"托瑞克喃喃说，"你杀了我爸爸……"

男孩托卡若思紧捉住他的脚踝，托瑞克疯狂地扭动踢打。**"你杀了我爸爸！"**他尖叫着，用尽所有的愤怒与悲恨对抗一切捆绑，但皮绳紧紧限制住他。

就在下一刻，狼从迷雾中冲出来，跳向田瑞斯。海豹族的巫师赶紧拿起火边的鱼叉，托卡若思像蜘蛛一样仓皇奔跑，拔出刀子、抓住火把，极力反击。

田瑞斯刺出鱼叉。

狼旋转跳高，那恶意的叉子在雾中扑空。

田瑞斯怒吼着下令，那女孩托卡若思随即把火把丢到木墙上，木墙顿时燃烧，火焰直冲云霄。托卡若思用火把不断攻击狼，而他只能往后退到燃烧的火墙边怒吼着，无处可逃。

正当托瑞克心想他完了的时候，狼却疾速转身，从木墙尚未着火的最后部分一跃而过，托卡若思拿着火把追了过去。火在一瞬间窜高，填补了缝隙，峭壁的地峡转眼间被火舌吞没。

田瑞斯丢下鱼叉转向托瑞克。“他走了。”他说，“现在就算是一只狼也无法再跃过。”

“你的托卡若思也一样。”托瑞克说。两只托卡若思都走了，紧追在狼的后面下山去了。

田瑞斯无所谓地耸耸肩，“反正我已经不需要他们了。”他说着望向那把平放在托瑞克胸口的弯刀，“我自己可以处理。”

托瑞克的心跳得很快，狼走了，火焰高墙阻隔一切获救的希望。就算他的脚可以挣脱捆绑，就算他可以把双手松开，从祭坛上滚下来，接下来呢？他还是被困在悬崖顶端，独力对抗一个拿着刀子和鱼叉的成年男人，而且这个人还想杀他，吃他的心。

但还有最后一件事，他必须知道。

“你为什么要这么做？”他往上盯着食魂者黄色的眼睛，“你为什么要杀我的父亲？”

田瑞斯不可置信地摇头，“你还真是跟他一个德行！总是想知道为什么。为什么，为什么，为什么。”

他绕着祭坛行走，手指在刀子上来回抚摸，嘴巴扭曲品尝苦涩的回忆。“他背叛了我。”他说，“他是弱者，毫无价值可言，却还自以为可以。”

“他才不是毫无价值！”托瑞克说。

“你懂什么？”田瑞斯怒吼。

“他是我的父亲。”托瑞克说。

田瑞斯站在他旁边，露出满口染黑的牙齿，“他是我弟弟！”

第三十二节

芮恩伸着脖子张望，想要看清悬崖上发生的事情，但雾实在太浓了，而峭壁又实在太长了。只有当食魂者刚好走到悬崖边时，她才可以瞥见他，有如一根幽暗的木棍，紧靠着火焰。

“他手上有刀。”她说。

“太远了！”海豹族男孩在她身边说，“我们不可能及时赶到。”

“但我们总不能眼睁睁——”

“你看那道火墙刚好堵住地峡！我们能怎么办？难不成用飞的？”

芮恩狐疑地看了他一眼。尽管他说已经觉悟，她还是无法信任他，但正当她开口要抗议，却听到一声狼嚎。

“那是什么？”海豹族男孩说。

“是狼。”芮恩说，她把手放在耳边，注意倾听。“糟了，他在西边！他怎么没有在上面帮托瑞克？如果连狼都没办法靠近……”她的思绪飞奔。“你说得对！”她对海豹族男孩说，“我们不可能及时赶上去。拿我的弓来！”

他目瞪口呆，“我不能让你拿箭射他！不管他做了什么。”

“你有其他方法可以救托瑞克吗？”

“但他还是我们的巫师！”

“贝尔，”芮恩紧急地说，“我和你一样不想杀他，但我们不能只是袖手旁观！”

就在此时，食魂者离开崖边，走出她的视线范围。芮恩惊呼一声，赶紧后退，急着想知道他的一举一动。

“地峡太深了。”贝尔说，“快！皮船！”

“什么？”芮恩叫道。

贝尔抓住她的手腕，一个劲往前走，“你无法从陆地上看到祭坛，只能从海上！”

他们匆匆往海边奔去。贝尔跑到一个帐篷内，取出芮恩的弓箭交

还给她，然后他把皮船从架上取下，放到浅水滩，二话不说把她放到船头，然后用手撑着船缘跳进去，坐在她的后方，随即开始划桨。他们以飞快的速度往海中移动，快得超乎芮恩的想象，她必须紧捉住船身以保持平衡。

一阵风吹起，那是从森林吹来的东风。当芮恩转头面对悬崖，迷雾散开，露出了食魂者的身影，拿着一把刀高举过头，似乎要奉献给天空，他的脚边躺着一个身影，一动也不动。

“我看到他了！”芮恩叫道。

贝尔以惊人的高超技术把小船转过来，芮恩差一点跌落海中，幸好他及时抓住她的背心把她拉回来。

她的手颤抖着，拿出一支箭放在弓弦上。尽管贝尔努力控制船身，仍然免不了潮水晃动，她无法站立，只能跪着瞄准。

在悬崖上，托瑞克还是没有动静，她的内心惶恐不安，深怕一切已经太迟。

“距离太远了，”贝尔喃喃说，“没有人可以射中。”

芮恩咬着牙，强迫自己不去理会他。专心想着目标，就像芬·肯丁教她的。

她紧盯着目标，把箭射出去。

一支箭飞越天空，深深刺入田瑞斯的手掌心，他哀嚎一声跪倒在地，刀子当啷一声滚过岩石。

托瑞克把握住这个机会，先从脚踝处挣脱绳索，然后用脚后跟把身子往前拉，手臂沉重发麻，但还是勉强让双手绕过岩钩，然后从祭坛上滚落。

另外一边的田瑞斯还跪倒在地上，紧抓住自己受伤的手，然后他站起身来，摇晃着身躯往里面站，免得再度遭受弓箭的攻击。

托瑞克挣扎着站起身，尽量远离对方，他的肩膀痛到发烫，手腕

被绑得疼痛不堪。两个人分别站在祭坛的两端，他的正后方就是悬崖边。

田瑞斯嘶吼一声抓住手掌上的箭，用力拔出来，他满头大汗，汗珠流下来洗去脸上的灰泥面具，露出底下烧焦的红色血肉。“放弃吧，托瑞克！”他喘着气，“一切都结束了！”

更多的狼嚎声传来。**厉鬼走了！**狼叫道。

“他在很远的地方。”田瑞斯说，抓起他的鱼叉，“他再也帮不了你。”

“他已经帮了很多。”托瑞克说。

田瑞斯发出狞笑，“你现在只能自求多福了，托瑞克，你的那些朋友们再也不能对我射箭，否则很可能只会射中你。”

托瑞克没有回答，他现在需要用尽全身的力量才能站稳身子。

“放弃吧，托瑞克！”那优美而强壮的嗓音敦促着他，“你一直表现得很好。现在时候到了，应该把你的能力传给真正知道运用的人了。”

托瑞克往后看了一眼，东风增强，吹走了浓雾，一道银色的光照射到海中。

“我会很痛快解决你的。”田瑞斯说，“我保证。”

在他的脚底下，托瑞克看到那永无休止的闪烁海洋，他感觉到森林吹来的风轻抚着自己的脸庞，他想到狼、芮恩、芬·肯丁，以及所有他从未遇见的氏族。如果他让田瑞斯取走他的能力，倘若他放任食魂者成为心灵行者，那他们将永无宁日。

“你别无选择。”食魂者喃喃说道，“你知道的。”

托瑞克挺起胸膛，无惧于眼前这对专注的灰眼。

太晚了，田瑞斯终于知道他意欲何为，并且因为不可置信而张大眼睛。

“永远都会有选择。”托瑞克说着往后退，然后从悬崖边跌落。

第三十三节

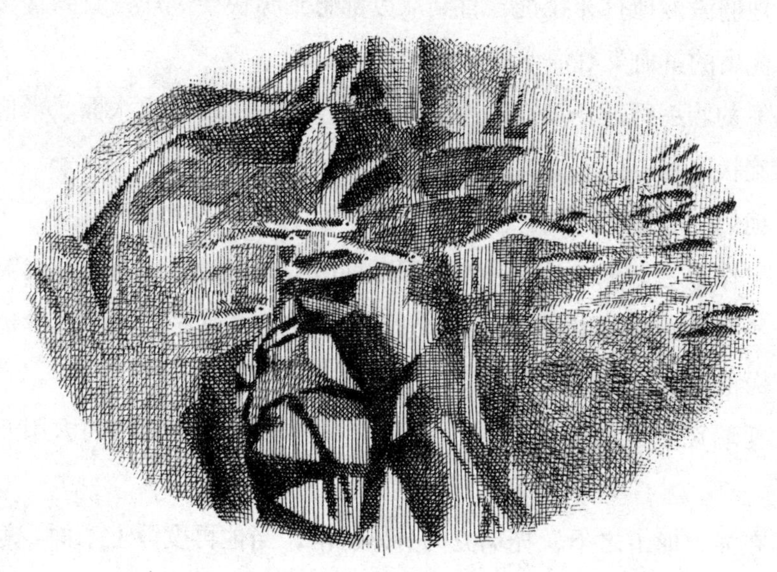

他不断往下沉，不断下沉，跌落那裂开的海面，进入金黄色的巨藻森林，沉入黑暗。

他陷落水中，用仅存的一点力气微弱地踢着水，那当然不够。他的手腕被绑得很紧，无法挣脱，浸水的裤套变得沉重，把他整个人往下拉，他永远也浮不出水面。

但他早就知道。当他的脚在悬崖边踩空，他就已经知道，这一次不会有友善的守护灵相伴，不会有狼跳进来相救。这一次，只有托瑞克和饥渴的海洋，这一次，他必死无疑。

他转过脸来，最后一次仰望光亮，不可思议地，看到上方有一个身影遮住了阳光，而且正游向他，游得比一条鳗鱼还快。

心中燃起一线生机：是狼吗？芮恩？贝尔？

是田瑞斯，一把抓住他的头发，把他整个人往上拉。

托瑞克死命挣扎，用力踢着，但食魂者太强壮了。托瑞克用两只手紧抓住周遭的巨藻，在一阵激起的银色泡沫中，奋力把田瑞斯往后推。他们激烈地打斗拉扯，直到双方都感到肺快要爆炸，直到食魂者伤口流出的鲜血染红海水。

海豹族巫师把托瑞克的手拉离巨藻，他们再度浮出水面。当他们以螺旋状路线游往上方的光线，就像两条毒蛇缠绕。

他们一起冒出海面。

“你宁愿自杀，是不是？”田瑞斯吸一口气说，“真是高尚啊！但我不会让你如愿以偿！”他仍抓着托瑞克的头发，单手往岸边游去，而他划水的动作依然敏捷。

托瑞克想咬他的手，但田瑞斯拿另一只手用力朝他的太阳穴打去。

在强力撞击之下，托瑞克的身体沉落，当他再度浮上水面，就听到一声震耳欲聋的“喀嘘”，紧接着看到一个庞大的黑色背鳍朝他们游来。

心中的恐怖让他继续沉落。

田瑞斯却没有看到猎者，他专心一意地往岸边游去。托瑞克只有刻不容缓的时间展开行动……

他使出最后一丝力量扭转身躯，整个人冲向食魂者，迅速扯下他挂在喉头的伪装符咒。

田瑞斯惊讶地哼一声松开了托瑞克，托瑞克立刻奋力踢水，尽快游离他。

田瑞斯转身要抓他，就在这个时候，他看到猎者了。他把手伸到喉头，想要碰触他的伪装符咒，却只摸到赤裸的肌肤，他这才看到符咒握在托瑞克的手中，急忙靠过去抢夺。托瑞克闪开，并用力把符咒丢到波浪中，田瑞斯发出一声怒吼，冲过去抢救，但为时已晚，护身符已经沉落。

现在，他们都在猎者的攻击范围中，看不出任何生机。

托瑞克看到凹痕背鳍鲸往他们这边游过来，喷出擎天的水柱，他眼角的余光瞥见一艘皮船正急速驶来，但不可能及时到达……

而今大海、天空、皮船——都被猎者挡住了。在一片绿水之上，托瑞克只看见一个巨大的浑圆鱼头越靠越近……

就在最后一刻，猎者急转方向，朝田瑞斯攻过去，溅了他一身的水花。

食魂者眼睁睁地看着自己的末日即将到来，半毁的五官出奇地沉静。

就在最后一个心跳之际，他转过头来看着托瑞克的双眼，“关于你父亲的事，去问芬·肯丁吧！”他大吼，“让他告诉你真相吧——”

然后他便消失在一片激起的银色水波中。

托瑞克听到一声恐怖的尖叫，随即戛然而止，那一口巨大的尖牙已经把食魂者拖到最深的黑暗中。

第三十四节

当皮船抵达岸边，峭壁上的火焰已经变小，灰色的烟雾在天空缭绕。

贝尔扛着皮船，拿去架上摆放，将芮恩和托瑞克留在浅水滩。他们步履艰难地往营区走去，两人一路无语。

芮恩先擦去弓上的水花，把弓挂在椽子上，然后他们就进去找食物。

托瑞克从木堆里拿出一块浮木，唤醒休眠的火。他觉得冰冷颤抖，但至少大海洗去了画在他胸口的记号，然而他脑海深处的印记却永难磨灭。

他想告诉芮恩一切：关于峭壁上发生的事、关于心灵行者，但这一切，连他自己都还没有消化。他只是说，“我很抱歉，我真的以为你病了，你看起来好像生病。”

芮恩放了一个碗在地上，然后坐下来。“嗯——”她说，“我以为你死了。每个人都会犯错。”她把碗推给他，“我找到一些鲸肉，不过没有杜松果，但吃起来应该还是不错。”

他们两人看着碗，但都没有动手吃。

然后托瑞克说话了，“芮恩，没有药方。他说什么神力克树根，都是编出来的。”

芮恩忽然拍了一下膝盖，然后皱起眉头。

“你听到我说的话了吗？”托瑞克说，“**没有药方**。”

突然间，芮恩不再皱眉，并坐直身子，她盯着托瑞克，继而盯着碗里的肉。“杜松果。”她说。

“什么？”托瑞克说。

“当我被关在洞穴里的时候，贝尔给了我一些食物，狼却突然冲进来，把我手里的碗打翻。当时我还以为他发狂了，但其实他是——托瑞克，他是在救我！警告我不要碰杜松果啊！”

她跳着站起身来，开始来回走动，“原来海豹族的巫师就是这样制造出恶疾！他派托卡若思在杜松果里下毒！然后我们把杜松果加到鲑鱼饼里面，吃了之后就会生病！”她停顿了一下，“这就是为什么狼要阻止我吃，因为那被下毒了，而且，这就是为什么我先前并没有生病，因为我虽然也吃了鲑鱼饼，却是偷了莎恩在去年夏天储备的存粮。”

“因此我也没生病。”托瑞克插嘴说，“因为我什么都没有带。”

他们互相看着彼此。

“所以只要大家丢掉杜松果。”芮恩说，“和那些鲑鱼饼……”

“或许就会好起来了。”

“或许我们根本就不必找药方。”

这就是答案，托瑞克可以感觉到。这非常符合田瑞斯讲究优雅的行事作风，当他看到大家拼命在找一个不存在的药方时，心里一定充满得意的笑！这铁定让他觉得自己太聪明了！太有力量了！

即便如此，托瑞克一直到现在还是无法恨他。田瑞斯是他的亲人，托瑞克曾经那么喜欢他，并且希望得到田瑞斯的关爱。

他把头靠在膝盖上，想赶走内心的痛苦，但他的脑海浮现出那张半毁而英俊的脸，他优美的嗓音回荡在耳边：**关于你父亲的事，去问芬·肯丁吧！让他告诉你真相吧！**

什么真相？他指的是什么？

就在这个时候，贝尔跑过来。“快点来！”他喘着气说。

他领着他们到海湾的南端，跨过瀑布脚下的溪流。

托卡若思躺在他们摔落的岩石上，水花浸湿了他们令人生畏的脸庞，和他们摔断破裂的四肢。

托瑞克扭过头看着山坡，心想他们怎么会爬到那边去，然后他想起狼的嚎叫：**厉鬼走了！**

“他们是什么？”贝尔喃喃说。

“托卡若思。”芮恩低声说。

贝尔发出惊呼，“我以为那只是杜撰的。我以为——”

女孩托卡若思发出呻吟，枯瘦的身躯不断抽搐。

“她还活着。”托瑞克说，心中升起一丝怜悯。

他们看起来好小，应该不超过八九岁。

“他们是杀手。”贝尔愤慨地说。拔出刀子就往前走去。

狼从圆石后方出现，发出怒吼，警告他后退。

贝尔整个人定住，“什么？”

托瑞克单膝跪地，狼立刻小跑步过来，嗅着他的脸颊并发出咕哝声，用鼻子磨蹭他。托瑞克看着芮恩，“他说他已经把厉鬼赶走了！”

“赶去哪里？”芮恩问，“他们去哪里了？”

托瑞克凝望狼的眼睛好一会儿，然后摇摇头，“我不想问。反正他们走了，这就够了。”

贝尔吃惊地盯着他，“你可以和狼说话？”

“嗯。”托瑞克说，“他是有灵性的。”

“原来这就是狼。”贝尔说。他把手放在心口上，并慎重地弯腰行礼，“真漂亮！”

托卡若思又动了一下。

芮恩跑到他们身边，跪在一旁，她的表情顿时凝重，“时间不多了，”她说着转向托瑞克，“你的药罐。有没有红土？”

托瑞克递给她，但贝尔有些不安，“你在做什么？”

“死亡面具。”芮恩说。

“他们不配！”贝尔叫道。

芮恩转向他，“他们本来是小孩！他们的灵魂还在内在的深处！他们需要帮助，才能被释放！”

“他们是杀手。”贝尔不为所动。

“让她做吧。”托瑞克说，“她懂得这一类事情。”

他们在一旁看着，芮恩用水把红土调成泥状，然后在两个托卡若思身上点出“死亡面具”：前额、心脏和后脚跟。

狼走过来，坐在她的身边柔声呜咽，尾巴摇晃着旁边的野草。他琥珀色的眼睛里有光，托瑞克心想，不知道他看到了什么。

芮恩的表情变得缥缈，并在口中喃喃有词。托瑞克感到一丝不安，他猜想她应该是在召唤那些孩子内在困陷的灵魂，将他们从躲藏的深处释放出来。

突然间，男孩托卡若思紧握住拳头，女孩托卡若思抽搐着并睁开双眼。

泪水从芮恩的脸颊滑落。“安心去吧！”她低语着，“你已经自由了。自由……”

男孩托卡若思一阵颤抖，然后就一动也不动了。女孩则吐出一口很长的叹息，发出咯咯声，最后归于沉寂。

微风吹动黄色的月见草，狼转动他的头，似乎在目送那飘然远去的灵魂。

“他们走了。”芮恩说。

隔天，海豹族人从鸬鹚岛回来了，托瑞克、芮恩和贝尔花了很长的时间和氏族领袖交谈。

出乎意料，听到巫师死亡的消息，艾斯林并没有如预期般遭受打击，事实上，他反而显得精神焕发，因为从此可以掌握实权。他士气高昂地派出最快的使者到森林警告大家杜松果有毒之事，并派人前去接应阿斯瑞福和德特兰回家，神色看起来顿时年轻许多。托卡若思的尸体则被放在皮船里，带到远离陆地视线的地方，留给海洋母亲。

处理完这一切，他命令其他人先到帐外，只留下托瑞克。“我明天会派贝尔送你回森林。”他说，“他会确保你平安到达。”

“谢谢你，领袖。”托瑞克淡淡地说。

领袖端详他，“你不应该自责。连我都被他骗了，而我还比你多活了许多年。”

托瑞克无言。

“你在哀悼他。”老人直言。

托瑞克颇为讶异，竟然会被他识破。“他对我很好。”他说，“我是说——之前。难道那也是做假？”

海豹族的领袖用那双见证过无数邪恶与痴愚的眼睛看着他，“我想，恐怕连他自己也不知道吧。”他停顿了一下，“回去森林吧，托瑞克，那是你归属的地方。但如果有一天你需要一个家，这里随时欢迎你。”

托瑞克把拳头放在心口表达谢意，但他不认为自己会接受艾斯林的好意。对他来说，这个岛充满了太多鬼魂。

他们第二天早晨出发，狼坐托瑞克的皮船，芮恩坐贝尔的船。天气晴朗无云，而且吹起西风，刚好有助他们的旅程。当他们离开海豹湾，托瑞克回头看了最后一眼，只见隆起的帐篷炊烟袅袅，小孩在浅滩嬉戏，花楸树和白桦树在山脚下摇曳，白色的海鸟盘旋空中。

他知道自己并不属于这个永远看海洋脸色的险恶多岩岛屿，但这样的岛屿也有它独特的美丽和丰饶，他终于了解贝尔为什么如此深爱家园。

当他的视线往上移到峭壁，一颗心不禁往下沉。那件事情之后，他甚至没有勇气回到峭壁上，多亏贝尔独自上去帮他找到了父亲的弯刀，然后静静交还给他，没有多说什么。

他们一路顺风，速度很快，只有善知鸟和海鹰为伴。有一次，托瑞克远远看到有一头鲸跟着他们好一会儿，然后他一眨眼，鲸已经消失。

天色晚了，狼低声吠叫一声，然后站在船头，耳朵往前，摇着尾巴。没多久，贝尔对托瑞克不知说了什么，他没有听到，只看到芮恩抬眉咧嘴一笑。

然后，托瑞克转身，看到森林在波浪那头浮现。

他们上岸的时候已经是夜晚，虽然那巨大的琥珀色太阳仍低垂在海面上。

托瑞克迅速换回自己的鹿皮背心和袜套，把脱下来的海豹皮服装叠好，这种感觉很好，能够再度穿上氏族动物的皮毛，还有属于自己的背包和弓箭。但当他帮贝尔把衣服塞到皮船里时，突然想到，不知道何时，或是否还有机会，再见到这位海豹族的男孩。

贝尔决定立刻返回家园。当他们一起走到浅滩，他默默无语，托瑞克可以感觉到他在回想，上一次也就是在这个海滩，他和他的朋友遇到了一个来自森林的男孩，并发生激烈的冲突。

托瑞克开口了，“我们会再见面的，贝尔。有一天我会带你看看森林的风光。”

贝尔看看海边高挑的松树，“如果是几天以前，我不认为有这种可能。但现在，反正我以前也没想到会看到狼搭皮船，所以……”

“又何妨在森林里看到海豹？”托瑞克说着露出微笑。

贝尔咧嘴一笑，“确实有何不可，我的亲人？”然后他对芮恩和托瑞克点了一下头，就回到皮船上，往西边划水而去，他淡色的头发在风中飞扬，身边的海水被夕阳染成了金黄。

那天晚上，在一片长满绿色蕨类和柳叶绯红花朵的林间空地上，托瑞克和芮恩用白桦树枝搭建了一个真正的森林帐篷。他们吃了一顿真正的森林夜餐：藜叶汤、烤蒲公英根，还有在托瑞克诱骗阿斯瑞福与德特兰跌落的沼泽边所发现的覆盆子。“嗯，幸好没有杜松果。”芮恩发出满足的叹息。

餐后他们坐在湖边，嗅着松烟的气味，听着森林鸟群婉转的歌声。经过这么多天，他们终于又坐在幽暗的树灵底下，聆听它们的低声轻诉，他们甚至可以从林间的缝隙看到几颗明亮的星星。

狼跑去进行他的夜间狩猎。芮恩打了一个大哈欠，“你知道吗？”她说，“很快就是‘云莓月’了，我喜欢‘云莓月’。”

托瑞克没有回答。他再也憋不住心事，自从贝尔走后，他一直在找机会鼓起勇气告诉芮恩真正的他。

“芮恩，”他在火边皱起眉头，“有一件事情我必须告诉你。”

“什么？”芮恩从睡袋里钻出来。

他深呼吸一口气，“当我们在老鹰高地的时候，海豹族的巫师告诉我一件事，关于我的事。”

芮恩坐着沉静地说，“你是一个心灵行者。”

他盯着她，“你知道多久了？”

“他告诉你的时候。”芮恩挑出袜套上的一个线头，“那夜我们发生争吵，我很担心，就悄悄跟着你。我都听到了。”

他想了一下，接着才说，“那你介意吗？”

“介意什么？”

“关于我是什么。”

让他意外的是，她咧嘴笑道，“托瑞克，你不是‘什么’，而是‘谁’！你还是一个人。”

他们沉默了一会儿，芮恩接着说，“我刚知道的时候也觉得很震惊。我以前就知道你与众不同。”

托瑞克想挤出一丝笑容，却办不到。

“不要难过。”她说，“毕竟，你或许因此才能和狼说话。”

“你的意思是？”

“嗯，这一直让我觉得困扰。”她说着继续挑袜套上的线头，“当你还是婴儿的时候，你父亲把你放到狼窝里，那么小的人儿根本不能学讲人话，更别提狼语。那你为什么会？”她把头歪到一边，“或许你的灵魂溜进了其中一只狼的身体里。你不觉得吗？”

托瑞克咬着自己的下嘴唇，“这我倒是从未想过。”

狼狩猎回来了，口鼻沾到些血渍，他在羊齿植物上抹嘴，然后嗅嗅火，就走到托瑞克身边，用鼻子碰他的脸颊。

“你觉得他知道吗？”芮恩问道。

“关于我？”托瑞克说着搔搔狼的耳朵，“他怎么可能知道？我甚至不知道怎么用狼语向他说明。”

芮恩钻进了她的睡袋，全身蜷缩。“无论如何，他都是你的朋友。”她说。

托瑞克点点头，但不知为什么，他心里还是有疙瘩。

芮恩又打了个哈欠，“多少睡一下吧，托瑞克。”

托瑞克钻进了睡袋，平躺着。他真的很累，却不认为可以睡着。

狼“嗯”一声依偎在他身边，随即进入梦乡。

托瑞克张大眼睛，盯着火花。

过了好一会儿，芮恩说，“托瑞克，你还醒着吗？”

“是。”他说。

“最后，当你们还在水里的时候，海豹族巫师对你喊了一些话，他说什么？”

这正是托瑞克一直不希望她提起的。“我不能告诉你！”他说，“至少不是现在。我必须先跟芬·肯丁谈过。”

第三十五节

“告诉我真相。”托瑞克在七天以后对芬·肯丁说。

他和芮恩花了四天的时间才抵达乌鸦族的营区，他们一路上发现，森林的恶疾已经逐渐受到控制，空中弥漫着杜松果燃烧的气味。艾斯林的使者迅速完成任务，多亏了芬·肯丁努力说服森林各大氏族团结起来，互相伸出援手渡过恶疾的考验。很多感染的人都已慢慢复原，但乌鸦族已经损失了五条人命。

他们回到营区以后，整整两天托瑞克都没有机会和芬·肯丁单独会面。乌鸦族的领袖忙着照顾他的族人，确保森林里所有的狩猎队伍都已收到杜松果有毒的警讯。

但到了第七天，一切开始恢复正常，很多乌鸦族人都出去狩猎，其他人则在河边刺鳟鱼。芮恩和莎恩坐在一起，说起她如何释放托卡若思内在困陷的灵魂。不喜欢那些营狗的狼则独自跑到森林里玩。

托瑞克在流入宽水的小溪边找到乌鸦族的领袖，他正在岸边准备菩提树皮。天气很热，但树林边有凉爽的绿色树荫，晚夏花朵的香味四溢，蜜蜂成群地在树枝间飞舞。

“你想要知道真相？”芬·肯丁说，用拇指测试斧头的锋利程度，“关于什么？”

“一切。”托瑞克说，再也压不住累积多天的沮丧，“你为什么没有告诉我？”

芬·肯丁朝一棵莱姆树底部多出的吸根砍去，并开始剥树皮。“我应该告诉你什么？”他问。

“我是一个心灵行者！海豹族的巫师是我父亲的兄弟！恶疾都是我的错！”

芬·肯丁整个人顿时僵硬，“千万不要再说这种话。”

“他是因为我才散播恶疾的。”托瑞克说，“因为我，他害死了欧斯拉克和其他人。这都是我的错！”

“不是这样！”那对蓝色的眼睛燃烧着，“你没有做错任何事！你不能把那个人的邪恶怪罪到自己头上。有罪的人是他，托瑞克，你要记住这点。”

他们面对面，空气冻结在两人之间，然后，乌鸦族领袖把手中的树皮丢在脚边的树皮堆里。“还有，你搞错了，我原先并不知道你是一个心灵行者，直到芮恩昨天告诉我。我才知道。”

托瑞克皱起眉头，“但是我以为爸爸一定告诉过莎恩，在我小时候，他们在海边举行氏族大会的那一次。”

芬·肯丁摇摇头，“他只告诉莎恩，在你刚出生不久，他把你放在狼窝，以及有一天你或许能够消灭食魂者，但他并没有说为什么。”

“为什么他没有说？”

“谁知道？他过了太长一段被追杀的时光，难免会变得充满戒心。”

连对自己的儿子也是如此？托瑞克心想。这是最糟糕的，他真的很生气，爸爸为什么不告诉他……

“他一定觉得这样对你最好。”芬·肯丁说，“他不希望你的童年蒙上命运的阴影。”

托瑞克颓然坐倒在岸边，伸手拔着地上的草，“他们两个，你都认识，是吗？我父亲和他的兄弟。”

芬·肯丁没有回答。

“请你把他们的事告诉我。求求你。”

乌鸦族的领袖摸着胡须叹道，“我是在二十八年以前第一次遇见他们。”他说，“我当时十一岁，你父亲九岁，跟他的父亲一样是狼族。他的兄长，和我同年，则是海豹族，和他们的母亲一样。我们有五个月的时间在一起，寄住在狼族的营区。”

“和狼族？”托瑞克有点讶异，“但我从来没有见过他们，那后来……”

“他们以前并没有这么不合。随着时光推移，人们的信任感逐渐破裂。”他用一根很长的柳条把树皮绑在一起。“我们三个成了朋友。”他接着说，“我是为了狩猎而活，而他们的生命，则是为了巫术。你的父亲很热切地学习关于树木、猎物和猎者之道，至于他的哥哥……”他用力拉了一下绳结，“他的哥哥只想控制一切。”

他把整捆树皮扛在肩上，走到溪边，放在一块石头底下浸泡。“十年来，我们一直都是好朋友。但第十一年来了，却改变了一切。”水从他的小腿流过，他正将已经浸泡多日的另一捆树皮拿出来。“你的父亲被任命为狼族的巫师。”他说着把树皮往岸边一丢。“他的哥哥，尽管比较年长，也有人说比较厉害，却没有被任命为海豹族的巫师。”他摇摇头，“他深受打击，从此愤世嫉俗。但等到我们知道事情的严重性，为时已晚，他从此远走氏族，出外流浪。”

“他去哪里了？”托瑞克问。

芬·肯丁的脸上露出一丝悲伤，“我不知道，我从此没有再见过他。但六年前，我从你父亲那边听说，他的哥哥又出现了，加入一个名为‘治疗者’的巫师集团。”

“但他并不是巫师。”托瑞克说。

芬·肯丁的嘴唇稍微卷曲地说，“他是一个充满说服力的人，这点你们应该都知道。”他爬上岸边，跪在树皮捆的旁边。“后来发生了大火，把他们打散了。有些人受到严重烧伤，大家四散逃逸，躲藏起来。”

“他被烧伤了。”托瑞克喃喃说，“他的脸和侧边。”

“我们有所不知的是，”芬·肯丁说，“他竟然回到了自己的氏族。我们只知道海豹族后来分裂，他们终止和广阔森林之间的交往，把交易范围局限在海洋氏族之间，还有，他们有一个新的巫师。”

托瑞克把草丢到溪里，看着绿草随波逐流。他想到那个时候，眼睁睁地看着田瑞斯被拉到幽暗的海底。他说，“他因为我是心灵行者而追捕我，因为他想拥有那样的能力。”他盯着水面，“其他的食魂者也会想要。”

芬·肯丁略显迟疑，“他们可能还不知道你的事，或许海豹族的

巫师只是单独行动。”

“或许他不是。”托瑞克说，“或许他还有同谋。”

突然间，他周遭的森林似乎紧缩，蜜蜂的嗡嗡声变得特别恼人。托瑞克的脑海里再度浮现海豹族巫师田瑞斯泛黄的眼睛。他想到其他的食魂者，那些他连名字都不知道的模糊面孔，但他们就在某个地方，伺机等候着。

他说，“他们一定会发现我所做的事，他们会来追捕我。”

乌鸦族的领袖点点头，“你可以让他们拥有连做梦都想不到的能力，你也可以彻底摧毁他们。”

托瑞克看着他的眼睛，“是不是因为这样，你从来没有提出要收养我？因为我会带来危险。”

那双蓝色的眼睛闪耀光芒，“我必须考虑到所有族人的安全，托瑞克，你固然可以帮我们击败他们，却也可能带来毁灭。”

“可是我永远都不会伤害乌鸦族人！”托瑞克激动地跳起身来。

“有谁可以保证？”芬·肯丁粗暴地说，“连你都不知道自己以后会变成什么样子，没有人知道！”

“但是——”

“我们每个人心中都有邪恶，托瑞克。有些人会努力对抗，有些人反而滋养邪恶，这就是生命的常态。”

托瑞克大叫一声，转过头去。

芬·肯丁完全无意安慰他，他只是割开了木捆，拿出一片树皮，开始剥上面的韧皮纤维。

托瑞克觉得头晕目眩，害怕至极，他仿佛正站在悬崖边缘，准备跳进一个未知的世界。

鼓起所有的勇气，他问了一个自从田瑞斯死后就啃噬着他的问题，“上个冬季，当你告诉我关于食魂者的事情，你说有七个，但你只告诉我其中五个。”

乌鸦族的领袖停住他强壮的手。

“海豹族的巫师是第六个。”托瑞克说，“我必须知道第七个。”他握紧拳头。“我父亲的胸口有一个疤，就在这里。”他摸着自己的心口，“这让我在为他画死亡面具的时候变得很困难。”他试着吞了一口水，“海豹族的巫师说了一些话，让我觉得第七个食魂者……”

芬·肯丁伸手摩擦自己的脸，然后把树皮放在草地上。

“我的父亲。”托瑞克说，“就是我的父亲！”

一阵风吹动树梢，送来空气中的花朵甜味，树木抵挡着风的吹拂。

“不要！”托瑞克整个跪倒在地，“**不要！**”

过了一会儿，芬·肯丁过来坐在他旁边。“你还记得吗？”他说，“我曾经告诉你，他们一开始并不是邪恶的，你的父亲也相信这点，所以才会加入他们，为了治疗病患，驱赶厉鬼。”他的眼神变得缥缈而痛楚，“你的母亲从来就没有相信过，她一开始就知道。但等他发现真相，一切都已经太晚了。”他摊开双手，“他想要离开，他们却不允许。”

“所以他们才要杀他？”托瑞克说。

芬·肯丁缓缓点头。

托瑞克坐着把头靠在膝盖上，啜泣着，眼泪却已经流干。芬·肯丁坐在他身边，没有触摸，没有讲话，但只是这样便有一种稳定心神的力量。

最后，乌鸦族的领袖站起身来，“我要回营区了。你留在这里，把剩下的树皮剥好，在水里洗净纤维，挂在树上晾干。”

托瑞克点点头，感觉已经麻木，说不出话来。

“明天，”芬·肯丁说，“我会教你怎么制绳。”

托瑞克一直跑一直跑，直到路的尽头，他的脑子却还是静不下

来：爸爸曾经是一个食魂者。爸爸，他的爸爸……

他的胸口好闷，快呼吸不过来，像一场暴风雨，卷起了所有的愤怒、哀痛与恐惧。

他停在一条喧嚣的溪前，水流直奔到一块长满青苔的大圆石上。一只松鼠停在梧桐树上，一只海獭本来在吃鳟鱼，赶紧躲到蕨丛里。

托瑞克跪下来喝水，他的名字灵魂回盯着他。狼族的托瑞克。心灵行者托瑞克。

他大叫一声，抓了一把黄色的月见草撕成碎片。他不属于乌鸦族，他不属于任何地方……

过了一会儿，海獭回来取它吃剩的鳟鱼，并且很放心地大口吃。梧桐树上的松鼠咬着树皮，吸食那香甜黏稠的树血。

托瑞克靠着树干坐下，看着它们，逐渐平息心中翻腾的不安，它们并不在乎他父亲曾经是食魂者，它们并不在乎他是一个心灵行者。只要他不去惊扰，它们就可以自在与他共处。

他把手掌放在粗糙的树皮上，感觉到它的力量流过他。森林的力量。

在他的内心深处，升起一丝果决与确切，这就是他归属的地方：森林。尽管发生了那么多不好的事，森林始终赐给他一股力量，给他力量去击败恶熊，给他力量逃过田瑞斯和海洋母亲的威胁，给他力量面对自己的命运。或许，父亲的心灵，不管他曾经是什么，早已知道这些，而且引以为荣。

他上方的梧桐树在微风中颤动，张开双臂俯视着他，托瑞克抬起头来，凝视着那油亮的绿叶。只要有森林的帮助，他就可以面对自己的命运，他将善用自己的能力，去消灭食魂者。

“我会做到。”他大声地说，**“我一定会做到！”**

狼在一条小溪旁边找到他的狼兄弟，用前爪撕着那些亮灰色的花瓣。

狼拍打水面以便冷却脚掌，然后多少吃一点那些花以示友好，他摇摇尾巴，“无尾高个子”却没有对他报以微笑。狼嗅出他的悲伤，觉得有点纳闷。

狼觉得非常快乐，他不再困惑，他知道自己此生的意义。当他还是幼狼的时候，他帮助“无尾高个子”击败厉鬼熊，接着在那个鱼鸟岛，他驱散那些住在未成年无尾身体里的厉鬼。这就是他的使命：要帮助“无尾高个子”打击厉鬼。

换言之，他不必再返回那遥远山巅的狼群里生活。狼一点儿也不介意，因为他从此以后就可以和他的狼兄弟厮守，现在他只希望“无尾高个子”不要悲伤。

为了安慰他，狼依偎着他，好把他的气味磨蹭到自己的毛皮里。

“无尾高个子”转过来对他说：**你知道我是什么吗？**

狼很惊讶这个问题：**我的狼兄弟啊**。

但你知道我是怎样的生灵吗？我有能力做的事情吗？

是的，我知道。狼有点不耐烦，他早就知道了。

令他意外的是，“无尾高个子”很用力地盯着他看，这未免太冒犯了。然后他笑了。**原来你都知道！**他说。

狼摇摇尾巴。

他觉得已经聊得够多，就放下前爪，吠叫着要“无尾高个子”陪他玩，但他的狼兄弟还是没动静。狼于是对他展开袭击。

他的狼兄弟发出惊吓的斥责，然后整个人往后倒在岸边。狼用鼻子轻推他的身体，他的狼兄弟抓住他的颈背，嬉闹地轻咬他的耳朵。

没多久，只见他们两个在草地上打滚，“无尾高个子”又发出那种好像呼吸不过来的奇怪吠声与嚎叫，那就是他笑的方式。

作者的话

托瑞克的世界是在六千年前：在冰河时期之后，农耕之前，当时整个西北欧依然都是浓密的森林。

托瑞克世界里的人看起来和你我并没有两样，只是他们的生活方式完全不同。他们还没有文字、金属或轮子，他们不需要这些。他们是卓越的求生者，他们对森林里的动物、树木、植物和岩石都了如指掌。不管需要什么，他们都知道要去哪里找，或如何制作。

他们住在小氏族里，大部分的人总是到处迁徙：有些甚至在一个扎营处只停留几天，就像来自狼族的托瑞克；有些则会待上一个月或一季的时间，像乌鸦族和野猪族；有些则整年都待在同样的地方，像海豹族。顺便一提，《圣山狼迹》之后，乌鸦族和野猪族也迁徙了，从附录的地图可以一窥究竟。

当我在寻找《海岛寻踪》的数据时，在挪威西北部的罗福登群岛住了一段时间，还有格陵兰群岛。我研究了北欧萨米族和北美因纽特族的传统生活方式，也学了他们造船的方式，还有如何捕猎海豹，制作衣服。

峭壁的灵感来自一次造访挪威西北部莱克尼斯“动物岩”的远古石雕。

猎者的灵感则是有一回在挪威北部的提斯福特海峡里和野生杀人鲸一起游泳，若非如此，我不可能写出托瑞克在书中的体验，而就像托瑞克一样，在海中和杀人鲸共游的经验让我对这些神奇的海中生物彻底改观。

我想感谢挪威的普拉瑞亚，她帮助我去了解身为一只海豹的感觉；格陵兰西部的居民，感谢他们的热情、开放与幽默；英国野狼保保护基金会给了我机会，和一些美丽的野狼度过永生难忘的时光；提斯福特的人民，让我有机会近距离观察杀人鲸和白尾老鹰；我也要感谢德瑞克·寇理先生，伦敦塔“纽曼乌鸦王”计划的负责人，和我分享他对于一些特别乌鸦的丰富知识。最后，一如往常，我必须感谢我的经纪人彼得·卡克思和我的编辑费欧娜·肯尼迪，以及感谢把此书引进中国大陆的版权经纪人周长遐，谢谢他们一路上不曾改变过的热情与支持。

米雪儿·佩弗